선생님과
함 🚗 께
떠 나 는
문학 답사

선생님과 함께 떠나는 문학 답사 1

초판 1쇄 발행 2014년 3월 21일
초판 4쇄 발행 2018년 10월 18일

지은이/강세환 김남극 김성수 김성장 김종언 김진수 박기범 박병춘 박성한 박현정 염명호 유미
　　　윤장규 이재섭 이종호 이향숙 정용기 정지영 한명숙 현종헌
펴낸이/강일우
편집/박선영 최성아 이승우
펴낸 곳/(주)창비
등록/1986년 8월 5일 제85호
주소/10881 경기도 파주시 회동길 184
전화/1833-7247
팩스/031-955-3399(영업) 02-6949-0953(편집)
홈페이지/www.changbi.com
전자 우편/textbook@changbi.com

ⓒ 강세환 외 2014
ISBN 978-89-364-5837-9 03810
ISBN 978-89-364-5981-1 (전 2권)

선생님과 함께 떠나는 문학 답사

1

강세환 · 김남극 · 김성수 · 김성장 · 김종언 · 김진수 · 박기범 · 박병춘 · 박성한 · 박현정

염명호 · 유 미 · 윤장규 · 이재섭 · 이종호 · 이향숙 · 정용기 · 정지영 · 한명숙 · 현종헌

창비

문화유산 답사 여행을 가다 보면 내가 좋아하는 작가들의 자취를 만나게 되는 일이 종종 있습니다. 시인이 태어나고 성장한 생가나 많은 사람들이 애송하는 시가 새겨진 시비를 만나는 경우도 있고, 소설이나 희곡의 무대가 된 장소를 답사하는 경우도 많습니다. 그러한 유형의 것뿐만 아니라 유적이나 유물에는 그 아름다움을 문학적 감수성으로 예민하게 포착한 문학 작품도 깃들어 있으니, 답사기를 쓰면서 나는 그러한 문학적 자취들을 조금이나마 소개할 수 있었습니다.

나는 『나의 문화유산답사기』에서 우리나라는 전 국토가 박물관이라고 하였습니다. 좀 더 구체화하여 말한다면 우리나라는 전 국토가 '문학 박물관'이라고도 할 수 있습니다. 문학이란 삶을 반영하는 것이고 우리가 살아온 연륜과 함께 문학도 옹골차게 영글어 왔습니다. 이렇게 우리 국토 곳곳에 서려 있는 문학의 자취를 누가 가장 잘 알아볼 수 있을까요?

알게 되면 참으로 사랑하게 되고, 사랑하게 되면 참되게 보게 되고, 볼 줄 알게 되면 모으게 되나니…….
—『석농화원(石農畵苑)』에 부친 유한준의 발문에서

문학 답사를 떠나는 것은 종이 위에 누워 있는 작품을 입체적으로 일으켜 세우고 그것과 함께 호흡하는 일입니다.
—『선생님과 함께 떠나는 문학 답사』 머리말에서

그렇습니다. 우리 문학의 자취도 그 문학의 가치와 함께 알게 되면 사랑하게 되고, 사랑하게 되면 참되게 볼 것입니다.『선생님과 함께 떠나는 문학 답사』는 학생들에게 국어와 문학을 가르치는 교사들이 집필한 책입니다. 그 지역을 잘 알뿐더러 학생들에게 문학의 멋과 맛을 가슴으로 전하는 선생님들이 각 지역의 문학 유산을 학생들과 함께 답사했습니다. 그렇게 종이 위에 누워 있는 작품을 일으켜 세워서 함께 대화하고 호흡하였습니다.

『선생님과 함께 떠나는 문학 답사』에서 내가 좋아하는 소월과 만해, 염상섭과 채만식, 신동엽과 김수영은 물론 송강과 고산, 다산과 허균을 새롭게 만날 수 있었습니다. 천재 작가 이상이 노닐던 종로의 '제비 다방', 저 남도의 화개 장터와 순천만 갈대밭, 낙동강 물 내음과 서귀포의 파도 소리까지 만날 수 있었습니다. 때로는 향토의 맛깔스러운 음식과 사투리가 분위기를 더해 줍니다. 그뿐만 아니라 젊은 학생들의 발랄한 발걸음과 뛰노는 맑은 정신이 문학 유산을 생동하게 하니, 이 책이 아니면 얻을 수 없는 즐거움일 것입니다.

이 책은 우리나라 전 국토가 문학 박물관임을 직접 발로 답사하여 증명하고 있습니다. 각 지역에서 문학에 대한 깊은 애정을 품은 선생님들이 안내하고 있으니, 독자들은 그 선생님과 함께하는 학생들 틈에 섞여 안내를 따라가고 해설에 귀 기울이면 최고의 안내자와 동행자 들과 더불어 문학 답사를 하는 호사를 누릴 수 있습니다. 문학과 여행과 인정이 어우러져 향기로운 이 책을 누구나 곁에 두고 애지중지하며 읽으시기를 바랍니다.

2014년 3월
유홍준

　작품의 배경이 되는 곳, 작가가 숨 쉬던 그곳을 찾아서 문학 답사를 가본 적이 있나요? 책 속에 박제되어 있던 낱말들이 살아 꿈틀거리고 활자 속에 누워 있던 인물들이 기지개를 켜며 일어나 작품이 또 하나의 현실로 다가오는 것을 느껴 본 적이 있나요? 그렇습니다. 문학 답사를 떠나는 것은 종이 위에 누워 있는 작품을 입체적으로 일으켜 세우고 그것과 함께 호흡하는 일입니다. 하나의 작품은 작가를 둘러싼 구체적인 시간과 현장의 바람 소리, 하늘빛, 그곳 사람들의 목소리가 버무려져 빚어집니다. 그 현장에서 작품의 배경과 질료를 직접 오감으로 느껴 보는 일은 문학을 알고 좋아하는 데서 나아가 문학을 즐기는 훌륭한 방법이라 할 수 있을 것입니다.

　작가가 실존하여 그곳에 가서 작가를 만날 수 있다면 더할 나위 없겠지요. 하지만 그럴 수 없을 때, 작품의 배경이 되는 시공간을 마치 제 것인 양 누리면서 살아온 사람의 안내를 받아 작품 세계로 들어갈 수 있다면 그 또한 큰 행운이지 않을까 싶습니다. 이 책은 그래서 다른 누가 아닌, 그곳에서 살며 그곳에서 아이들에게 문학을 가르치는 선생님들에 의하여 만들어졌습니다. 그곳에서 오래 호흡하며 살지 않은 사람이라면 잘 모르는, 사라지고 없는 작품 속 풍경들까지도 다시 머릿속에 복원할 수 있도록 하였습니다. 작품과 별로 관련이 없어 보이는 시냇물 한 줄기, 바위 하나가 작품의 이해를 더욱 풍요롭게 한다는 점도 놓치지 않을 수 있었습니다.

　마흔 명이나 되는 토박이 현장 교사들이, 우리나라 마흔 개 지역의 대표작을 찾아 자기 지역의 문학 답사를 기획하고, 학생들과 함께 답사를 거친 다음 누구라도 바로 활용할 수 있도록 만들었습니다. 작품을 가르칠 때 답답하고 아쉬웠던 부분을 교사만큼 절실하게 느끼는 사람이 있을까요? 그래서 학생들에게 작품 이해의 열쇠가 되는 현장을 직접 보고 듣고 만지고 느낄 수 있도록 했습니다. 그리고 현장에서 아이들의 작은 반응도 놓치지 않으려 했습니다. 답사를 마친 뒤 학생들과 함께 그 반응들을 정리해 보았더니 학생들에게 기발하고 새로운 심상이 생겨나는 것을 지켜볼 수 있었습니다.

이 책이 중·고등학교 선생님과 학생 들에게 문학 작품을 살아 있는 그 어떤 것으로 느끼게 하고 하루를 그것과 더불어 호흡하게 하는 데 좋은 길잡이가 되리라 믿습니다. 소풍처럼 떠나서 보물찾기 놀이하듯 작품을 즐길 수 있도록 만들었습니다. 가슴 뿌듯하게 빛나는 보물들을 안고 돌아올 수 있기를 기대합니다.

2014년 3월
지은이 일동

3

햇살 아래 눈 비비며 싹터 오르는 갈대순같이

대전 · 충북 · 충남

1

바람아 먼지야 풀아
나는 얼마큼 작으냐

서 울 · 인 천 · 경 기

파주

● 파주

● 강화

인천

● 서울

● 남양주

● 성남

● 광주

● 안산

● 수원

서울 도봉구·성북구

강세환 | 서울 혜성여고

시인은 어디 있는가? 시는 어디 있는가?

김수영 혹은 거대한 뿌리

시인은 어디 있는가? 시는 또 어디 있는가? 김수영(金洙暎, 1921~1968)도 그의 시도 가까운 곳에 있지도, 그렇다고 너무 먼 곳에 있지도 않다.

2013년 6월 15일 토요일 오전 9시, 유월 중순이었지만 한여름 못지않게 더위가 펄펄 끓고 있었다. 문예 창작 동아리 부원 5명과 국어과 교사 이범근 시인 등은 이날 김수영의 문학과 삶의 흔적을 찾는 답삿길에 올랐다. 우리는 먼저 도봉산에 있는 김수영 시인의 시비부터 찾았다.

지하철 1호선 도봉산역에서 등산로 쪽으로 1128번 시내버스 종점, 도봉산 국립 공원 생태 탐방 연수원, 쌍줄기 약수터 등을 지나 25분쯤 오르면 김수영의 시비가 있다. 세상을 떠나기 보름 전 바람 몹시 불던 날에 썼다는 그의 마지막 시 「풀」이 돌에 새겨져 있었다. 김수영 타계 1년 후 문인들과 친지들이 세운 평범한 돌 하나가 한국 문학의 기념비가 된 것이다. 점자(點字)를 어루만지듯 「풀」을 조용히 또 나직이 읽었다.

풀이 눕는다
바람보다도 더 빨리 눕는다
바람보다도 더 빨리 울고
바람보다 먼저 일어난다

— 김수영, 「풀」 중에서

김수영은 1921년 서울 종로에서 태어나 1968년 6월 15일 밤 마포 집 근처에서 교통사고를 당해 다음 날 아침 세상을 떠났다. 그리고 1981년, 김수영의 자존심이며 한국 문학의 또 하나의 자긍심인 그의 시와 산문이 『김수영 전집 1·2』로 간행되었다.

그저 일 차선 정도 너비의 도봉 서원 앞길을 토요일 등산객들이 점령군처럼 끝없이 메우고 있었다. 시비 옆에 있던 일행 중 누군가가 한마디 툭 던졌다. "시비를 보는 사람도 없고, 잘 보이지도 않는 곳에 있네요." 그렇게 김수영 시비는 한 편의 시처럼 풀처럼 돌아앉아 있었다. 시인도 시도 시비도, 아무리 세상 독자들 곁에 바짝 붙어 있어도 잘 보이지 않을뿐더러, 이제 아무도 쳐다보지 않는다.

우리는 느릿하게 시인의 모친과 "죽거든 분골해 시비 잔디밭에 뿌려 달라."라고 말한 누이동생 김수명(金洙鳴) 등 동생들이 살았던 도봉동 옛집과 시인의 묘소로 향했다. 도봉산 1128번 종점에서 버스를 타고 오봉 초등학교에서 내려 초등학교 뒷길로 약 400미터 정도 걸어가니 시루봉로 23 나 길에서 오래된 침묵 같은 300년 된 느티나무와 마주쳤다. 이 느

김수영 시비

티나무 뒤쪽이 시인의 옛 집인데 지금은 토종닭 전문 음식점으로 바뀌어 '외딴집'이라는 간판이 붙어 있다.

김수영은 1955년 마포구 한강변 구수동 집에서 닭을 기르며 시작(詩作)과 번역에 매달렸다. 나머지 가족들이 살고 있던 이 도봉동 본가에서도 닭을 기르며 생계를 꾸려 갔다. 이 옛집 앞에서 동네 주민 한이랑 씨를 우연히 만났다. 김수영의 동생 수환 씨와 여행도 같이 다닐 정도로 친한 사이였던 한 씨는 김수영의 모친이 인품이 후덕하셨고, 시인의 조카 중 한 명이 몇 해 전 시인으로 등단했다는 소식을 들려주었다.

먼저 유적지를 탐사하듯 시인의 묘소를 찾았다. 그런데 산자락을 한 번 두 번 더듬었지만 묘소는 보이지 않았다. 분명 25년 전, 옛집 마당이 빤히 보이던 곳에 묘소가 있어 그 풀 위에 소주 한 병을 눕혔었다. 또 시인이 되었다는 그 조카와 툇마루 끝에 앉아 대화를 나눴고 그날 밤 김수명 씨와 어렵게 통화를 했던 공중전화 부스도 또렷한데 시인의 묘소는 도저히, 도무지 찾을 수가 없었다.

그 순간 이상하게도 김영태(金榮泰) 시인의 시 「멀리 있는 무덤」의 한 구절이 풀꽃처럼 피어올랐다. "무덤이 있는 언덕으로 가던/좁은 잡초 길에 풀꽃들이 지천으로 피어 있겠지/(중략) 그대의 깊은 눈이 어떤 내색을 할지" 김수영의 묘소로 가던 길은 이제 남의 땅이 되었고, 언덕도 잡초도 풀꽃도 무덤도 다 시들어 버리고 말았다.

동네 주민 한 씨에게 묘소가 어찌 되었는지 물어보았다. "몇 해 전에 다 화장하고 아무것도 없어.", "문학관 세운다고 하던데……. 원래 「풀」 시비도 여기 무덤 옆에 있었어.", 이런 말도 덧붙이신다. "형제들 모두 똑똑하고 참 좋은 집안인데, 시대를 잘못 만났지."

김수영은 6·25 전쟁 당시 북한 인민군에 징집되어 탈출했다가 체포된 후 거제도 포로수용소에 구금되어 2년 후 석방되었다. 그 후 자유당 정권, 4·19 혁명, 5·16 군사 정변 등 한국 근현대사의 굵직한 상처를 '온몸으로' 고스란히 겪었다. 도봉동 이 옛집 뒷산에 묻혔던 그의 육신마저 또 세월을 잘못 만나 안타깝게도 혼이 되어 넋이 되어, 이 땅의 풀이 되었거나 별이 되었거나 아마도 거룩하고 가난한 시가 되었을 것이다.

작고하기 두 달 전인 1968년 4월, 부산 문학 세미나에서 발표한 뙤약볕 같은 시론 「시여 침을 뱉어라」의 한 구절을 보자. "시작(詩作)은 '머리'로 하는 것이 아니고 '심장'으로 하는 것도 아니고 '몸'으로 하는 것이다. '온몸'으로 밀고 나가는 것이다. 정확하게 말하자면, 온몸으로 동시에 밀고 나가는 것이다." 정치적 자유를 인정하지 않는 사회에서는 개인의 자유도 인정하지 않는다는 날카로운 발언 역시 지금까지도 유효하고 의미심장한 메시지이다. 김수영의 시적·존재론적·정치적·이념적 자유는 김수영 개인의 특별한 창작물과 같은 것이 되었다.

김수영은 이 땅의 부당한 현실에 맞섰고, 자유가 몰락된 곳에서 꿈꾸었던 그 자유를 '온몸'으로 체득한 시인이었다. '자유'를 향한 그의 '온몸' 시학 정신은 비판적 현실 인식의 결과물인 동시에 한국 문학의 귀중한 자산이 되었다. 그는 비판의 자유와 언론의 자유를 향해 나아가는 동시에 사소한 것도 놓치지 않고 분노를 터뜨리는, 쓰디쓴 자기반성과 자학의 시인이었다.

왜 나는 조그마한 일에만 분개하는가

저 왕궁 대신에 왕궁의 음탕 대신에

50원짜리 갈비가 기름 덩어리만 나왔다고 분개하고

옹졸하게 분개하고 설렁탕집 돼지 같은 주인년한테 욕을 하고

옹졸하게 욕을 하고

한번 정정당당하게

붙잡혀 간 소설가를 위해서

언론의 자유를 요구하고 월남 파병에 반대하는

자유를 이행하지 못하고

20원을 받으러 세 번씩 네 번씩

찾아오는 야경꾼들만 증오하고 있는가

(중략)

모래야 나는 얼마큼 작으냐

바람아 먼지야 풀아 나는 얼마큼 작으냐

정말 얼마큼 작으냐……

— 김수영, 「어느 날 고궁을 나오면서」

그러나 우산대로

여편네를 때려눕혔을 때

우리들의 옆에서는

어린놈이 울었고

김수영 문학관

(중략)

— 아니 그보다도 먼저

아까운 것이

지우산을 현장에 버리고 온 일이었다

— 김수영, 「죄와 벌」 중에서

김수영은 자기 삶의 치부조차 충격적으로 고백하는 시인이었다. 참여니 혁명이니 저항이니 사랑이니 설움이니 소시민이니 뭐니 해도 그 이전에도 그 이후에도 그는 그저 정직한 시인이었다.

좀 전에 내렸던 버스 정류장에서 김수영 문학관 예정지인 도봉구 방학 3동 문화 센터를 향해 1139번 버스를 탔다(김수영 문학관은 2013년 11월 27일 개관하였음—편집자). 정확히 정류장 여섯 개를 지나 방학 3동 신동아 아파트에서 내렸다. 아파트 단지에 들어서니 인수봉 등 삼각산이 무엇을 다 삼킨 듯 다 뱉은 듯 커다란 허공처럼 떠 있었다.

문화 센터에 들어서니 눈을 커다랗게 뜬 김수영의 낯익은 캐리커처가 눈에 먼저 쏘옥 빨려 들어왔다. 순간, 김수영이 문을 열고 들어서다 휙 돌아설 것만 같다. 붙잡아도 뿌리칠 것만 같다. 확 타오른 불처럼 부리나케 돌아선 김수영은 이유를 물어도 말도 하지 않고 불편하게 침묵만 할 것 같다.

올해 초 『문화 일보』에 게재된 문학관 관련 기사를 보니 문화 센터를 일 층 전시실, 이 층 북 카페, 삼 층 도서관, 사 층 강당으로 리모델링한다고 했다. 문학관에서부터 인근 공원에 이르는 길에 동상과 시비를 세울 계획도 있었다. 물론 계획일 뿐이니 수정될 수도 있겠지만 김수영에게 이런 기념이 흔쾌한지 한 번 묻고 싶을 뿐이다.

김수영처럼 시인의 생애와 문학을 떼어 놓고 생각할 수 없는 작가도 많지 않으리. 김수영은 그의 초상화 같은, 허연 러닝셔츠를 입고 찍힌 그 유명한 사진처럼 아직도 여전히 죽지 않고 우리 곁에 살아 있으며, 여전히 현역 시인으로 우리 곁에서 시를 쓰고 있을 것이다.

김수영 문학관을 건립하면 김수영과 한 걸음 더 가까워질 수도 있다. 하지만 어쩌면 한 걸음 더 멀어질 수도 있다. 아무튼 그의 늙지 않은 시는 다행히 풀보다 먼저 누웠다 일어날 것이다. 갑갑할 때 김수영의 민낯 같은, 가슴 뻥 뚫리는 산문 한 꼭지도 심독(心讀)해 보자.

한용운 혹은 심우장의 대침묵

심우장(尋牛莊)은 만해(萬海·卍海) 한용운(韓龍雲, 1879~1944)이 일제 강점기, 이 땅을 떠날 때까지 11년 동안 자취를 남긴 마지막 거처였다. 심우장은 집도 절도 없던 한용운에게 작은 암자와도 같은 유일한 도량(道場)이었다.

지하철 4호선 한성대 입구역 6번 출구로 나와 1111번 버스를 타고 종점인 서울 명수 학교 앞에서 내리니 심우장으로 오르는 가파른 골목길이 눈에 띄었다. 마치 산사(山寺)를 오르는 백팔 계단처럼 보이기도 하고 심산유곡(深山幽谷) 같은 만해 사상의 한 줄기 오솔길처럼 보이기도 했다. 심우장은 만해 한용운을 엿볼 수 있는 친절하고도 엄격한, 살아 있는 원전이다.

심우장에 발을 들여놓으면 앞에 수령 백 년쯤 된 노송이 운수납자(雲水衲子, 여러 곳으로 스승을 찾아 도를 묻기 위하여 돌아다니는 승려를 비유적으로 이르는 말)처럼 서 있었다. 그리고 선기(禪氣)가 형형한 선방(禪房) 같은 기와집 한 채가 서늘한 기운을 내뿜으며 서 있었다. 마당 한쪽에 자리한 빨간 우체통은 누구를 기다리는지 두 손을 가슴께에 올려놓은 것 같았다. 임을 기다리던, 임을 가슴에 품고 살던 만해의 또 다른 상징 같은 꽃 한 송이였다.

독립운동가 오세창(吳世昌)이 쓴 현판 아래 위치한 만해의 방에 앉으면 먼저 「님의 침묵」이 죽비(竹扉)처럼 가슴 언저리를 때린다. 3·1 운동 당시 태화관 기록화와 "남아가 가는 곳마다 바로 고향인 것을〔男兒到處是故鄕〕"이라는 구절로 시작되는 한시 「오도송(悟道頌)」도 마음을 숙연하게 한다. 만해는 이곳에서 장편 소설 『흑풍(黑風)』 등을 창작하고 논문 「불교의 과거와 미래」 등을 쓰면서 일본식 성명 강요와 조선 학병 동원을 반대했고 세상을 떠나는 날까지 일제에 항거하였다.

만해는 1879년 충청남도 홍성군 결성면 성곡리에서 태어나 1907년 용운(龍雲)이라는 법명을 받았으며 1926년에 시집 『님의 침묵』을 발표하였다. 이곳을 돌아보니 어쩌면 만해 문학의 산실은 '백담사'이며 만해 사상의 수행처는 '경성 감옥'이라는 생각이 든다. 아! 만해 면벽(面壁)이로다!

만해는 어디에서 무엇으로 다시 살고 있을까? 만해는 지금 이곳 성북동 심우장에도 있고 강원도 백담사 '만해 마을'에도 있으며 망우리 공동

묘지에도 있을 것이다. 그러나 선객(禪客)처럼 만해는 이 모든 곳을 떠났을 것이다.

심우장

만해를 일제 강점기 사람으로만 한정할 수는 없다. 그의 법호(法號)가 만해인 것처럼 그는 만(萬)의 해(海)였으리라. 그렇지만 그의 바다는 일제 강점기일 것이다. 일제 강점기의 3·1 운동이 조선 민족의 긍지였다면 그 긍지의 최상의 꽃은, 만해였을 것이다. 임이여! 그리고 이별이여!

님은 갔습니다. 아아 사랑하는 나의 님은 갔습니다.

푸른 산빛을 깨치고 단풍나무 숲을 향하야 난 적은 길을 걸어서 참어 떨치고 갔습니다.

황금(黃金)의 꽃같이 굳고 빛나든 옛 맹세〔盟誓〕는 차디찬 티끌이 되야서, 한숨의 미풍(微風)에 날어갔습니다.

(중략)

우리는 만날 때에 떠날 것을 염려하는 것과 같이, 떠날 때에 다시 만날 것을 믿습니다.

아아 님은 갔지마는 나는 님을 보내지 아니하얐습니다.

제 곡조를 못 이기는 사랑의 노래는 님의 침묵(沈默)을 휩싸고 돕니다.

— 한용운, 「님의 침묵」

「님의 침묵」은 첫 줄부터 이별을 전제로 하며 또 이별을 주제로 한다. 「님의 침묵」은 만해의 '이별 사상'이며 만해의 문학·불교·정신의 결정체이다. 저 '궁핍한 시대'에 '님'을 향한 만해의 시적 구도(求道)는 문학적·민족적 자존심이었다. 그러니 『님의 침묵』은 단순한 시집 한 권을 넘어 거룩하고 숭고한 '만해 경전(經典)'이라 할 수 있다.

1933년 심우장을 지을 무렵 만해는 충청남도 보령 출신의 유숙원(俞淑元)을 만나 부부의 인연을 맺는다. 유숙원은 이 집 마당에서 목수들의 밥을 지어 나르며 심우장 시대의 만해의 반려자가 된다. 만해는 때때로 어린 딸에게 『천자문』과 『소학』을 가르쳤으며 1944년 6월 29일 이곳에서 입적하였다.

조선 총독부가 싫어 심우장을 북쪽으로 향하게 지은 만해가 일제 강점기를 살아가면서 등지고 살았던 것이 또 얼마나 많았을까! 심우장은 소를 찾는다는 불교적 의미를 지닌 집이지만 일제에 끝까지 저항했던 만해 사상의 금자탑(金字塔)인 셈이다. 만해의 북향(北向)은 정향(正向)이며 '만해 풍수(風水)'일 것이다.

심우장 마루턱에 앉아 나직이 뒤돌아보니 시집 『님의 침묵』과 옥중 명문인 「조선 독립의 서(書)」는 만해의 가슴이라는 생각이 들었다. 또 일제 강점기 조선 불교계를 향한 만해의 불 같은 화두(話頭)였던 『조선 불교 유신론』과 『불교 대전』은 만해의 심장일 것이다. 특히 "자유는 만유(萬有)의 생명"으로 시작하는 「조선 독립의 서」를 보면 만해를 독립운동가라고만 부를 수가 없다. 이 글은 단순한 옥중 선언서를 넘어 만해의 자유와 평화 사상이 담긴 조선 민족의 자존심이다. 이 또한 숭고한 '만해 선언'일 것이다. 쩌렁쩌렁했다는 만해의 육성이 범종처럼 울릴 것만 같다.

임이여! 대침묵이여!

고은 선생의 『한용운 평전』을 보면 한용운은 가장 불명예스러운 시대를 경험하고 가장 명예스러운 대정황을 이루었다고 한다. 이어 『님의 침묵』의 서시 「군말」이야말로 '만해 반야심경'이라고 하였다. 만해 한용운의 문학과 사상의 총체적인 정수는 결국 「군말」이리라.

'님'만 님이 아니라, 기룬 것은 다 님이다. 중생이 석가(釋迦)의 님이라면, 철학(哲學)은 칸트의 님이다. 장미화(薔薇花)의 님이 봄비라면 마치니의 님은 이태리(伊太利)이다. 나는 해 저문 벌판에서 돌어가는 길을 잃고 헤매는 어린 양(羊)이 기루어서 이 시(詩)를 쓴다.

—— 한용운, 「군말」

- **누가:** 혜성여고 문예 창작부 학생들과
  강세환, 이범근 선생님
- **언제:** 2013년 6월 15일(토요일)
- **인원:** 7명
- **테마:** 김수영 시인과 한용운 시인을 찾아서

함께하는 문학 답사

토박이 강세환 선생님의 귀띔!

　도봉구에는 '거대한 뿌리' 같은 도봉산이 있지요. 도봉산 입구에는 한국 문학의 기념비가 되고도 남을 만한 시인 김수영의 시비가 있어요. 또 도봉동에는 시인의 모친이 살았던 옛집이 있고요. 거기서 멀지 않은 방학 3동 문화 센터 자리에 김수영 문학관이 있어요. 성북구에는 시인 백석의 연인이었던 김영한 여사가 법정 스님께 시주한 길상사가 있지요. 그리고 무엇보다 만해 한용운이 세상을 떠나기 전 10여 년을 살았던 심우장이 있지요.

문학 답사 코스 추천!

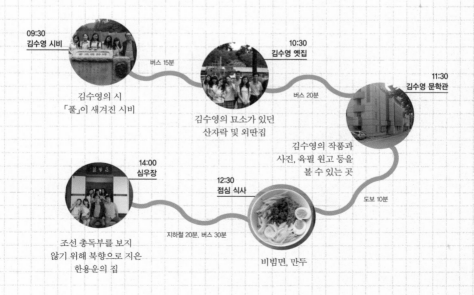

09:30
김수영 시비

김수영의 시
「풀」이 새겨진 시비

버스 15분

10:30
김수영 옛집

김수영의 묘소가 있던
산자락 및 외딴집

버스 20분

11:30
김수영 문학관

김수영의 작품과
사진, 육필 원고 등을
볼 수 있는 곳

도보 10분

12:30
점심 식사

비빔면, 만두

지하철 20분, 버스 30분

14:00
심우장

조선 총독부를 보지
않기 위해 북향으로 지은
한용운의 집

시간의 스펙트럼 위에 멈추다

　　기나긴 장마가 끝나고 무더위가 본격적으로 시작된 8월. 지하철 3호선 안국역 6번 출구 앞에서 아이들을 만났다. 날씨는 더웠지만 아이들의 눈은 초롱초롱했다. 이 짧은 하루 여행이 입시에 찌들어 여름 방학을 보내는 여고생들에게 작은 오아시스가 되기를 바라면서 나는 아이들과 함께 힘차게 "출발!"을 외쳤다.

　　우리는 먼저 주한 일본 대사관으로 향했다. 제1086차 '일본군 위안부' 문제 해결을 위한 정기 수요 집회에 참석하기 위해서였다. '탐구하고, 행동하라'라는 동아리 이름답게 지난 1학기 발표 주제였던 위안부 문제를 떠올리며 집회 참석을 실천에 옮긴 것이다. 아이들은 짧은 시간이었지만 길바닥에 앉아 위안부 문제를 왜곡하는 일본의 태도가 부당함을 소리 높여 외쳤다. 창문마다 블라인드를 드리운 일본 대사관, 그 앞에 있는 소녀

일본 대사관 앞에 있는 소녀상

상과 위안부 할머니, 그리고 참가자들의 외침에서 슬픔과 고통, 억울함과 답답함이 느껴졌다. 집회가 끝나고 점심을 먹으며 나는 아이들에게 이런 제안을 했다.

"얘들아, 답사의 '답(踏)' 자는 '밟다'라는 뜻이란다. 글자 그대로 우리는 문인들이 살아가면서 지나간 길들을 되밟아 볼 거야. 수요 집회에 참여하여 앉아 있는 너희를 보며 문득 이런 상상을 해 봤어. 한 세기 전으로 시간을 되돌린다면, 그리고 그 자리에 꽃다운 열여덟 살 우리가 서 있다면 과연 어떤 삶을 살고 있을까? 답사는 이런 상상에서 시작되는 거야. 이제 우리는 영화에서처럼 과거로 되돌아가는 타임머신을 타고 시간 여행을 떠나는 거다. 지금 내 옆에 윤동주가, 이상이, 정철이 걸어가고 있다고 상상해 보자. 알았지?"

그렇게 우리는 타임머신을 타고 과거로 돌아가 서울의 한복판, 경복궁의 서쪽, 서촌 문학 답사를 시작했다.

세종 대왕이 태어난 마을, 서촌

서촌은 인왕산 동쪽과 경복궁 서쪽 사이에 위치한 청운동, 통인동, 옥인동 일대를 말한다. 세종 대왕이 태어난 마을이라고 해서 최근에는 '세종 마을'로도 불린다. 조선 시대에는 주로 중인 계층이 생활하는 공간이었지만, 인왕산 자락이 명승지로 유명해 양반의 별장도 많았다고 한다. 겸재 정선과 추사 김정희 같은 예술인들이 거주하기도 했고, 이상, 현진건, 윤동주, 노천명, 서정주, 이중섭 등 근현대 예술인들이 머물다 가기도 했다. 지금도 여전히 그러한 문화 예술의 맥이 잘 보전되고 있어 단아한 한옥부터 아기자기한 공방, 특색 있는 복합 예술 문화 공간 들이 자리 잡은, 시간의 스펙트럼이 넓게 펼쳐진 공간이다.

경복궁역 4번 출구로 나와 경복궁 맞은편 길을 따라 5분 정도 걷다 보면 검붉은 벽돌로 지어진 이 층 건물이 눈에 들어온다. 하얀 간판에 파란 글씨로 '보안 여관'이라 적혀 있다. 지금은 문을 닫았지만 보안 여관은 1930년대부터 불과 10여 년 전까지 종로 한복판을 거닐던 서민들이 애용했던 여관이다. 여관 하면 잠만 자는 공간이라고 생각할지 모르겠지만, 기댈 곳 없는 이들에게 여관은 삶의 공간 그 자체다. 이곳에서 많은 이들이 먹고 자고 누군가를 만나고, 때로는 고민하며 치열한 삶을 살았다. 우리가 익히 아는 서정주도 청년 시절 이곳에 한동안 머물면서 1936년 김동리, 함형수 등과 함께 『시인 부락』이라는 동인지를 만들어 발표했다고 하니, 이곳은 삶의 공간이자 문화 창작 공간이었다고도 할 수 있겠다. 그래서인지 현재 이곳은 전시나 프로젝트 행사 등이 열리는 복합 문화 공간으로 운영되고 있다. 문이 닫혀 내부를 보지 못해 아쉬웠지만, 다음에 이곳에서 전시회가 열리면 함께 와 보자고 아이들과 약속하고 두 번째 장소로 발걸음을 옮겼다.

청음과 송강, 조선의 선비를 만나다

보안 여관을 지나 계속 걷다 보면 귀에 이어폰을 꽂은 건장한 청년들을 자주 마주치게 된다. 청와대가 가까워졌다는 신호다. 건너편에 청와대가 보이는 사랑채를 지나 무궁화 동산에 도착하면 큰 시비 하나가 눈에 띈다. 청음 김상헌(金尙憲, 1570~1652)의 집터를 기리는 시비이다. "가노라 삼각산(三角山)아 다시 보자 한강수(漢江水)야"로 시작되는 김상헌의 시를 읽노라면 척화(斥和)의 상징이요, 끝까지 지조와 절개를 지키고자 한 청음의 우국지정을 엿볼 수 있다.

시비가 있는 무궁화 동산을 빠져나와 5분만 걸으면 청운 초등학교가 보이고, 그 앞에 여러 개의 시비가 쭉 늘어서 있다. 바로 송강 정철(鄭澈, 1536~1593)의 시비다. 이곳에서 가사 문학의 대가 정철이 태어났다. 「관동별곡」, 「사미인곡」, 「훈민가」의 작가 정철이 전라도가 아닌 서울 출생이라는 사실에 아이들은 의아해했다. 정철은 열 살에 아버지의 유배지인 전라남도 창평으로 따라 내려가 그곳에서 오랜 기간을 지냈기에 사람들은 흔히 그곳을 그의 고향으로 여기지만, 사실 정철은 서울 사람이다. 정철의 시비를 보고 있자니, 김상헌의 시조가 다시 떠오른다. 병자호란 직후 청나라와 화친하지 않겠다 했던 척화론자 김상헌과, 당파 싸움에서 밀리고 밀려 몇 번이나 유배를 당한 정철. 이들은 삶의 순간순간마다 얼마나 고뇌했을까? 눈앞의 선지를 놔두고 실리와 명분을 따져 보며 선택한 자신의 길을 후회하지는 않았을까? 흔들리는 시대의 파고(波高)를 넘나들며 역사에 이름은 남겼지만 시비에 갇힌 그들의 목소리가 궁금하다.

무성한 풀밭, 무상한 인생

정철 시비 맞은편에 있는 경복 고등학교 앞에서 버스를 타고 우리는 조선에서 일제 강점기로 타임머신을 돌렸다. 버스는 부암동 주민 센터 앞에 섰다. 부암동 주민 센터를 정면에 두고 오른쪽 골목으로 걸어 들어가면 세종 대왕의 셋째 아들인 안평 대군이 세운 정자인 무계정사(武溪精舍) 터가 보인다. 그 앞에는 을씨년스러울 정도로 풀이 무성한 공터가 있는데, 구석진 곳에 표석 하나가 발길을 붙잡는다. 바로 빙허 현진건(玄鎭

健, 1900~1943)의 집터다. 아이들은 「운수 좋은 날」, 「술 권하는 사회」 등 문학 시간에 비중 있게 배운 작품의 작가가 살던 집터가 이렇게 방치된 채 무성한 풀로 뒤덮여 있다는 사실에 놀란 눈치다.

현진건은 1937년 이 부암동 집에 이사 왔다. 1936년 『동아 일보』는 베를린 올림픽 마라톤 종목에서 금메달을 딴 손기정 선수가 시상대에 선 사진을 게재하면서 가슴의 일장기를 지워 버렸다. 이 '일장기 말소 사건' 당시 『동아 일보』의 사회부장이 바로 현진건이었다. 이 사건으로 현진건은 구속, 기소되었다가 이듬해 풀려나 이곳으로 이사했다. 이 집에서 그는 의욕적으로 작품도 다시 쓰고 양계 사업도 시작했지만 뜻대로 되지 않았다. 결국 가세가 기울어 제기동으로 이사한 후 1943년 장결핵으로 사망한다. 황폐한 집터에 서서 그의 삶을 떠올려 보니 눈앞에 뒤엉킨 저 무성한 풀밭과 구석진 곳에 홀로 남은 우물이 그의 무상한 삶을 보여 주는 것 같아 가슴이 아팠다.

고뇌하던 청춘, 결백했던 청년

우리는 왠지 모를 쓸쓸함을 안고 문학 답사 네 번째 장소인 윤동주 문학관으로 향했다. 현진건 집터를 찾아 들어간 길을 그대로 되돌아 나와 부암동 주민 센터에서 창의문 앞 삼거리 방향으로 5분 정도 걸어 올라가니 이 동네 맛집으로 유명한 중국 만둣집 '천진포자'가 나왔다. 그곳에서 약 100미터만 더 가면 윤동주 문학관이 있다. 윤동주 문학관은 청운 수도 가압장과 물탱크를 개조해 만든 독특한 구조의 건물이다. 윤동주(尹東柱, 1917~1945)는 연희 전문학교 재학 시절이던 1941년 종로구 누상동에 위치한 소설가 김송의 집에서 후배 정병욱과 함께 하숙을 하며 지금 이 인왕산 길을 산책하곤 했다고 한다. 아마도 시인은 이 길을 걸으며 민족의 아

윤동주 문학관

품을 어르고 보듬는 자기희생을 각오한 시상을 다듬었으리라.

윤동주 문학관은 세 개의 전시실로 되어 있다. 제1전시실은 시인의 일생을 살펴보는 공간이다. 고령의 해설사 선생님과 함께 전시실을 둘러보았는데 해설사님의 윤동주에 대한 남다른 애정이 묻어 있는 설명이 무척 인상적이었다. 설명에 따르면 윤동주는 결벽에 가까울 정도로 단정하고 깨끗한 성품이었다고 한다. 그의 단정함은 마치 인쇄된 서체 같은 육필 원고에서도 쉽게 엿볼 수 있다. 또한 그는 일본 유학 중에도 가능한 한 우리말을 사용하고자 했고, 자기 성을 반드시 붙여서 말하는 습관이 있었으며, 특히 남을 헐뜯는 이야기는 절대 하지 않는 결백한 청년이었다. 전시된 성적표에도 독특한 흔적이 남아 있었는데 전 과목이 고루 우수했지만 일본어만은 도드라지게 점수가 낮았다. 벽면 한쪽에는 그가 쓴 동시들도 전시되어 있었는데 자세히 보면 이름의 '동'을 원래 이름의 '동녘 동(東)' 자를 쓰지 않고 '아이 동(童)' 자로 쓴 것을 확인할 수 있다. 필명 하나에도 의미를 부여하고자 했던 그의 신중한 성격이 엿보인다. 또한 전시된 육필 원고에서도 그의 인간적 면모를 찾아볼 수 있다. 특히 일본 유학을 떠나기 전 일본식으로 성명을 바꿀 것을 강요받은 그가 「참회록」 원고에 남긴 어지러운 낙서를 읽다 보면 자신의 선택에 대해 얼마나 깊은 고민과 고뇌에 빠졌었는지, 그리고 그를 왜 '부끄러움'의 시인이라 부르는지를 절절하게 느낄 수 있다.

시인의 언덕

윤동주 시의 대표적 소재인 '우물'을 상징하기 위해 물탱크의 윗부분을 개방한 제2전시실을 지나, 물탱크의 원형을 살려 작은 영상실로 개조한 제3전시실로 향했다. 감옥 철문 같은 전시실 문을 열고 들어서니 습한 기운과 어둠이 먼저 느껴졌다. 천장 한쪽의 네모난 구멍을 통해 햇빛이 살짝 들어온다. 아마도 윤동주가 감옥에서 맞이했을 일말의 햇빛이 그러했으리라. 어둠 속에서 시인의 일생과 작품 세계가 담긴 영상물을 감상하자니 마치 그 시대를 함께 살아가는 듯 영상에 몰입하게 되었다. 국어 교사로서 시인의 일생을 잘 조명한 영상이 탐났지만 외부 유출은 안 된다는 관계자의 설명을 듣고 마음으로만 깊이 담아두고 돌아섰다.

윤동주 문학관 관람을 마친 우리는 문학관 옆길을 따라 '시인의 언덕'에 올랐다. '시인의 언덕'은 윤동주 문학관 뒤로 펼쳐진 산책로로 인왕산과 서울이 한눈에 들어온다. 우리는 그곳에서 윤동주 시인을 생각하며 시를 낭송했다. 평소 시를 낭송할 일이 별로 없는 아이들이었지만 한 친구가 「참회록」 낭송을 시작하자 다들 깔깔거리던 웃음을 삼키고 진지하게 시인의 목소리를 듣듯 귀를 기울였다. 뒤이어 낭랑한 목소리로 「서시」가 울려 퍼지자 그 옛날 윤동주가 이 길을 걸으며 갈망했을 20대의 꿈이 우리 모두의 마음에 스며드는 듯했다.

청년 윤동주, 그가 걸었던 길을 따라 걷다

짧은 낭송회가 끝나고 우리는 윤동주가 걸었을 산길을 따라 걸으며 그가 머물렀던 하숙집 터를 찾아가 보기로 했다. 사전 답사 때에는 걷지 않고 버스를 이용했지만, 아이들은 조금 힘들어도 윤동주가 걸었을 이 길을 밟아 보고 싶어 했다. '그래 이것이 답사의 참맛이지.' 속으로 아이들을 기특해하며 '시인의 언덕'을 내려와 산길 옆으로 이어진 도로의 갓길을 걷기 시작했다. 호기롭게 출발은 했지만 사실 학생들과 함께 갓길을 걷는 일은 무척 위험했다. 그런데 바로 그때 우리를 이 위기에서 구원해 준 조력자가 나타났다. 베트남전 참전 용사요, 60년 간 서촌에서만 생활한 이곳의 터줏대감이라고 자신을 소개한 한 어르신이 안전한 산길을 가르쳐 주신 것이다. 덕분에 우리는 시원한 산길로 내려갈 수 있었다.

등산로처럼 잘 다듬어진 곳도 있었고 조금 험한 곳도 있었지만 아이들은 시원한 숲길을 재잘거리며 잘도 걸어갔다. 아이들이 무심코 떠들며 걷는 이 길 어디에도 윤동주의 발걸음이 찍혔으리라. 그가 고뇌하며 걷던 이 길을, 미래의 어느 날 해방된 조국에서 학생들이 이렇게 재잘거리며 다시 걷게 되리라고 그는 상상할 수 있었을까? 산길을 따라 30분 정도 내려오니 마을이 나타났다. 어르신은 동네의 자랑거리인 수성동 계곡까지 우리를 친절히 안내해 주셨다. 수성동 계곡은 최근 복원되었는데, 서울 한복판에 이렇게 수려한 계곡이 있었나 싶을 정도로 물도 깨끗하고 경치도 좋았다.

저항 시인의 하숙집과 친일파의 거택

수성동 계곡에서 마을 쪽으로 약 500미터 정도 내려오니 우리가 찾았던 누상동 9번지 건물이 보였다. 빨간 벽돌 대문이 있는 현대식 이 층 건물이었다. 이곳이 윤동주가 하숙을 했던 소설가 김송의 집이다. 하지만 주변을 아무리 둘러봐도 그 흔적은 물론 표석 하나도 눈에 띄지 않았다. 표석 정도만 세워 두어도 거리를 오고 가는 이들이 한 번쯤 윤동주를 떠올릴 텐데 하는 생각에 아쉬웠다. 그 집을 앞에 두고 사진을 찍으니 오가는 사람들이 힐끔 쳐다본다.

윤동주의 삶을 되짚어 보며 걷던 길을 멈추고 우리는 조금은 색다른 집을 하나 찾아가기로 했다. 바로 동양화의 거장, 고(故) 박노수 화백의 가옥이다(박노수 가옥은 2013년 9월 11일 '종로구립 박노수 미술관'으로 바뀌어 개관하였음—편집자). 하지만 이 집은 일제 강점기 때 이완용에 버금가는 악덕 친일파 윤덕영이 자기 딸을 위해 지은 집으로 더 유명한 곳이기도 하다. 1938년에 이 집을 지으면서 이 층 벽돌집에 조선식과 서양식, 중국식의 건축 기법까지 동원해 호사스럽게 꾸며 놓았다고 한다. 더 아이러니한 것은 이 집이 윤동주의 하숙집에서 불과 100미터도 떨어지지 않은 곳에 있다는 사실이다. 아침저녁 산책길에 마주했을 저 으리으리한 친일파의 집을 보며 윤동주는 어떤 상념에 젖었을까.

우리는 어르신과 박노수 가옥 앞에서 헤어졌다. 즐거운 인연으로 만난 어르신은 바로 박노수 가옥 이웃집에 살고 있었다. 우리는 어르신께 감사의 인사를 거듭 드리고 다음 답사지를 찾아 발걸음을 옮겼다.

골목에서 만난 「황소」와 「사슴」

마지막 답사지인 이상의 집터를 찾아가기에 앞서 윤동주의 하숙집 터 근처에 있는 화가 이중섭(李仲燮, 1916~1956)의 하숙집 터를 찾아가 보았다. 누상동 주변은 아직도 좁은 골목길이 미로처럼 이어진 옛 동네의 풍경을 그대로 간직하고 있다. 스마트 폰을 들고 번지수를 찾아 골목골목을 거닐다 막다른 골목길의 한쪽 벽면에서 이중섭의 하숙집 터를 찾았다. 이중섭은 이 집에서 처음이자 마지막 개인전이었던 미도파 화랑 전시회를 준비했다. 민족의 정기를 담은 역동적인 황소 그림으로 오늘날 높이 평가받는 이중섭의 생애 단 한 번뿐이었던 개인전이 이 비좁은 골목에서 기획되었던 것이다.

골목을 빠져나와 통인 시장 쪽으로 걷다 보면 「사슴」의 시인 노천명(盧天命, 1911~1957)의 생가도 찾아볼 수 있다. 노천명은 일제 강점기 때부터 활발히 활동한 시인으로 근대화 물결 속에 주체적 여성의 면모를 과시하며 문단의 주목을 받았다. 하지만 일제 말 모윤숙 등과 함께 일제가 만든 '조선 문인 협회'에 가입하여 적극적으로 친일 활동에 가담함으로써 큰 오점을 남겼다. 한옥 지붕의 단아한 집들이 이어진 골목에서 노천명의 생가를 만났지만, 너무 늦은 시간이라 들어가지 못하고 문밖에서만 바라보고 돌아섰다.

이상의 '제비 다방', 다시 문을 열다

해가 조금씩 지기 시작할 무렵, 우리는 드디어 마지막 답사지인 이상(李箱, 1910~1937)이 살았던 집터에 도착했다. 사실 이곳은 이상의 큰아버지 집으로 이상은 1912년부터 1933년까지 거주했다. 이상의 집은 가난했고 큰아버지에게는 아들이 없어, 이상은 큰아버지의 양자로 들어갔다. 이곳은 현재 이상이 애인 금홍과 함께 운영했던 다방 이름을 본떠 '제비 다방'으로 운영되고 있다.

과거만큼은 많지 않겠지만 이상이 살던 집 주변에는 여전히 좁은 골목들이 눈에 띈다. 어쩌면 이 골목들이 「오감도」의 "제일(第一)의 아해(兒孩)"부터 "제십삼(第十三)의 아해(兒孩)"가 뛰어다닌 골목이었을지도 모르겠다. 집 기와지붕은 그대로 남아 있지만, 내부는 다방 형태로 바뀌었다. 아마도 오늘날 소비의 상징이 되어 버린 '커피 전문점'이 아닌 그 옛날 문인들의 휴식처요, 예술 창작의 산실이었던 문화적 상징으로서의 다방을 이곳이 재현하기를 소망했으리라.

우리는 계획했던 모든 답사지를 돌고 통인 시장을 지나 저녁을 먹기 위해 식당을 찾았다. 식당에서 샌드위치와 콜라를 먹으니 그제야 '아, 우리가 2013년 서울에 돌아왔구나.' 하고 느낄 수 있었다. 한나절 남짓의 짧은 시간 여행이었지만 아이들은 많은 생각을 하게 된 것 같다. 경복궁 앞에 조선 총독부가 들어서고, 이제껏 보지도 듣지도 못했던 육중한 기계들이 땅을 파고 옛것들을 부수는 천지개벽 같은 일들이 하룻밤 사이에 일어나던 1930년대. 그 시대를 관통했던 젊은 지식인들은 어떤 고민을 하고 어떤 선택을 하였을까?

신문에 일장기를 지운 사진을 실어 구속된 소설가, 일본식 성명 강요를 당한 채 유학 가는 것을 가슴 깊이 부끄러워한 시인, 그리고 모순된 현실에서 불쌍하게 박제가 된 천재 시인을 우리는 만났다. 일제의 침략 전쟁을 찬양하는 시를 쓰며 친일에 앞장선 촉망받던 시인, 나라를 팔아먹은 대가로 으리으리한 저택을 지어 위세를 떨친 친일파도 만났다. 그들의 삶이야 역사가 판단하겠지만 그들은 한 공간 안에서 모두 고뇌 섞인 판단을 했고, 그 삶이 옳다고 믿고 질주했을 것이다. 오늘, 그들이 찍어 놓은 많은 발자국을 따라 걸은 아이들이 그들의 고뇌 어린 삶을 마음의 눈으로 읽었기를 바라 본다. 그리고 그 마음의 눈으로 지금 내 앞에 놓인 현실과 삶의 길을 깊이 있게 성찰하며 오늘의 한 걸음이 내일을 만든다는 사실도 알게 되었기를……. 오늘은 내일에게 거짓말을 하지 않으니까.

- **누가:** 금옥여고 토론·발표 동아리 '탐·행' 학생들과 이종호 선생님
- **언제:** 2013년 8월 7일(수요일)
- **인원:** 8명
- **테마:** 고뇌하는 지식인의 삶을 찾아서

함께하는 문학 답사

토박이 이종호 선생님의 귀띔!

　종로구는 경복궁을 낀 서울의 한복판에 위치한 데다가 넓기도 하기 때문에 답사할 만한 중요한 곳이 많습니다. 따라서 종로 전체를 하루에 답사하기에는 시간이 부족하지요. 그래서 이번 답사는 종로의 서쪽 지역을 중심으로 돌아보았습니다. 문학 답사를 가기 전에 두 명의 친구와 함께 사전 답사를 실시해 가능하면 걸어 다닐 수 있는 장소를 선정했지요. 또 답사를 떠나기 전 문인들에 대한 자료집을 만들어 보고, 주요 작품을 읽어 보도록 했습니다.

문학 답사 코스 추천!

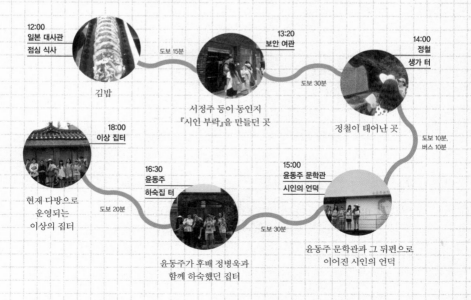

12:00
일본 대사관
점심 식사
김밥

도보 15분

13:20
보안 여관
서정주 등이 동인지
『시인 부락』을 만들던 곳

도보 30분

14:00
정철
생가 터
정철이 태어난 곳

도보 10분,
버스 10분

18:00
이상 집터
현재 다방으로
운영되는
이상의 집터

도보 20분

16:30
윤동주
하숙집 터
윤동주가 후배 정병욱과
함께 하숙했던 집터

도보 30분

15:00
윤동주 문학관
시인의 언덕
윤동주 문학관과 그 뒤편으로
이어진 시인의 언덕

남산, 그 푸름 속 문학 이야기

남산은 N 서울 타워와 케이블카가 있고 서울의 중앙에 자리 잡은, 서울의 허파와도 같은 곳입니다. 볼 것, 즐길 것도 많고, 많은 이야기를 품고 있는 남산이지만 이곳 구석구석을 직접 다녀 본 사람은 많지 않은 것 같습니다. 그래서 이번 문학 답사에서는 남산에서 가까운 청계천에서 시작하여 지훈 시비까지 답사하면서 남산 속의 문학 이야기를 찾아가려 합니다.

전태일, 천변 위 희망으로 다시 서다

사대문 안 서울의 중심축이라 할 수 있는 종로와 을지로 사이에 청계천이 있습니다. 청계천과 평화 시장은 청계 5가 마전교부터 나래교, 전태일 다리(버들 다리)를 거쳐 오간수교까지 이어집니다. 주변에는 방산 시장,

신 평화 상가, 동 평화 상가, 동대문 종합 시장, 광장 시장 등이 있어 늘 활력이 넘칩니다. 평화 시장은 6·25 전쟁 때 월남한 피란민들이 청계천 남쪽에 몰려들면서 형성되었고, 1970년대에는 우리나라 전체 기성복 시장의 70퍼센트를 담당할 정도로 번성했습니다.

나래교를 지나서부터 바닥에 황동판이 보이기 시작합니다. 전태일 다리를 거쳐 오간수교까지 양쪽 인도 바닥에 4,000여 개의 황동판이 쭉 이어져 있습니다. 표현은 제각각이지만 모두 전태일(全泰壹, 1948~1970)의 정신을 기리는 것입니다.

전태일이 세상을 떠난 지 40여 년이 흘렀지만, 그는 여전히 우리에게 미래의 희망을 상징하는 청년입니다. 그는 1970년 11월 13일 평화 시장 길가에서 "근로 기준법을 준수하라!", "우리는 기계가 아니다! 일요일은 쉬게 하라!", "노동자들을 혹사하지 마라!", "내 죽음을 헛되이 하지 마라!"라고 외치며 분신했습니다. 전태일 다리 가운데에서 전태일 반신상을 만납니다. 재단사였던 그의 양쪽 팔에는 토시가 끼워져 있고, 왼손은 땅을 짚고 오른손은 하늘을 향하고 있습니다. 땅속에서 위로 올라오는 그의 모습처럼, 전태일이 가졌던 희망이 현실에서 자라나기를 반신상은 기원하고 있는지 모릅니다. 반신상 주변은 주차된 오토바이, 오가는 자동차와 사람 들로 매우 번잡합니다. 같이 답사한 학생들은 어수선한 시장 분위기에 당황하기도 했지만, 오히려 그 속에서 전태일을 더 실감나게 느낄 수 있었습니다.

나는 돌아가야 한다.
꼭 돌아가야 한다.
불쌍한 내 형제의 곁으로, 내 마음의 고향으로, 내 이상의 전부인 평

전태일 반신상

화 시장의 어린 동심 곁으로.
생을 두고 맹세한 내가, 그 많
은 시간과 공상 속에서, 내가
돌보지 않으면 아니 될 나약
한 생명체들.

나를 버리고, 나를 죽이고
가마. 조금만 참고 견디어라.
너희들의 곁을 떠나지 않기
위하여 나약한 나를 다 바치
마. 너희들은 내 마음의 고향
이로다.

— 전태일의 1970년 8월 9일
일기 중에서

1970년대 산업화의 문제점을 분신을 통해 고발한 전태일은 우리나라 노동 운동의 시작을 알린 인물입니다. 하지만 전태일의 분신 장소를 나타내는 둥근 동판은 지난해 겨울 제설 작업 후 사라져 버렸다고 합니다. 반신상에서 조금 떨어진 곳, 신호등 옆에 덩그러니 남은 둥근 홈이 그곳입니다. 분신 장소에서 동판을 보지 못해 아쉬웠지만, 우리 학생들의 마음속에는 오늘의 기억이 동판처럼 새겨질 것입니다. 발자국에 시달린 동판이 더욱 반들반들 빛나는 것처럼, 전태일의 정신과 희망이 퇴색되지 않고 밝게 빛나길 빌어 봅니다.

인도에서 평화 시장 건물 안쪽으로 들어가 보았습니다. 좁고 긴 형태의 시장 건물은 1962년에 만들어졌으니 전태일 생전에도 지금과 유사한 모습이었을 것입니다. 당시 일 층은 판매를 담당하고, 이 층과 삼 층은 작업장으로 쓰였습니다. 작업장에는 '밀폐된 닭장'과도 같은 다락방이 있었고, 노동자들은 환기구도 없는 최악의 작업 환경에서 턱없이 적은 임금을 받으며 하루 평균 열여섯 시간 노동을 했습니다. 그러나 지금은 작업장은 없어지고 의류, 잡화류 등을 파는 깨끗한 상가만이 있을 뿐입니다.

전태일이 일기를 비롯한 여러 편의 글을 썼다는 것은 널리 알려진 사실입니다. 그가 남긴 글 속에서 '인간 전태일'을 느낄 수 있습니다. 전태일이 잠시나마 마음에 담아 둔 여인이 있었지만 그는 그 여인과의 인연을 포기하며 아픈 마음을 일기에 적었습니다. 그는 일기장에 김소월의 「못 잊어」, 「밤」, 「초혼」, 「산유화」, 「잊었던 맘」, 「옛이야기」, 「진달래꽃」, 「널」 등을 쓰며 그리움과 아픈 마음을 달랬습니다. 전태일과 김소월, 다른 시공간과 영역에서 활동했지만 시를 통해 두 사람은 이어집니다.

한국 현대 문학관, 근현대 문학의 자취를 밟다

평화 시장에서 나와서 장충동 쪽으로 20분 정도 걷다 보면, 서울에서 가장 오래된 빵집인 태극당이 나옵니다. 태극당 옆 작은 골목길로 100미터 정도 걸어 올라가면 단층의 한국 현대 문학관 건물이 보입니다. 전국에 산재한 60여 곳의 문학관이 대부분 특정 문인, 특정 지역 중심으로 구성되어 있는 데 비해, 한국 현대 문학관은 우리 근현대 문학 백여 년을 돌아볼 수 있도록 꾸며져 있습니다. 종합 전시관, 중앙 전시관, 주요 시인 전시관 등으로 구성된 한국 현대 문학관은 공간에 비해 전시물이 많아 밀도가 높은 편입니다. 현대 문학 계보도를 중심으로 시인, 소설가, 아동 문학가, 월북 작가 80여 명의 사진과 약력 및 저작물 등의 자료가 정리

한국 현대 문학관

되어 있습니다. 민간에서 널리 읽힌 목판 인쇄물인 방각본과 책값이 국수 한 그릇 값과 같다고 해서 육전 소설이라 불린 딱지본도 있습니다. 책이 아이들 딱지처럼 울긋불긋해서 생긴 이름이지요. 문인들의 육필 원고도 한편에 가지런하게 정리되어 있습니다. 작가의 고향과 문학관의 위치가 표시된 한국 현대 문학 지도도 벽면을 채우고 있습니다. 문학관 한쪽에 문학관 설립자인 수필가 전숙희의 기념관이 있습니다.

학예사에게 미리 부탁을 해 놓았기에, 우리는 문인들에 대한 다양하고 재미있는 이야기와 설명을 들을 수 있었습니다. 감옥에 있던 김동인이 아내에게 보낸 편지를 보며 가족을 아끼는 마음에 감탄했고, 늦은 나이에 등단했지만 생을 마칠 때까지 글쓰기를 멈추지 않은 소설가 박완서 이야기에 감동했습니다. 이상의 사진 앞에서 한 학생은 "이상은 이상한 사람이 아니야. 작품이 난해하지만 그건 그가 천재라서, 우리가 그를 제대로 이해를 못 해 그렇게 보일 뿐이야."라며 이상 예찬론을 펴기도 했습니다. 한 학생이 딱지본 소설 「능라도」의 표지 그림을 보며 "시대에 비해 표지가 좀 야한 것 같아!"라고 하자, 서로 표지를 보려 소설 주변으로 몰려들기도 했습니다. 그 외에도 이광수, 김소월, 윤동주 등 여러 작가의 육필 원고에는 작가들이 창작 과정에서 얼마나 치열하게 고민했는지가 생생하게 드러나 있었습니다. 문학 작품은 작가의 천부적 재능보다는 후천적 노력의 산물이며, 어느 한 작품도 대충 쓰이지 않았음을 육필 원고는 그대로 보여 줍니다. 한쪽 벽면에는 가혹한 일제 강점기에도 우리말로 문학을 하는 데 주저하지 않았던 윤동주, 현진건, 박태원, 이육사, 정지용 등 문인 스무 명의 사진이 있습니다. 일제의 극심한 탄압에도 굴하지 않고 우리말과 우리글을 사랑한 그들이 오늘날 우리 문학의 토대가 되었음에 감사할 따름입니다. 한국 현대 문학관을 찾는 사람은 그리 많지 않았습니다. 우리는 호젓하게 전시물을 보며 한국 근현대 문학의 흐름을 이해할 수 있었습니다.

소월 시비, 자연이 시를 품다

한국 현대 문학관에서 큰길을 하나 건넌 후, 장충단 공원에서 순환 버스를 타고 남산 N 서울 타워에 올랐습니다. 타워에서 서울을 조망하고 성곽 길을 따라 걸어 내려와 남산 도서관 옆에 있는 김소월(金素月, 1902~1934)의 시비에 이르렀습니다.

시 「산유화」가 새겨진 김소월 시비는 한국 일보가 1968년 현대 신시(新詩) 60돌을 기념해 남산 공원 입구에 세운 것입니다. 우리나라 신시의 시작을 1908년 육당 최남선의 「해(海)에게서 소년(少年)에게」라고 본 것입니다. 흔히 시비는 시인의 기념 사업회, 후학, 후손, 가까운 사람 들이 주체가 되어 세우는데 김소월 시비는 신문사가 주체가 되어 만들었다는 것이 특이합니다.

김소월 시비

형태 역시 다른 시비와 차이가 납니다. 시비를 처음 본 학생은 대뜸 뗀석기 모양이라고 합니다. 소월 시비는 자연석의 가장자리와 뒷면은 그대로 두고 전면의 가운데만 다듬었기에 뗀석기처럼 보였습니다. 그리고 다듬은 면의 크기에 맞추어 시를 새기다 보니 시행이 긴 2연과 3연은 위로 조금 올라가 있고, 시행이 짧은 1연과 4연은 조금 아래로 내려와 있습니다. 자연스럽게 시의 형태가 좌우 대칭이 되어 시의 형식적 균제미를 시비에서도 그대로 느낄 수 있습니다.

산에는 꽃 피네
꽃이 피네
갈 봄 여름 없이
꽃이 피네

산에
산에
피는 꽃은
저만치 혼자서 피어 있네

산에서 우는 작은 새여

꽃이 좋아
산에서
사노라네

산에는 꽃 지네
꽃이 지네
갈 봄 여름 없이
꽃이 지네

— 김소월, 「산유화」

학생들은 '산유화'를 '진달래꽃' 같은 꽃 이름이라고 알고 있었습니다. 사실 '산유화'는 '산에 꽃이 있다.' 혹은 '산에 꽃이 피어 있다.'라는 의미로, 시의 첫 행을 한자로 옮긴 것입니다. 소월은 산에서 피고 지는 꽃을 소재로 세상에 존재하는 모든 사물의 근원적인 고독을 노래하고 있습니다. 소월 시비 부근에는 진달래, 개나리, 벚꽃, 산옥잠화, 백일홍, 무궁화 등이 봄, 여름, 가을 계속 피었다 집니다. 시비 옆에서 소월의 시에 가락을 붙여 만든 노래 「진달래꽃」, 「개여울」, 「초혼」 등을 들으며 소월을 생각하는 시간을 가졌습니다.

1920년대 다양한 서구 문예 사조가 도입되는 상황에서도 소월은 고유어를 사용해 우리 민족의 전통적인 정서를 노래했습니다. 하지만 일본인들에 의해 정신 이상자가 되어 버린 아버지, 사람들과 잘 섞이지 못하는 내성적인 성격, 고향에서 겪은 『동아 일보』 지국 운영 실패, 일본 관헌의 집요한 감시 등 어려움과 상처를 견디지 못하고 정신적·경제적으로 피폐해져 서른셋의 나이에 스스로 생을 마감하였습니다. 시인 김소월의 삶은 불우하고 짧았지만, 그가 남긴 문학은 「산유화」 시비처럼 자연스럽게 오랫동안 우리 곁에 머무를 것입니다. 우리는 소월이 어려서부터 많이 따르고 의지했다는 숙모 계희영에 대해 이야기하며, 조지훈의 시비로 발길을 옮겼습니다.

지훈 시비, 선비의 기상이 「파초우」를 품다

소월 시비에서 서울특별시 교육 연구 정보원을 지나 드라마 촬영지로 유명한 '삼순이 계단'을 거쳐 북측 순환로로 들어가면 조지훈 시비가 있습니다. 지훈 시비는 산책로 바로 옆에 있고, 산책로 건너에는 쉼터인 '목멱산방'이 있어 김소월 시비에 비해 오가는 사람이 많았습니다. 김소월 시비가 석재의 자연미를 오롯이 살렸다면, 화강암을 굳건한 사각 기둥으로 다듬어 놓은 조지훈 시비는 꼿꼿한 기세가 느껴졌습니다.

매천 황현과 만해 한용운을 평생의 사표(師表)로 삼은 조지훈(趙芝薰, 1920~1968)은 우리 현대사를 대표하는 지성인입니다. 구한말 의병 대장으로서 경술국치 소식을 듣고 자결한 증조부, 6·25 전쟁 때 마을이 유린되자 의리를 지켜 스스로 생을 마감한 조부, 국회 의원을 지냈으나 6·25 전쟁 때 납북된 부친 등 가족의 영향으로 지훈은 자연스럽게 의와 지조를 배웠습니다.

그는 스무 살에 「고풍 의상」, 「승무」 등 고전적 제재의 시를 발표해 시인으로 등단했지만, 일제의 탄압으로 『문장』이 폐간되고, 조선어 학회 사건을 겪으며 문단이 친일 문학으로 기울어지는 현실에 맞닥뜨립니다. 이러한 현실을 참을 수 없었던 지훈은 성지 순례를 하는 심정으로 서울을 떠나 경주로 향합니다. 이때 쓴 작품이 시비에 쓰인 「파초우(芭蕉雨)」입니다.

외로이 흘러간 한 송이 구름
이 밤을 어디메서 쉬리라던고.

성긴 빗방울
파초 잎에 후두기는 저녁 어스름

창 열고 푸른 산과
마주 앉아라.

들어도 싫지 않은 물소리기에
날마다 바라도 그리운 산아

온 아침 나의 꿈을 스쳐간 구름
이 밤을 어디메서 쉬리라던고.

—조지훈,「파초우」

일반적으로 자연과 함께하며 느끼는 한가함, 여유로움, 동양적 유유자적(悠悠自適)의 정서를 표현한 작품이라 알려져 있지만 학생들은 이 시에서 왠지 모를 쓸쓸함과 허전함이 느껴진다고 했습니다.

지훈은 광복 이후 혼란한 정국에서 공산주의와 맞섰고, 6·25 전쟁 때에는 종군 작가로 전쟁의 참상을 고발하였습니다. 자유당 말기에는 불의한 권력에 맞서 글로써 격렬하게 저항하였고, 4·19 혁명과 5·16 군사 정변으로 정국이 혼란할 때「지조론」등의 글로 소신을 펼치며 현실을 매섭게 질타하기도 했습니다.

지훈의 삶을 단적으로 잘 드러내는 것이 바로 필명 '지훈(芝薰)'입니다. '지훈'은 『공자가어(孔子家語)』 가운데 '芝蘭生於深林 不以無人而不芳 君子修德立道 不以困窮而改節(깊은 숲 속에서 자라는 지초와 난은 사람이 없다고 하여 향을 내지 않음이 없고, 도를 실천하고 덕을 닦는 군자는 곤궁에 처하여도 절개를 버리지 않는다)'이라는 문장에서 따온 것으로, 지조 있는 선비의 삶을 함축하고 있습니다.

시비 주변 벤치에 앉아 문학에서는 시인, 현실에서는 논객이자 지사, 학문에서는 국학을 개척한 학자, 자녀들에게는 훈훈한 아버지였던 지훈을 추억하였습니다. 또 지훈과 목월의 「완화삼」과 「나그네」를 읽으며 두 시인의 우정에 관해 학생들과 이야기도 나누었습니다. 그런 다음 한자가 너무 많아 읽기 힘들다는 학생들을 다독이며 시비 뒷면에 적힌 지훈의 약력을 함께 읽었습니다.

청계천 마전교에서 시작된 우리의 문학 답사는 지훈 시비에서 끝났습니다. 짧지 않은 길을 걸었지만, 모두 즐거운 표정이었습니다. 시내에서 바라보는 남산은 우리에게 푸른 편안함을 주었고, 직접 올라 본 남산은 우리에게 이야기를 찾는 즐거움을 주었습니다. 아직도 남산에는 미처 우리가 찾지 못한 수많은 이야기가 있습니다. 그 이야기들은 우리가 언제든지 찾아 주기를 아직도 기다리고 있습니다.

- **누가:** 상명대부속여고 문학 답사반 학생들과
  김종언 선생님
- **언제:** 2013년 9월 14일(토요일)
- **인원:** 15명
- **테마:** 남산 속 문학 이야기

함께하는 문학 답사

토박이 김종언 선생님의 귀띔!

　문학 답사 전 영화 「아름다운 청년 전태일」을 보며 전태일의 활동을 이해하고, 학생들이 좋아하는 문인과 작품 들도 조사했습니다. 한국 현대 문학관, 김소월 시비, 조지훈 시비에서는 학생들이 각자 조사한 작가를 친구들에게 설명하는 시간을 가졌어요. 남산 북측 순환로를 이용해 소월 시비, 지훈 시비, 한국 현대 문학관, 전태일 거리 순으로 답사하는 것도 좋습니다. N 서울 타워, 한옥 마을, 남대문 시장 등의 볼거리와 다양한 먹거리도 염두에 둔다면 답사가 더욱 즐거울 거예요.

문학 답사 코스 추천!

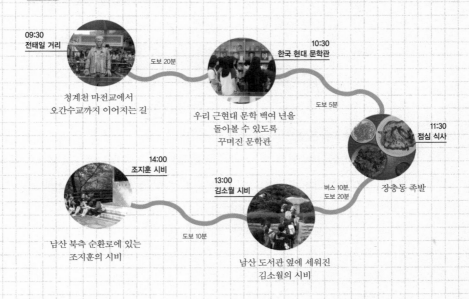

09:30 전태일 거리
청계천 마전교에서 오간수교까지 이어지는 길

도보 20분

10:30 한국 현대 문학관
우리 근현대 문학 백여 년을 돌아볼 수 있도록 꾸며진 문학관

도보 5분

11:30 점심 식사
장충동 족발

버스 10분, 도보 20분

13:00 김소월 시비
남산 도서관 옆에 세워진 김소월의 시비

도보 10분

14:00 조지훈 시비
남산 북측 순환로에 있는 조지훈의 시비

인천 강화

유미 | 인천 작전고

강화도 밖에서 강화도를 보다

강화도 밖에서 강화도 안으로

"산속에 있을 때에는 산이 보이지 않더니 산 밖으로 나오니 산이 보이네요."

곰배령에 사는 젊은 아낙이 눈이 펄펄 내리는 산자락을 보면서 한 말이다. 나도 그랬다. 나는 강화군에 속하는 아주 작은 섬에서 태어나 여덟 살 때까지 그곳에서 살다가 '말은 제주도로 보내고 사람은 서울로 보내라'는 옛 어른들의 가르침에 따라 인천 시내에 있는 학교로 전학을 갔다. 그렇게 강화도와는 멀어지는 듯했다. 그런데 참 신기하게도 나는 강화읍에 있는 고등학교에서 교사로 첫발을 내디뎠고, 그 학교에서 2년을 근무했다. 어렸을 때 산 햇수와 근무한 햇수를 합하면 강화도에서 보낸 시간이 딱 십 년인데, 그때까지도 난 강화도를 제대로 본 적이 없었다. 강화도는 그냥 강화도였다. 학교를 옮기면서 강화도 밖으로 나오게 되었다. 정말 신기하게도 강화도를 나오니 강화도를 볼 기회가 아주 많아졌다.

2013년 8월 31일, 몇 번째인지는 모르겠으나 또 강화도를 보게 되었다. 이번에는 나 혼자가 아니라 우리 학교 학생들 열아홉 명과 함께. 보는 눈이 마흔 개나 되니까 더 많은 것을 볼 수 있겠다는 생각이 들었다. 평범한 시선이 아니라 '문학적 안목'으로 강화도를 둘러보자고 결심하며 문학 답사를 시작했다.

강화도는 '문학'보다는 '역사'라는 단어가 더 어울리는 곳이다. 섬 전체가 박물관이라고 할 정도로 곳곳에 문화 유적지가 있다. 강화도는 팔만대장경이 만들어진 곳이며, 고려 시대에는 한때 왕이 살기도 했다. 조선 말에는 두 번의 큰 양요(洋擾, 구한말 서양 세력이 천주교 탄압이나 통상 문제 따위를 빌미로 일으킨 난리)를 치른 곳이기도 하다. 강화도 곳곳에는 싸움과 피의 흔적이 있으며, 그 속에서 강화도 사람들은 억척스럽게 목숨을 이어 갔다. 현재 강화도는 인천광역시에 속해 있지만, 이곳 사람들은 강화도를 인천이라고 부르지 않는다. 강화도는 강화도인 것이다.

토요일이었지만 아침이라 그런지 강화도 가는 길은 하나도 막히지 않았다. 인천 계양구에 있는 우리 학교에서 출발한 버스는 첫 답사지인 초지진(草芝鎭)을 향해 막힘없이 달렸다. 아이들에게 몇 가지 주의 사항과 강화도에 대한 간단한 정보 등을 알려 주려 했는데 아이들은 내 말에 관심이 없다.

"얘들아, 선생님이 나눠 준 자료 꼼꼼하게 읽어 봐라. 알고 보는 것과 모르고 보는 것은 하늘과 땅 차이다. 느낌이 다르거든. 자, 그리고 국어 시간에 배운 시 중에 「눈물은 왜 짠가」 기억나? 누가 지은 시지?"

"김소월!"

"우리나라 시는 전부 김소월이 지었어?"

"그럼 윤동주요?"

"함민복 시인이잖아. 금시초문이야? 어떤 내용이었는지 기억해? 집안 사정이 나빠져서 화자가 어머니를 이모님 댁에 모셔다 드리다 점심 먹으러 설렁탕집에 갔잖아. 화자의 어머니가 아들한테 고깃국물 더 먹게 하려고 설렁탕에 소금을 많이 넣었지…… 마지막에 '눈물은 왜 짠가'라고 끝나고. 그 시를 지은 시인이 지금 강화도에 산단다. 혹시 운 좋으면 만날 수도 있지 않을까?"

"선생님, 우리 오늘 점심에 설렁탕 먹어요?"

아이들과 기막힌 대화를 나누는 사이 버스는 벌써 초지 대교에 들어섰다.

호국의 명함, 초지진과 광성보를 거닐다

강화도로 들어가기 위해서는 강화 대교를 건너거나 초지 대교를 건너가야 한다. 두 대교 입구에는 총을 메고 완전 무장한 해병대 군인이 굳어 버린 나무처럼 보초를 서고 있다. 어깨에 멘 총 때문일까? 강화도로 들어갈 때마다 왠지 모르게 살짝 긴장이 된다.

강화도에 뿌리를 내리고 사는 함민복 시인의 시 중 「명함」이 떠올랐다. "새들의 명함은 울음소리다//경계의 명함은 군인이다"라는 시구처럼 김포와 강화의 경계에는 군인이 납작한 명함처럼 서서 여기부터가 강화의 시작이라고 알려 준다. 우리가 탄 버스는 미처 그 명함을 읽기도 전에 쌩 달려갔다.

초지진에 도착하니 9시 20분. 너무 일찍 도착해 버린 버스는 초지진의 드넓은 주차장에 덩그러니 섰다. 문화 해설사의 설명이 10시부터 시작되

초지진

기 때문에 아이들과 40분을 이곳에서 버텨야 했다. 일단 아이들에게 초지진의 주변을 살펴보라고 했다. 내가 아는 범위 안에서 초지진의 성벽과 소나무에 남아 있는 포탄 자국을 알려 주면서 '문학과 역사가 어우러진 강화도 답사'가 시작되었다. 아이들은 아이들대로 나는 나대로 이곳저곳을 살펴보았다. 강화도에 그렇게 많이 왔지만, 초지진을 이렇게 오랫동안 거닐어 본 것은 이번이 처음이었다. 매표소 아저씨에게 혹시나 하는 마음으로 문화 해설사 선생님의 설명을 지금 들을 수 있는지 물었다. "잠깐 기다려 보시겨. 연락 좀 해 보구요. …… 여보세요? 예, 알갔시다. 예, 여지껏 버스 안이라고 하네요. 10시나 돼야 가능할 거예요." 이런 대답이 돌아왔다. 강화도 사투리다. 강화도 사투리는 개성 말과 비슷하다.

6·25 전쟁 때 개성 사람들은 강화도로 피란을 많이 내려왔다. 그리고 그들은 이곳에서 인삼 농사를 많이 지었다. 지금도 강화도에는 삼포(인삼밭)를 쉽게 볼 수 있다. 함민복 시인의 산문집과 시집에도 가끔씩 강화도 사투리가 등장하는데, 그 부분을 읽을 때마다 내 귀에는 강화도 토박이인 외삼촌과 육촌 이모의 말투가 생생하다.

　　고 선장이 배 속도를 늦추고 담뱃불을 달립니다. 물빛에 그을려 구릿빛으로 탄 얼굴. 영락없는 뱃사람입니다. 나는 고 선장에게 참 많은 것을 물어보았고 참 많은 것을 배웠습니다.

"고기 많이 잡혔을 것 같시꺄?"

"바다나 알지 누가 알겠쓰꺄."

속도를 늦춰 엔진 소리가 작아진 사이 고 선장에게 말을 건네 보았는데 짧게 대답하고 다시 속도를 올립니다.

— 함민복, 「섬에서 보내는 편지」 중에서

초지진에서 차로 약 5분 정도를 더 가면 광성보(廣城堡)가 나온다. 광성보에 이르렀는데 아직도 시간은 10시가 안 되었다. 혹시나 하는 마음으로 매표소에 가서 문화 해설을 부탁해 보았다. 역시 하늘은 스스로 돕는 자를 돕는다는 말이 맞는가 보다. 그날따라 버스가 유난히 빨리 달려 문화 해설사님이 10분이나 일찍 도착한 것이었다. 이미 예약한 팀이 있었으나 일찍 온 우리 학교 학생들을 기특하게 여긴 문화 해설사님은 우리에게 광성보와 초지진에 대해 해설해 주었다. 해설사님을 중심으로 학생들이 반원을 그리고 섰다. 평소 수업 시간을 생각하니 걱정이 앞섰다. '혹시 해설을 들으면서 졸거나 옆 친구랑 떠들면 어쩌지? 실없는 농담이라도 던지면 어쩌나?'

해설사님이 아이들에게 '진'과 '보'의 차이를 물었다. 당연히 대답을 하는 아이가 없었다. 해설사님은 이야기를 섞어 가면서 '진'과 '보'의 차이를 설명해 주었다. 놀라운 일이 벌어졌다. 아이들이 떠들지도 졸지도 않고 진지하게 그 설명을 듣고 있는 것이었다. '진'과 '보'는 군사 방어 시설로 규모는 비슷하나 수장의 품계에서 차이가 난다. 진의 수장은 9품, 보의 수장은 4품으로 보의 수장이 높다.

광성보는 신미양요 때 가장 치열한 격전지였다. '바다를 살피는 누각'이란 뜻의 안해루(按海樓)를 마주 보고 오른쪽으로 올라가다 보면 소나무

광성보

숲 사이로 난 좁은 길이 있다. 그 길을 따라 천천히 걷다 보면 신미양요 때 전사한 어재연 장군과 무명의 군사들을 모신 무덤이 있다. 온몸을 던져 나라를 구한 무명의 군사 50여 명이 묻힌 곳이다. 전투 중에 바다에 빠진 군사들은 시신을 찾을 수 없어 무덤조차 만들 수 없었다고 한다. 이 무명의 군인들은 전쟁이 나지 않았을 때에는 땅을 일구며 부지런하게 살았던 가난한 농부였을 것이다. 이들은 자신의 이름자도 쓰지 못했을 것이고, 양반들에게 사람 취급도 받지 못했을 것이다. 이들에게 조선이라는 나라는 어떤 의미였을까? 힘들게 농사지은 것을 세금으로 빼앗아 가는 곳이 아니었을까? 그럼에도 불구하고 무엇이 이들로 하여금 목숨을 지푸라기같이 내던지고 싸우게 했을까? 광성보를 천천히 산책하듯 거닐다 보니 어느새 한 시간이 지났다.

천 년 세월, 부처님 말씀을 들으며 배신을 참회하라

다음 여정은 전등사(傳燈寺). 전등사로 향하는 버스 안에서 아이들에게 자료집에 있는 전등사 정보를 잘 읽어 보라고 했다. 그리고 나서 남학생들이 흥미를 보일 정보를 슬쩍 흘렸다.

"얘들아, 전등사 대웅전 처마를 잘 봐. 여자 나체상이 네 개나 있다."

아이들은 다른 것은 안 보더라도 그것은 꼭 보겠다며 눈을 빛냈다. 꼬불꼬불하고 좁은 길을 달려 전등사 주차장에 도착했다. 주차장은 포장이 되지 않아 차가 들어설 때마다 먼지를 피어올렸다. 버스 문이 열리고 밖으로 나서자 잔뜩 피어오른 먼지와 뜨거운 열기가 숨을 턱 막아 버렸다. 몇몇 아이들은 그늘을 향해 뛰어가기도 했다. 우리는 전등사로 난 길을 줄지어 올랐다.

단군의 세 아들(부소, 부우, 부여)이 쌓았다는 정족산성(鼎足山城). 전등사에 들어가려면 이 산성을 통과해야 한다. 산성의 동문을 통과하려다가 물러서서 성벽 바깥에서 성벽을 본다. 수많은 돌로 쌓인 성벽. 성벽은 가장 치열한 길이다. 길을 끊으려는 자와 뚫으려는 자의 경계다. 길과 길이 아님의 경계이고 공격과 방어의 경계다. 부딪힘이다. 목숨을 걸거나 바쳐야 길을 끊든, 잇든, 지키든, 허물든 할 수 있는 곳이다. 성벽, 사적인 담이 아닌 공적인 담. 담 중에 목숨 비린내가 가장 짙게 배어 있는 담. 성벽은 길을 인정하지 않으려는 길이고 길을 인정하려는 길이어서 늘 긴장감이 팽팽한 길이다. 그러나 어찌하랴. 그 길도 세월의 공격엔 어쩔 수 없는지, 허물어져 새로 개축한 흔적이 눈에 들어오는 것을.

동문을 통과하면 포장도로가 끊기고 흙길이 시작된다. 우리나라 도처에서 열세에 놓인 흙길. 지금 정족산성이 지키고 있는 것 중 하나가 흙길인가 보다. 흙길과 콘크리트 길의 경계에 정족산성 성벽이 있다.

성 안에서 동문을 바라보면 좌측으로 등산로가 이어진다. 달맞이 고개 쪽으로 오르는 길이다. 가파르나 산이 높지 않아 그리 힘들지 않은 길이다. 달맞이 고개. 부처님은 음력 4월 8일 태어났고 음력 2월 8일 출가하여 음력 12월 8일 깨달았다. 음력 8일은 반달이 뜨는 날이다. 달의 힘에 영향을 받는 물때를 따져 보면 조금날이다. 조금은 물이 가장 적게 들어오고 적게 나가는 날이다. 조금은 물이 늘고 주는 경계의 날이

전등사

다. 달의 입장에서 보면 반달은 커지든 작아지든 출발의 날이다. 새로운 길을 떠나는 날인 것이다. 그날 부처님은 태어나고 출가하고 깨달았다.

— 함민복, 「전등사에서 길을 생각하다」 중에서

함 시인의 표현처럼 가파르나 산이 높지 않아 그리 힘들지 않은 길을 아이들과 수다를 떨면서 오른다. 매표소 앞에는 단군의 세 아들이 쌓은 정족산성이 길게 누워 있다. 단군은 무엇을 막으려고 산성을 쌓았을까? 입장권을 끊고 산성을 통과해 드디어 전등사에 들어섰다. 전등사는 서기 381년(고구려 소수림왕 11년)에 진나라에서 건너온 아도 화상이 창건하였다. 아도 화상은 강화도를 거쳐 신라에 불교를 전했다고 한다. 아도 화상은 처음 이 절을 짓고 절 이름을 진종사(眞宗寺)라 붙였는데, 후에 1282년 충렬왕의 왕비가 진종사에 경전과 옥등을 시주한 것을 계기로 불법(佛法)의 등불을 전한다는 뜻의 '전등사'라는 이름이 붙었다.

입구에서 2~3분을 걸으니 윤장대(輪藏臺)가 보인다. 불교 경전을 넣은 책장에 축을 달아 돌릴 수 있게 만든 윤장대는 한 번 돌리면 경전을 읽은 것과 같은 공덕이 생긴다고 한다. 아이들에게 윤장대의 의미를 이야기하고 힘껏 돌려 보려고 갔더니 아쉽게도 고장이 나서 돌릴 수가 없었다. 윤장대 옆에는 500년도 더 산 보호수 두 그루가 넓게 그늘을 드리우고 있었다. 윤장대를 왼편에 놓고 구부러진 길을 따라 조금 더 올라가면 대조루가 나온다. 대조루 밑을 지나야 대웅전을 볼 수 있다. 전등사 대웅전은 보물 제178호로 1621년(광해군 13년)에 다시 지어졌다고 한다. 규모는 그리 크지 않아 정면 3칸, 측면 3칸으로 되어 있다. 지붕 처마를 받치는 장식물인 공포가 기둥 위와 기둥 사이에도 있는 다포 양식을 취하고 있다. 둥근 기둥이 안정감을 준다. 대웅전 불상 앞에 서서 합장을 하고 주변을 둘러본다. 빛이 바래 긴 세월의 흔적이 느껴지는 단청과 여기저기 풀이 나 있는 지붕, 그 위에 그림처럼 살포시 앉은 구름 덩이를 카메라에 담고 있는데 민규가 다가왔다. 녀석이 나에게 은밀하게 물었다.

"선생님, 도대체 여자 나체상이 어디 있어요? 지금 20분째 찾고 있는데 안 보여요. 설마 성장기에 있는 순진한 제자에게 거짓말을 하신 건 아니죠?"

"저 지붕 양쪽이 맞닿은 곳을 봐. 원숭이처럼 생긴 조각 보여? 그게 바로 나녀상이니라."

"지금 제가 보고 있는 저 사람이라고 할 수도 없는 이상한 나무 조각 말씀이세요? 선생님, 어떻게 저 조각을 여자 나체상이라고 하실 수 있어요? 정말 실망이에요."

녀석은 나를 원망하며 가 버렸다. '녀석아, 그럼 넌 도대체 무엇을 기대하고 있었더냐?'

고구려 소수림왕 시절, 전등사 대웅전을 지을 때다. 공사를 맡은 목수들 중에 유난히 일을 잘하는 이가 있었다. 이 목수는 절 아래 주막집 여인네와 정분이 나서 공사를 하며 받은 돈을 전부 이 여인네에게 가져다주었다. 절 공사가 끝나면 여인네랑 살림을 차릴 희망에 부풀어 힘든 줄도 모르고 열심히 일을 했다. 그러나 세상에 존재하는 모든 사랑이 다 아름답게 결말을 맺지는 못한다. 이 목수의 경우도 그랬다. 주막집 여인네는 목수가 뼈 빠지게 번 돈을 모두 가지고 야반도주를 했다. 배신을 당한 목수는 뜨거운 눈물을 흘리면서 절로 돌아와 절 공사에 온 힘을 쏟았다.

그러나 끝내 자신을 배신한 여인네를 용서할 수는 없어서 대웅전 추녀 밑에 도망간 여인네를 조각해 무거운 지붕을 평생 떠받치게 했다는 이야기가 전해진다. 그래서일까? 처마를 받치고 있는 여인네는 원숭이처럼 못생겼고, 부끄럽게도 음부를 드러낸 채 쭈그리고 앉아 있다. 천 년이 넘도록 흉측한 자세로 벌을 받게 한 것을 보니 자신을 배신한 여인네에 대한 분노가 얼마나 컸는지 알 것 같았다. 여자가 한을 품으면 서리가 내린다는데, 남자가 한을 품으면 아주 긴 뒤끝을 남기는구나.

대웅전을 뒤로하고 다시 대조루를 통과해 입구 쪽으로 내려오다 보면 '죽림 다원'이라는 전통찻집이 있다. 향긋한 솔잎차를 한 잔 놓고 앉아 있으니 매미 소리, 바람 소리, 나뭇잎들이 서로의 몸을 비비는 소리가 한데 어우러져 들려왔다. 발효된 솔향기에는 시큼한 술내도 담겨 있다. 주변 경치도 좋고 바람도 시원해서인지 평소 술을 좋아하지 않는데도 술 생각이 난다. 솔잎차 때문일까? 그러고 보니 전등사에서 멀지 않은 곳에 술을 좋아했던 이규보의 무덤이 있다. 이규보는 강화에서 태어나지는 않았지만 말년에 이곳에서 후학을 가르치다가 생을 마감했다고 한다. 이규보는 시, 거문고, 술을 매우 좋아했고, 술을 '선생'이라 칭한 「국선생전」까지 지었다.

국성은 어렸을 때부터 깊고 고요한 품성을 가졌다. 아버지를 만나러 왔던 손이 국성을 보고 사랑하여, "이 아이는 마음보의 크기가 큰 바다와 같아서 티가 없고 휘저어도 흐리지 않으리다. 그대와 이야기하느니 국성과 즐기는 것이 나으리라." 하였다.

— 이규보, 「국선생전」 중에서

이규보는 마음이 통하는 벗과 술잔을 앞에 놓고 시를 읊고 거문고에 맞추어 노래를 불렀을 것이다. 어쩌면 마음이 어지러울 때 이 전등사에 와서 대웅전 지붕 위 구름을 보면서 마음을 비우지 않았을까?

이번 '문학과 역사가 어우러진 강화도 답사'를 함께한 박영주 선생님과 학교 이야기, 아이들 이야기를 하다 보니 어느새 점심때가 가까워졌다. 금강산도 식후경이다. 식당이 많은 강화읍으로 서둘러 출발했다.

버스는 우리를 태운 채 강화읍에 위치한 고려 궁지를 향해 달렸다. 차창 밖으로 봉지를 쓴 포도가 주렁주렁 달린 포도나무가 보였다. 가을이 되면 맛 좋은 강화 포도를 먹을 수 있을 것이란 생각에 입안에 침이 가득 고인다. 강화 포도는 좋은 황토와 해풍 덕분에 포도알이 굵고 맛이 달다. 매년 가을마다 강화도에서 포도를 상자째 사서 먹는데 올해도 잔뜩 기대하고 있다. 포도 생각에 입안 가득 고인 침을 삼키고 있는데 아이들이 배가 고프다고 아우성이다.

"선생님, 밥은 어떻게 해요? 식당은 예약하셨어요?"

"강화읍에 식당이 많아. 거기 내려 줄 테니 각자 알아서 먹고 2시까지 고려 궁지 앞으로 와. 시간 꼭 지켜라. 지각한 이에게 곤장을 치리라."

아이들을 강화 읍내에 내려 주고 박영주 선생님과 나는 고려 궁지 근처에 있는 음식점에서 묵밥을 먹었다. 묵밥과 콩비지, 순무 김치로 요기를 한 후 고려 궁지 앞으로 갔더니, 벌써 점심을 다 먹은 아이들이 우리를 기다리고 있었다. 표를 끊고 아이들과 함께 고려 궁지 안에 있는 유수부 동헌 앞에서 문화 해설사의 설명을 들었다. 해설사님은 고려 궁지와 외규장각 도서와 그에 얽힌 역사를 옛날이야기처럼 들려주셨다.

백성의 역사가 깃든 곳, 고인돌과 강화도 역사 박물관

고인돌

고려 궁지를 나서 고인돌이 있는 부근리로 향했다. 세계 고인돌의 40퍼센트 이상이 우리나라에 있다고 한다. 강화에 있는 고인돌은 북방 지역에서 많이 나타나는 탁자식 모양으로 세련된 조형미까지 갖추고 있다. 1996년 강화도에서 근무할 때 와 보고 17년 만에 다시 왔더니 주변 풍경이 정말 많이 변해 있었다. 우선 강화도 역사 박물관이 생겼고 고인돌 주변에는 잔디밭이 깔렸고 조형물도 많이 설치되어 있었다. 17년 전에는 벌판에 고인돌만 서 있어 안에 들어가 사진도 찍었다. 하지만 지금은 철책이 고인돌을 보호하고 있다.

고인돌 옆에 있는 강화도 역사 박물관에는 강화의 역사가 담긴 유물이 시대별로 전시되어 있다. 박물관 입구에서 왼편에는 어재연 장군의 수자기(帥字旗, 진중이나 영문의 뜰에 세우던 대장의 군기) 복제품이 전시되어 있다. 신미양요 때 미 해군이 노획하여 본국으로 가져갔던 것을 장기 대여 형식으로 들여왔는데, 원본은 국립 고궁 박물관에 보관되어 있다. 조선의 역경과 패망을 담고 있는 이 군기에 관련된 슬픈 기록이 있다. 당시 미군 측 기록에 따르면 포대에 꽂혀 있던 수자기를 조선군 포수 네댓 명이 자기네 몸에 꽁꽁 묶어 지키고 있었다고 한다. 미군들의 눈에는 한없이 어리석은 동양인들로 보였겠지만, 그 모습을 머릿속으로 떠올리니 화가 나면서 슬프기까지 했다. 중국과의 대의명분만 따지며 시대를 읽지 못하고 백성들을 사지로 몬 지배층의 무능함과 그런 나라를 지키기 위해 목숨을 초개처럼 내던진 백성들의 역사를 담고 있는 역사 박물관에서 우리 아이들은 무슨 생각을 했을까?

시간에 쫓겨 우리는 바삐 버스에 올랐다. 이제 이번 답사의 마지막 코스인 마니산으로 가야 한다. 움직이기 싫어하는 아이들이 슬슬 내 눈치를 보며 말을 걸어왔다.

"선생님, 오늘 토요일인데 약속 없으세요? 토요일 저녁은 가족과 함께 보내셔야죠. 학생들의 학습도 중요하지만 가정이 더 중요하잖아요."

"마니산은 여기서 얼마나 더 가요? 선생님, 마니산 높아요?"

"답사를 이만큼 했으면 충분하니까 이제 마무리하죠, 예?"

아이들은 마니산에 가기 싫은 티를 팍팍 낸다. '그래, 너희들 마음 알겠다. 이렇게 가기 싫은 마음으로 간들 무엇이 너희 눈에 들어오겠니?' 결국 마니산은 나중에 나 혼자 가기로 하고 버스를 첫 출발지로 돌렸다. 더위와 먼지, 그리고 피곤에 지친 아이들은 정신없이 잠에 빠졌다.

16년 전 강화도는 내게 직장이 있는 곳이었고, 아주 드센 아이들과 하루하루 전쟁을 치르던 곳이었다. 그때는 강화도의 역사 대신 그곳에서 현재를 살고 있는 강화도 사람들만 보였다. 이제 멀찌감치 떨어져서 바라보니 강화도에는 볼 것이 수두룩하다. 가을, 포도와 왕새우 철이 오면 고것들을 맛보고 강화도 나들이도 할 겸 또 와야겠다. 그때는 또 무엇을 더 보게 될지 기대가 된다.

- **누가:** 작전고 1, 2학년 학생들과 유미, 박영주 선생님
- **언제:** 2013년 8월 31일(토요일)
- **인원:** 19명
- **테마:** 문학과 역사가 어우러진 강화도 답사

함께하는 문학 답사

토박이 유미 선생님의 귀띔!

강화도는 섬 전체가 박물관이라고 할 정도로 유적지가 많습니다. 요즘에는 제주도의 올레 길과 비슷한 '나들 길'도 마련해 놓아 강화도를 걷는 사람이 많습니다. 이번 답사 코스 중 초지진과 광성보는 해안선을 따라 걷다 보면 만날 수 있어요. 하지만 전등사나 고인돌이 있는 강화도 역사 박물관까지 걷기에는 좀 멉니다. 강화읍 버스 터미널에서 군내 버스를 타면 강화도 곳곳을 갈 수 있습니다. 터미널 옆에는 풍물 시장이 있는데, 장이 서는 날 가면 옛날 시골 장터의 풍경을 만날 수 있어요.

문학 답사 코스 추천!

09:20 초지진

조선 시대에 해상의 적을
막기 위해 구축한 요새

차량 5분

10:00 광성보

고려가 몽골에 대항하기 위해
강화로 천도하였을 때
쌓은 성

차량 20분

11:00 전등사

고구려 소수림왕
11년에 아도 화상이
창건한 절

차량 30분

13:00 점심 식사

묵밥, 콩비지

도보 20분

14:00 고려 궁지 외규장각

몽골군의 침입 때 지어진
고려 궁궐 터와 조선의
왕실 서적을 보관한 도서관

차량 15분

15:30 부근리 지석묘 강화도 역사 박물관

유네스코 세계 문화유산으로
등재된 고인돌과 강화의 역사를
살필 수 있는 역사 박물관

절망을 딛고 피어나는 희망의 도시

중국인 거리에서 차이나타운으로

인천을 배경으로 한 소설이 여럿 있지만 그중 대표적인 작품은 오정희의 「중국인 거리」와 김중미의 『괭이부리말 아이들』이라 할 것이다. 전자는 6·25 전쟁 직후 인천의 차이나타운을, 후자는 1980년대 도시 재개발이 가속화되던 인천의 만석동을 배경으로 삼고 있다. 이제 소설 속 시대로부터 많은 세월이 흘러 그 옛 자취가 사라진 곳도 많겠지만, 소설의 배경을 찾아 아이들과 함께 떠나 보았다.

「중국인 거리」 답사의 출발지는 인천역이다. 인천역은 국철 1호선 인천 방면 종착역이자 근대 인천 역사의 시발점이며, 오늘 돌아볼 중국인 거리가 시작되는 곳이기도 하다. 인천역에서 나와 오른쪽으로 살짝 비켜 보면 차이나타운의 패루(牌樓, 예전에 중국에서 큰 거리에 길을 가로질러 세우던 시설물이나 무덤, 공원 따위의 어귀에 세우던 문)가 보인다. 패루 뒤로 난 길을 곧바로 걸어 북성동 주민 센터를 지나면 차이나타운을 만날 수 있다.

차이나타운은 인천 중구 선린동과 북성동 일대의 중국인 거주 지역을 의미한다. 1883년 인천항이 개항되고 그 이듬해 청나라에 조계(租界, 19세기 후반 영국, 미국, 일본 등이 중국을 침략하는 근거지로 삼았던 개항 도시의 외국인 거주지)가 설치되자 중국인들은 이곳에 이민, 정착하여 그들만의 생활문화를 형성했다. 1930년대까지 청요릿집과 무역으로 최고의 전성기를 누리던 이곳은 6·25 전쟁과 화폐 개혁을 거치면서 쇠락의 길을 걷게 된다.

"폭이 좁은 길을 사이에 두고 조그만 베란다가 붙은, 같은 모양의 목조 이층집들이 늘어선 거리는 초라하고 지저분했으며 새벽닭의 첫 날개질 같은 어수선한 활기에 차 있었다." 「중국인 거리」의 '나'가 처음 중국인 거리를 대했을 때의 감상이다. 소설의 배경이 되는 6·25 전쟁 직후의 중국인 거리는 지금 차이나타운과는 사뭇 다른 풍경이었음을 짐작할 수 있다. 우리는 패루를 지나 곧바로 올라가지 않고, 차이나타운이 아닌 진짜 중국인 거리를 둘러보기로 했다. 중국인 거리를 제대로 이해하기 위해서는 그곳의 역사를 알아야 하기 때문이다. 패루 맞은편에 파라다이스 호텔이 있는데, 이곳 주차장 끝에 가면 인천항을 자세히 볼 수 있다.

시를 남북으로 나누며 달리는 철길은 항만의 끝에 이르러서야 잘려졌다. 석탄을 싣고 온 화차는 자칫 바다에 빠뜨릴 듯한 머리를 위태롭게 사리며 깜짝 놀라 멎고 그 서슬에 밑구멍으로 주르르 석탄 가루를 흘려보냈다. (중략) 석탄은 때로 군고구마, 딱지, 사탕 따위가 되기도 했다. 어쨌든 석탄이 선창 주변에서는 무엇과도 바꿀 수 있는 현금과 마찬가지라는 것을 우리는 알고 있었고, 때문에 우리 동네 아이들은 사철 검정 강아지였다.

──오정희, 「중국인 거리」 중에서

요즘은 철조망이 잘 쳐져 있고 경비도 삼엄하여, 소설에서처럼 조개탄이나 석탄을 훔쳐 담기란 불가능하다. 예전처럼 저탄장(貯炭場, 석탄, 숯 따위를 모아 간수해 두는 장소)의 탄가루가 날리고 빨래가 새까맣게 되고 공장 굴뚝에서 시커먼 연기가 뿜어져 나오는 그런 모습은 찾아볼 수 없다.

다시 길을 건너 패루 앞으로 돌아와 오른쪽 인천 중부 경찰서 방면으로 큰길을 따라 400미터 정도 걸어가니 한중 문화관이 보였다. 한중 문화관은 중국의 다양한 문화를 느끼고 체험할 수 있는 공간으로 입장료 없이 전시실을 둘러보고, 문화 공연 관람, 체험 활동 등을 할 수 있다. 현장 체험 학습을 하며 학생들에게 중국 전통 의상을 입고 사진을 찍어 보게 해도 재미있어 하겠다는 생각이 들었다. 한중 문화관에서는 중국어 문화 체험 교실을 운영한다. 중국 문화, 예술 전시물 관람, 중국 전통 악기인 얼후(二胡) 교육, 중국 전통 놀이, 경극 분장 및 실전 회화 체험 등 다양한 활동을 할 수 있다.

한중 문화관에서 다양한 볼거리를 구경하고 체험 활동도 한 후, 중구청 방면으로 걸었다. 마치 일제 강점기로 돌아간 듯한 느낌이 든다. 인천 개항장 근대 건축 전시관이나 인천 개항 박물관뿐만 아니라 주변 건물들이 모두 건축에 문외한인 우리가 보아도 문화유산으로 등재될 만했다. 함께한 학생들도 인천

한중 문화관

인천 개항 박물관

에 이런 공간이 있다는 것이 그저 놀라울 따름이라고 한다. 일제 강점기를 배경으로 한 드라마 속에 있는 듯한 느낌이라며 신기해한다.

인천 개항 박물관은 1899년에 건축된 석조 건물로 조선은행(일본 제1은행 인천 지점) 건물로 쓰였다. 지금은 박물관이 되어 인천 개항장의 근대 문물, 경인 철도와 한국 철도사, 개항기 인천 풍경, 인천 전환국(典圜局, 구한말 탁지아문 또는 탁지부에 속하여 화폐의 주조를 맡아보던 관아)과 관련된 유물들이 전시되어 있다. 박물관 내부와 주변 풍경이 잘 어우러져 인천의 역사와 중국인 거리의 형성 과정을 이해하는 데 도움을 준다.

인천 개항 박물관을 나와 중구청 방향으로 걷다 보면 선린동 화교 주택을 만날 수 있다. 붉은색의 독특한 이 층 목조 가옥인데 지금까지도 잘 보존되어 있다. 「중국인 거리」에서의 묘사처럼 "큰 덩치에 비해 지붕의 물매가 싸고 용마루가 밭아서 이상하게 눈에 설고 불균형해 뵈는 양식"으로 "폭이 좁은 길을 사이에 두고 조그만 베란다가 붙은, 같은 모양의 목조 이층집들"이다. 「중국인 거리」의 '나'가 치옥이와 만나 놀던 유년 시절 기억 속의 이층집도 아마 이런 집이 아니었을까? 매기 언니의 죽음을 목격하게 된 공간도 아마 여기 어디쯤일 것이다. 지금은 색칠도 하고 깨끗하게 보수를 했지만 전쟁 직후 이 건물들은 낡고 퇴색했으리라.

우리는 한여름의 뜨거운 햇볕을 피할 겸 자유 공원으로 올라가 보기로 했다. 우리가 있던 선린동 화교 주택에서 자유 공원까지는 가파른 언덕과 계단이 이어져 있었다. '나'와 치옥이가 "여느 때 같으면 한없이 올라가는 공원의 층계에 엎드려 층계를 올라가는 양갈보들의 치마 밑을 들여다보며, 고래 힘줄로 심을 넣어 바구니처럼 둥글게 부풀린 페티코트 속이 온통 맨다리뿐이라는 데 탄성을 지르거나" 했을 계단을 우리는 더위에 지쳐 묵묵히 올랐다. 계단 끝에 이르니 비둘기들 차지가 된 작은 광장이 펼쳐져 있고 뒤를 돌아보니 멀리 인천항이 내려다보인다. 고개를 돌리니 공원 꼭대기에는 맥아더 장군 동상이 있다. 아이들과 함께 동상 근처 나무 그늘에 앉아 땀을 식히며 잠시 감상에 젖었다. 아이들은 이 동상이 누구인지, 왜 여기 있는지 모르는 눈치다. 설명을 해 주니 그때에야 역사 시간에 들어 봤다며 아는 체를 한다.

내친김에 학생들에게 「중국인 거리」의 주인공이 할머니의 유품들을 묻은 오리나무를 찾아보라는 과제를 주었다. 일등에게는 달콤하고 시원한 아이스크림을 상품으로 걸었다. "다음날 나는 아무도 몰래 반닫이를 열고 손수건 뭉치를 꺼냈다. 그러고는 공원으로 올라가 장군의 동상에서부터 숲 쪽으로 할머니의 나이 수만큼 예순다섯 발자국을 걸어 숲의 다섯 번째 오리나무 밑에 깊이 묻었다."라는 내용을 이야기해 주니 다들 나무를 찾느라 난리다. 나도 정답을 모르니 모두 함께 아이스크림 파티를하며 푯말이라도 만들어 세우자고 우스갯소리를 했다.

잠깐의 달콤한 휴식을 끝내고 전망이 좋은 석정루 이 층으로 자리를 옮겼다. '나'와 중국인 거리에 함께 사는 아이들이 항만 끝 선로에서 기다리다가 화차가 오면 "재빨리 바퀴 사이로 기어들어 가 석탄 가루를 훑고 이가 벌어진 문짝 틈에 갈퀴처럼 팔을 들이밀어 조개탄을 후벼 내"던 철로는 이제 없다. '나'와 친구들이 사철 검정 강아지가 되어 버린 항만의 풍경은 사라진 지 오래다. 그 항만을 바라보기 위해 자유 공원에 올라

온 것인데 현대화된 대형 크레인과 대형 선박들만 보일 뿐이다.

열악한 환경에서 아무런 관심과 사랑을 받지 못하고 홀로 고통스러워 하던 '나'와 치옥이는 저 아래 어디쯤 살았을 것이다. "해안촌(海岸村) 혹은 중국인 거리라고도 불리는 우리 동네는 겨우내 북풍이 실어 나르는 탄가루로 그늘지고, 거무죽죽한 공기 속에 해는 낮달처럼 희미하게 걸려 있"는, 그래서 늘 회색빛이 감도는 곳이다. 이곳에서 '나'는 초경을 겪으며 성장해 간다. 할머니가 떠나고 죽음에 이르기까지 두 계절이 흘렀고 "예순다섯 걸음을 걷지 않고도 정확히 숲의 다섯 번째 오리나무를 찾을 수 있을" 만큼 '나'는 자랐다. 유년 시절의 결코 밝지 않은 기억들 — 매기 언니의 죽음, 어머니의 계속된 출산, 할머니의 갑작스러운 죽음 — 을 통해서 어렴풋하게 인생을 알게 된다.

'나'의 처절한 성장이 남긴 여운을 마음속에 담고 다시 중국인 거리로 가 보기로 했다. 남부 교육청 방면으로 내리막길을 걷다 오른쪽으로 꺾으면 화교 중산 학교로 가는 길이다. 여기서부터는 삼국지 벽화 거리다. 『삼국지』의 주요 장면들을 그린 대형 벽화에 간단한 설명을 덧붙여 놓았다. 더운 여름 날씨에 지친 아이들은 벽화에 별 관심이 없어 보였다.

삼국지 벽화 거리

자율적인 관람을 기대했지만 아이들은 『삼국지』 내용을 전혀 몰랐고, 결국 주요 부분을 짚어 주는 속성 과외를 실시했다. 도원결의, 삼고초려, 적벽 대전, 출사표 등을 알려 주니, 벽화를 보는 아이들의 눈빛이 달라진다. 방송이나 책을 통해 접했던 내용이 『삼국지』 내용이었다는 것이 마냥 신기한 모양이다.

벽화를 감상하며 내려오다 보니 짜장면 거리와 만났다. 더운 여름날인데도 사람들이 많았다. 가게 주인들이 대부분 화교인 이곳이 항상 이렇게 붐비고 흥성거렸던 것은 아니다. 앞서 이야기했던 것처럼 한때의 영화를 뒤로하고 쇠락의 길을 걷던 중국인 거리가 지금의 차이나타운으로 거듭날 수 있었던 것은 1992년 한국과 중국이 적대적 관계를 청산하고 한중 수교를 맺었고 그 뒤 중국이 경제적으로 성장했기 때문이다. 이후 인천시가 이 지역을 관광특구로 지정하면서 많은 예산을 투자하여 오늘날과 같은 시설들을 갖추게 되었다. 특히 요즘 같은 시대에 방송의 힘은 실로 놀라운 것이어서 모 예능 프로그램에 차이나타운이 소개된 후 관광객이 더 많아졌다고 한다.

이제는 '나'와 치옥이에게 이해할 수 없는 절망감과 막막함을 안겨 주었던, 어두운 기억들이 머무르던 중국인 거리를 찾아보기는 힘들다. 중국인 거리는 이제 짜장면 박물관, 중국풍 테마 거리, 개항 역사를 살필 수 있는 역사 문화의 거리 등으로 바뀌어 새롭게 재조명되고 있다.

차이나타운을 여행하려면 자유 공원 벚꽃 축제가 열리는 4월 중하순이나 또는 짜장면 축제가 열리는 10월이 좋다. 4월에는 벚꽃 사이를 걸으며 이곳의 독특한 정취와 멋을 느낄 수 있고, 10월에는 다양한 문화 행사와 함께 짜장면의 참맛을 맛볼 수 있다.

함께 둘러볼 만한 곳으로는 짜장면 박물관을 추천하고 싶다. 차이나타운 여행의 화룡점정은 짜장면 먹기인데, 아무래도 알고 먹으면 더 맛있지 않을까? 우리나라 최초의 짜장면집 '공화춘' 건물이 이제는 짜장면 박물관이 되었다. '공화춘'은 1908년 무렵 지어져 1980년대까지 대형 연회장을 갖춘 유명한 식당이었다. 백 년이 훌쩍 넘은 이 건물을 인천시가

매입해 보수하고 내부에 전시 공간을 마련하여 2012년부터 짜장면 박물관으로 운영하고 있다. 내부에는 일곱 개의 전시실이 있는데 화교의 역사도 함께 살펴볼 수 있어 차이나타운을 이해하는 데 도움이 된다.

금강산도 식후경이라 했다. 차이나타운 거리에는 십리향 화덕 만두, 궁중 타래, 월병, 공갈빵, 포춘 쿠키 등 다양한 간식거리가 많고, '자금성', '풍미', '부앤부', '만다복' 등 맛있는 중국집도 즐비하다. 서로 원조라고 우기는 중국집들이지만 맛에 큰 차이가 있지는 않다. 맛있는 짜장면이나 간식거리로 간단히 점심을 먹고 산책을 해도 좋다.

정류장이지 목적지가 될 수 없는 곳

차이나타운에서 멀지 않은 곳에 만석동이 있다. 우리 여행의 출발지였던 인천역에서 왼쪽으로 돌아 만석 고가교 밑으로 들어서서 동일 방직을 지나 대한 사료 공장 앞까지 가면 길 옆으로 철길이 나 있다. 이렇게 20여 분 걷다 보면 북성 포구의 입구를 알리는 작은 안내판을 만나게 된다. 우리는 '괭이부리말'에서 일정을 시작할 예정이라 안내판을 그냥 지나쳤다. 포구를 지나면 고가 아래 만석 주공 아파트가 보인다. 멀리 고가가 끝나는 부분에 만석 비치 타운 아파트가 우뚝하니 서 있다. 그 아파트 북쪽으로 낮게 깔린 동네가 우리가 찾아갈 곳, 괭이부리 마을이다. 「중국인 거리」로부터 40여 년 뒤의 이야기 『괭이부리말 아이들』의 배경이 되는 곳이다. 인천광역시의 대표적인 달동네로 끊임없이 재개발이 되고 있지만 아직도 곳곳에 예전의 모습이 남아 있다.

괭이부리말은 인천에서도 가장 오래된 빈민 지역이다. 지금 괭이부리말이 있는 자리는 원래 땅보다 갯벌이 더 많은 바닷가였다. 그 바닷가에 '고양이 섬'이라는 작은 섬이 있었다. 호랑이까지 살 만큼 숲이 우거진 곳이었다던 고양이 섬은 바다가 메워지면서 흔적도 없어졌고, 오랜 세월이 지나면서 그곳은 소나무 숲 대신 공장 굴뚝과 판잣집들만 빼곡히 들어찬 공장 지대가 되었다. 그리고 고양이 섬 때문에 생긴 '괭이부리말'이라는 이름만 남게 되었다.

— 김중미, 『괭이부리말 아이들』 중에서

'괭이부리말'이라는 동네 이름의 유래를 설명하는 첫 대목이다. 이 동네는 개항과 일제 강점기, 6·25 전쟁을 거치면서 만들어졌다. 먹고살기 위해 가난한 사람들이 토막집과 천막을 헐고 집을 새로 짓기 시작했다. 다닥다닥 붙은 낡은 집들, 앞집 때문에 햇살도 제대로 들지 않는 집 안……. 집 앞으로 난 길이 너무 좁아 "아이들은 잡은 손을 놓고 한 줄로 나란히" 걸어야 하고, "골목이 워낙 좁아 어린아이라고 해도 한 명 이상은 지나갈 수 없"는 답답한 골목길이 이어지는 동네. '저 집들 어딘가에서 숙자와 숙희가 엄마와 새로 태어난 동생과 함께 잔인한 현실을 견디며 희망을 품고 살아가겠지. 그 이 층 다락방에는 김명희 선생님이 개구쟁이 호용이를 업고 나직한 목소리로 세상 어딘가에 있을 따뜻함을 전해 주고 있겠지.' 이런 생각을 하며 걷다 보니, 낯설어지는 풍경에 마음 한쪽이 쓸쓸해졌다.

이곳 사람들은 구경거리 보듯 사진을 찍고 감탄사를 연발하거나 동정의 눈길을 보내며 마음속으로 안도하는, 외지 사람들의 행위들을 싫어한다. 내 가난이 누군가에게 위안이 되고, 내 가난이 다른 누군가에게 가끔 맛보는 별미처럼 재밋거리가 되어 버리고 마는 현실이 그들에게는 폭력으로 다가올 수도 있는 노릇이다. 마치 그곳에 사는 사람들의 사생활을 엿보는 것 같아 동네 답사를 잠시 보류했다.

괭이부리말에서 나와 만석 부두 방면으로 걸으면 붉은 벽돌이 둘러진 창고 같은 건물들이 보인다. 그 건물 앞 양지바른 곳 어딘가에서 동수가 자신의 몸과 마음을 채우고 있던 어둠들을 말간 햇살로 다 씻어 내고 있을 것만 같다. 세상과 정면 승부를 벌일 동수를 생각하며 가벼운 걸음으로 계속 걸어가니 북성 포구에 닿았다. 숙자와 숙희 그리고 그 아이들의 가족이 가난하지만 소소한 행복을 누리던 곳, 때로는 숙자가 엄마에 대한 그리움과 현실의 버거움을 달래던 곳이었던 북성 포구. 이곳은 외지인들에게 많이 알려지지 않아서 조용하고 한산했다. 가끔 고기잡이배들이 들어와 싱싱한 해산물을 부려 놓고는 했지만 예전에 비해서 찾는 사람이 적어진 듯해 쓸쓸한 느낌마저 감돌았다.

부모로부터, 학교로부터도, 사회로부터도 버림받아 좌절도 하고 절망도 하지만 결코 포기하지 않으며 서로에게 힘이 되어 주고 기다려 주며 같이 성장해 나가는 아이들의 이야기에서 삶의 희망을 보았다. 영호 삼촌과 김명희 선생님은 세상에 대한 희망의 끈을 놓지 않았고, 숙희, 숙자 자매와 동수, 동준 형제, 명환, 버려진 호용을 보듬고 더불어 살아 나간다.

하지만 이야기 속 상황과 달리 현실은 여전히 자본주의 논리에 지배받고, 빈익빈 부익부 현상은 더욱 견고해지고 있다. 작품 속 배경에서 불과 15년이 흘렀을 뿐이지만 만석동의 많은 부분이 변했다. 괭이부리말 맞은편에는 대단지 아파트가 들어섰고, 개발이라는 명분으로 만석동 여기저기가 계속 부서지고 있다. 돈이 없어 괭이부리말에 밀려 들어와 죽을 힘을 다해 버티던 사람들은 이제 또 어디로 밀려가게 될까?

괭이부리말의 옛 모습을 더 보고 싶다면 수도국산 달동네 박물관을 추천하고 싶다. 송림산은 수돗물을 담아 두는 배수지가 설치되면서 수도국산(水道局山)이라 불리게 되었다. 그런데 1904년 일본 군사들이 현재 전동 근처에 주둔하면서 그곳 집들을 강제로 철거했고, 결국 주민들은 인천 동구 송현동, 송림동과 같은 신설 마을로 찾아들었다. 이어 6·25 전쟁으로 고향을 잃은 피란민들과 1960~1970년대에 일자리를 구하는 전라, 충청 지역 사람들이 이곳으로 모여들었다. 산꼭대기까지 점차 작은 집들이 들어차면서 마침내 181,500제곱미터 규모의 수도국산 비탈에 3천여 가구가 모여 살게 되었고 수도국산은 인천의 전형적인 달동네가 되었다. 수도국산 달동네 박물관은 이곳 달동네가 철거되고 아파트 단지가 들어서면서 수도국산의 역사를 기념하고자 만들어졌다. 박물관에는 달동네에 실재했던 상점, 주택, 그곳에 실제로 살았던 사람들의 모습까지도 복원되어 있다. 어린아이에게는 신기하고 재미있는 체험의 기회를, 노년층에게는 젊었던 시절을 되돌아보는 시간을 제공한다.

수도국산 달동네 박물관과 괭이부리말을 둘러본 아이들은 지금 각자의 삶에 고마움을 느끼는 듯했다. '나는 적어도 저런 집에, 저런 동네에 살고 있지는 않잖아.' 이런 생각들이 아니었을까? 그런 아이들의 마음을 읽으며 다시 '김명희 선생님'을 떠올렸다. "이 괭이부리말은 우리 가족에게는 정류장이지 목적지가 아니다."라고 했던 그분은 결국 아이들과 함께하기 위해 다시 괭이부리말로 돌아온다. 우리 삶의 진정한 목적지는 어디일까를 생각하게 하는 대목이다.

이 작품의 작가 김중미 선생님은 만석동에서 작은 공부방을 운영하며 소외되고 버림받은 괭이부리말 아이들과 함께 희망을 이야기했다. 민들레가 공장 철문과 벽돌담 사이 좁은 틈에서 햇살을 받으며 파란 싹을 틔웠듯, 겨울이 가고 봄이 오듯, 이 괭이부리말에도 봄은 찾아올 것이다.

- **누가**: 인천비즈니스고 3학년 학생들과
  이재섭 선생님
- **언제**: 2013년 8월 3일(토요일)
- **인원**: 8명
- **테마**: 차이나타운과 괭이부리 마을 탐방

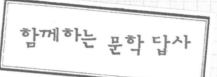

함께하는 문학 답사

토박이 이재섭 선생님의 귀띔!

차이나타운은 한국과 중국, 근대와 현대가 공존하는 공간입니다. 차이나타운에는 크고 작은 고건축물과 박물관이 오밀조밀 모여 있어서 걸으면서 찬찬히 둘러보는 것이 좋아요. 걸으면서 구한말과 일제 강점기, 해방 전후의 풍경을 구경할 수 있고, 차이나타운의 별미들도 맛볼 수 있지요. 차이나타운에서 만석동 괭이부리 마을까지는 거리가 약간 멀기에 버스를 타고 이동하거나 점심을 먹고 산책할 겸 걸어서 이동하면 좋을 것입니다.

문학 답사 코스 추천!

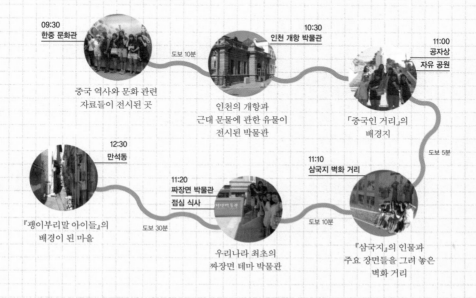

09:30
한중 문화관
중국 역사와 문화 관련
자료들이 전시된 곳

도보 10분

10:30
인천 개항 박물관
인천의 개항과
근대 문물에 관한 유물이
전시된 박물관

11:00
공자상
자유 공원
「중국인 거리」의
배경지

도보 5분

11:10
삼국지 벽화 거리
『삼국지』의 인물과
주요 장면들을 그려 놓은
벽화 거리

도보 10분

11:20
짜장면 박물관
점심 식사
우리나라 최초의
짜장면 테마 박물관

도보 30분

12:30
만석동
『괭이부리말 아이들』의
배경이 된 마을

현종헌 | 경기 성남 성보경영고

슬픈 과거 속에서 희망을 낚다

병자호란의 애환이 어린 남한산성

아침부터 비가 오락가락했다. 오전 10시. 우리는 지하철 8호선 산성역에서 9번 버스를 타고 꼬불꼬불 난 산길을 20분쯤 올라 로터리 주차장 종점에서 내렸다. 답사를 떠나기 전 미리 읽은 조선 인조 시대의 궁중 수필 「산성일기」 속 배경처럼 빗발이 점점 굵어져 우울해졌다. 다섯 명의 교사와 열세 명의 학생들은 길 잃은 나그네새 같았다.

남한산성 하면 병자호란과 인조의 삼전도 굴욕이 먼저 떠오른다. 하지만 성남의 교가들에 '남한산성'이라는 단어가 자주 등장하고 '그 정기를 이어받아 참되고 슬기로운 인간이 되자.'라고 할 만큼 오늘날 성남 시민들의 머릿속에 이곳은 성스러운 장소로 각인되어 있다. 또한 월탄 박종화가 수필 「남한산성」에서 묘사했듯 이곳은 어머니 젖가슴 같은 모성애를 가진 믿음직스럽고 듬직한 산이다.

버스 종점에서 도보로 10분 거리인 남한산성 행궁 터를 찾았다. 2002년에 시작된 행궁 복원 작업이 10년 만인 지난해에 끝났다. 고풍스러운 맛은 없지만 궁궐의 위엄은 느낄 수 있었다.

왕이 노닐던 앞마당에서 학생들을 모아 놓고 「산성일기」와 소설가 김훈의 장편 소설 『남한산성』에 관해 설명했다. 두 귀를 쫑긋 세우고 진지하게 듣는 태도가 하도 예뻐서 하나라도 더 알려 주고자 작품에 대한 기억을 최대한으로 끄집어내었다.

「산성일기」는 조선 시대 어느 궁녀의 일기체 수필로 간결하고 중후한 궁중어로 씌어 있다. 수필이지만 삼단 논법처럼 논리적으로 구성되어 있으면서 하나의 완성된 이야기를 이루고 있다. 도입부는 청 태조 누르하치에 관한 일화와 피란 가는 과정, 중심부는 48일 동안의 성내 농성과 항복 과정, 종결부는 그 이후 3년여 사이에 벌어진 일들을 묘사했다.

새로운 중원의 강자로 떠오른 후금은 기존의 지배자였던 명을 침략하기 전에 그 우방인 조선을 먼저 침공하여 형제 관계를 맺는데, 이것이 1627년 정묘호란이다. 후금은 곧 국호를 청(淸)으로 바꾸었다. 그리고 인조가 계속하여 친명배금 정책을 유지하자 1636년 청 태종이 직접 12만 군사를 이끌고 조선을 침략하는데, 이것이 병자호란이다.

「산성일기」에 기록된 청 태종이 인조에게 보낸 두 통의 편지 내용이 섬뜩하다. "조선 국왕은 들어라."로 시작하여 명나라만 섬기는 조선의 자세를 꾸짖고 있다. 그리고 청나라 대군이 조선을 침공할 때 명나라가 어떻게 조선을 구원할지 두고 보겠다며 벼른다.

이렇게 전쟁이 시작되었지만 사실 처음부터 조선은 청나라에게 상대도 되지 않았다. 소설 『남한산성』에는 김상헌을 중심으로 한 척화론과 최명길을 주축으로 한 화친론 간에 대립하는 모습이 상세히 묘사되어 있다. 전자는 대명 의리를 중시하고 후자는 실리를 중시하는 입장이다. 그리고 인조, 영의정 김류, 수어사 이시백과 민중을 대표하는 전형적 인물 서날쇠 등이 등장하여 흥미를 돋운다.

남한산성 행궁

비가 많이 와서 우리가 안쓰러웠는지 행궁을 지키던 안내원이 우리를 위한 특별 배려라면서 옆문 빗장을 살짝 열어 주었다. 아이들에게 "옛날에 궁인들만 드나들었던 문이어서 함부로 열지 않는다."라고 설명해 주니 아이들은 일제히 그분에게 고맙다는 인사말을 건넸다.

행궁 담을 끼고 돌아 수어장대를 향해 올라갔다. 길이 진흙탕이어서 자꾸 미끄러졌다. 동행한 선생님과 아이들은 이렇게 험한 산길을 오를 것이라고 사전에 예고해 주지 않은 나를 원망하듯이 눈꼬리를 모로 세웠지만 서로 얼른 손을 잡아 주며 비틀거리는 몸을 지탱했다.

정상을 향해 오를수록 안개가 짙게 몰려와 뱀처럼 우리를 휘감아 돌았다. 지척을 분간할 수 없을 만큼 안개가 짙어지자 학생들도 두려운 듯 발걸음이 더뎌졌다. 우거진 숲을 헤치고 오르다가 빗물에 발을 헛디뎌 옆으로 고꾸라지기도 했다. 마치 전쟁 통에 적진 앞에서 화급한 상황을 맞이하고 있는 것 같았다.

수어장대에서 호연지기를 품다

30분쯤 올라가니 수어장대가 나타났다. 성내에 현존하는 건물 중 가장 화려하고 웅장하게 건조된 이 층 누각이다. 이 층 내부 편액의 '무망루(無忘樓)'는 병자호란 후 청나라에 8년 동안 볼모로 잡혀 있다 돌아와 재위 10년 만에 죽은 효종의 원한을 잊지 말자는 뜻이다. 영조, 정조는 선친의 능침(陵寢)에 전배(展拜)하고 돌아오는 길이면 이곳에 들러 수치스러웠던 옛 기억을 되새겼다고 한다. 지금은 이 편액이 1989년 설치한 전각 안에 자리하여 일반인도 쉽게 볼 수 있다.

산성의 수어(守禦, 밖에서 쳐들어오는 적의 침입을 막음)를 맡았던 수어청에는 전·중·후·좌·우의 오영(五營)이 소속되어 있었는데 이곳이 그 중심지였다. 나는 학생들에게 「산성일기」 속 전투 장면을 생생히 전하며 당시의 처연했던 상황을 설명했다.

지금 교과서에는 주로 「산성일기」 원문 중 병자년 동짓달 17일부터 27일 사이의 일들을 기록한 부분이 실려 있다. 왕을 둘러싼 암담한 현실이 잔잔한 문체로 묘사되어 있다. 17일, 인조는 남대문 옥좌에 앉아 애통교를 내리고 제신들이 애통해한다. 23일까지는 소규모 국지전이 벌어진다. 24일, 인조가 세자와 함께 뜰에 나가 하늘에 빌지만 기적은 일어나지 않는다. 27일, 날마다 성을 지키는 근왕병을 구하지만 한 명도 오는 사람이 없다.

성 안에 있던 조선군 1만 3천여 명은 50일 동안 버틸 수 있는 양곡으로 항전하다가 고립무원의 절망적인 상태에 빠진다. 1월 1일, 남한산성 아래의 탄천 주변에는 20만 청나라 대군이 포진한 상태였고, 구원군은 싸우는 족족 패퇴했다. 기대했던 명나라도 도움이 되지 못했다.

척화파와 주화파 사이에는 격한 논쟁이 거듭되었다. 예조 판서 김상헌, 이조 참판 정온 등의 반대에도 불구하고 대세는 강화를 지지하는 쪽으로 기울었다. 김상헌은 항복 문서를 찢으며 핏대를 세우지만 결국 백

수어장대

기를 들고 만다.

"선생님, 청나라에서 먼저 화친을 청해 왔는데, 인조 임금은 왜 승낙하지 않았어요?"

"「산성일기」에도 나오지만 오랑캐들은 항상 잔꾀를 부린다잖아. 한마디로 진정성이 없었던 것이지."

학생들은 그 부분이 궁금했나 보다. 몇몇은 내 대답에 수긍하는 눈치였지만 다른 학생들은 청나라의 저의가 무엇이었는지 궁금한 표정이었다. 학생들에게 전쟁을 어떻게 설명할까? 전쟁은 오로지 승자만이 살아남는다. 승리하기 위해서는 어떤 술수도 감행한다. 전시에는 이성이 마비되고, 지면 자신과 가족 모두의 삶이 승자의 손에 달린다. '무조건 항복'이라는 말은 조건 없이 내 삶을 포기한다는 약속, 나의 남은 생애를 승자인 당신들에게 바치겠다는 뜻이다.

대학 교수들도 성년이 된 학생들에게 전쟁에 대해 쉽게 가르치지 못한다고 한다. 결국 나는 평범한 한국사 선생님처럼 사실만을 언급하며 말머리를 돌렸다.

"판교 신도시에 있는 '낙생'이라는 지명은 '즐거울 락(樂)'자, '날 생(生)'자를 쓰지만, 일설에 의하면 '떨어질 락(落)', '재 성(城)'자를 썼다고도 해. 조선 군대가 청과 싸우다 패하여 남한산성이 떨어졌다는 뜻이지. 그리고 창곡동(倉谷洞)은 군량미를 쌓아 두던 창고가 있던 터여서 창곡이라고 불렸어. 지금도 창곡 중학교 자리에서 불에 탄 쌀들이 나온다고 해."

내려가는 길은 분위기가 비교적 차분했다. 비바람이 드세게 몰아쳤지만 먼 전쟁터를 향해 진군하는 일군의 무리처럼 우리는 질서 정연하게 걸었다. 시멘트 길은 비탈이 그다지 심하지 않아 동네 뒷산을 내려오듯 부담이 없고 편했다.

「산성일기」 속의 전쟁 이야기가 마무리되면 부록처럼 이어지는 후기(後記)가 심금을 울린다. 전장(戰場)에서 대립하던 최명길과 김상헌은 전쟁이 끝나고 서너 해 지난 후 각각 중국 심양으로 잡혀간다. 묘하게도, 패전에 대한 책임 때문이 아니라 전쟁 후로도 줄곧 명나라에 충성했다는 이유 때문이다.

서로 견제하며 으르렁거렸던 두 사람은 이국땅 심양의 감옥에서 벽 하나를 사이에 두고 운명처럼 또 만난다. 그러나 이번에는 서로를 이해하고 화해하게 된다.

"양대의 우정을 찾고/백 년의 의심을 푼다." 후일 김상헌이 쓴 짧은 시이다. 이에 최명길은 다음과 같은 답시를 준다. "그대 마음 돌 같아서 끝내 돌리기 어렵고/나의 도(道)는 고리 같아 믿음에 따라 돈다." 행동만 달랐을 뿐 애국하는 마음은 같았던 것이다.

실학자 연암 박지원은 「허생전」에서 나라가 망한 이유가 사대부들이 실리를 멀리하고 공리공론만 일삼았던 데 있었다고 하였다. 그는 당시 사대부들이 남한산성의 치욕을 설욕하기 위해 북벌론을 주장했던 것조차 허위였다며 집권 세력을 신랄히 비판했다.

역사를 알면 미래가 보인다고 했다. 우리는 병자호란의 비극을 거울삼아 앞으로 어떻게 살아가야 할지 방향을 설정하고 실천해야 한다. 우선은 소설가 김훈의 말처럼 국력을 길러야 할 것이다.

남한산성을 둘러보는 데 두 시간 넘게 걸렸다. 지칠 법했으나 점심을 먹고 나니 몸에서 에너지가 솟는 듯했다. 산나물무침을 얹은 도토리묵과 함께 남한산성의 명물 닭볶음탕을 먹으니 원기가 회복되는 느낌이었다.

성남시 개발, 그리고 아픈 흔적들

우리는 루루루 콧노래를 부르며 30분쯤 버스를 타고 옛 성남시청 터로 이동했다. 이번에는 소설가 윤흥길의 중편 「아홉 켤레의 구두로 남은 사내」의 배경을 찾아 나섰다. 옛 시청 터 가기 직전에 있는 이마트 자리가 성남이 개발될 무렵 처음 시청이 자리 잡은 터이다. 수년 후 시로 승격되면서 시청은 100미터 떨어진 곳으로 이동했고 2009년에 분당 신도시로 이전했다.

지하 벙커처럼 앉은 사무실 위로 시청 건물이 들어서 있어서 일견 요새 같았다. 시청 자리는 이마트와 인하 병원으로 바뀌었다가 현재 병원은 없어진 상태이다. 지금은 주변에 빌라 건물이 빽빽이 들어서 답답하면서도 뭔가 잃어버린 듯한 느낌을 준다. 게다가 안개비까지 그치지 않아 을씨년스러움을 더했다.

내가 이 소설을 읽은 건 대학생 시절이었다. 그때는 감칠맛 나는 문체와 휴머니즘적인 스토리에 매료되었을 뿐 소설의 배경에는 관심이 없었다. 그러나 성남시에서 20년 넘게 살다 보니 지금은 소설 속 모든 장면이 실감 나게 살아나 더욱 진한 감동이 밀려온다.

그러나 성남시청 뒷산에 있었다던 100평짜리 은행 주택은 도무지 납득이 되지 않는다. 박봉으로 근근이 생활했던 선생님의 처지도 그렇지만 1970년대 초 성남시가 개발될 때 주택의 주된 평수가 20평 안팎이었으니 그렇게 호사스러운 주택이 존재했을 리 없을 것 같았다.

우리는 여러 향토 사학자의 자문을 얻어 어렵게 그 현장을 찾아냈다.

나는 학생들에게 이 소설에 대해 빠르게 설명했다. 빗발이 점점 굵어져서 얼른 소설 속의 오 선생이 처음 살았던 곳으로 이동해야 했다.

"웬 아낙네 하나가 자기 몸무게만큼은 나갈 커다란 보퉁이를 머리에 인 채 땀을 뻘뻘 흘리면서 숨이 턱에 닿아 있었다." 소설 속 권 씨네 가족이 이사 오는 장면이다. 그런데 주인과의 약속과는 달리 권 씨네는 어린아이가 있는 집이었다. "여자가 애를 가졌어요. 다 속여두 내 눈만은 못 속여요. 오륙 개월은 될 거예요. 어쩌면 육칠 개월인지두 몰라요. 접때까진 한복을 입어서 몰랐는데 오늘 보니 대뜸 알겠어요." 오 선생의 아내는 이렇게 푸념한다. 이사 들어오는 과정과 세 들어 사는 권 씨 아내의 모습이 해학적이면서도 슬프게 그려진다. 1970년대에는 흔히 있었던 일이다.

작품 전편에 윤흥길의 아기자기한 문장이 이런 식으로 씌어 있어 독자를 매혹시키고 책을 놓지 못하게 한다. 이야기는 권 씨가 생존 경쟁 대열에서 밀려나는 과정까지 이어져 시대의 아픔과 맞물려 여간 흥미롭지 않다. 시청 터 근방, 100평짜리 은행 주택이 있었다던 그곳에 서 있으면 소설 속 장면이 더욱 생생하게 떠오른다. 길이 얼마나 비탈진지 이사 오는 날의 그 힘든 광경이 눈에 선하다.

소설의 구성이 시간을 거슬러 흘러가듯이 우리 문학 답사도 현재에서 과거로 거슬러 갔다. 오 선생이 처음 살던 곳은 앞에 더러운 물이 흐르는 단대리 시장 부근이었다. 우리는 20분쯤 걸어서 종합 시장 건너편의 성호 시장 근처, 복구된 단대천 앞에서 소설 속 오 선생의 삶과 만났다.

성남시는 초대형 인공 도시이자 실패한 도시의 전형이다. 대도시를 단기간에 무리하게 만들면 어떤 결과가 나오는지를 단적으로 보여 주는 곳이다.

정부와 서울시는 서울의 무허가 건물들이 미관을 해치고 시 발전에 장

애가 된다며 그곳에 사는 사람들을 성남시로 이주시키고자 했다. 1966년, 성남 지역 땅 300만 평에 1차로 20만 명을 입주시킨 후, 나중에 그 인근에 35만 명을 입주시키기로 하고 '광주 대단지 사업'에 들어갔다(성남은 옛날에 광주 땅의 일부였다). 하지만 서울시는 다른 후보지를 찾지 못해 55만 명을 몽땅 성남시로 이주시키기로 했다.

1969년 3월, 광주 대단지 정지 작업이 시작되었다. 그해 5월부터 지금의 제일 시장 부근 산비탈과 성남 우체국 뒤편에 설치된 임시 천막에 사람들을 수용시켰다. 서울의 무허가 판잣집에서 궁핍하게 살아오던 철거민들은 둥지에서 쫓겨났다는 실망과 내 집 마련이라는 희망을 함께 지닌 채 트럭에 실려 피란민처럼 이곳에 집단으로 이주해 왔다. 1970년에 접어들면서 종합 시장, 제일 시장, 국제 시장 등 대규모 공사가 시작되었다. 그런데 일반 전입자 수가 철거민 수를 웃돌았고 부동산 경기가 달아오르면서 대규모 소요 사태가 예견되고 있었다.

소설 속 오 선생은 단대리 시장 근처, "숨통을 죄듯이 다닥다닥 엉겨붙은 20평 균일의 천변 부락"에 살면서 교사 생활을 했다. 실제로 작가 윤흥길은 1973년 개교한 숭신 여자 고등학교에서 1년 남짓 교사 생활을 했었는데, 그때 성남시의 모습은 전쟁 후 피란지와 같았다.

당시 단대천은 "공장에서 흘러나오는 폐수와 집집마다 버리는 오물을 한데 모아 탄천(炭川)으로 실어 나르는 거대한 하수도"였다. 오 선생은 단대천과 그 폐수 근처에서 놀면서 바닥에 떨어진 과자 부스러기를 주워 먹는 아이들을 보며 당장 그곳을 떠나기로 결심한다. 그 결심에는 아내의 '선생님 댁'이라는 데 대한 부담감과 잘나가는 친구들에 대한 자기 비하 같은 감정들도 복합적으로 작용했다고 볼 수 있다.

오 선생이 100평짜리 은행 주택으로 이사 가자, 권 씨네가 셋방살이로 들어왔다. 권 씨는 1971년 5만여 군중이 성남 시가지를 초토화시켰던 광주 대단지 사건 때 앞장서서 활동한 이력이 있는 전과자였다. 그는 경찰로부터 요시찰 인물로 낙인찍힌 채 곤궁하게 살아가는 처지였다. 그래 봬도 출판사에 근무하는 안동 권 씨의 후손이자 대학물 먹은 남자로서 구두 하나만큼은 윤이 나도록 닦아 신으며 채신머리를 세우려 했지만 생활고로부터는 쉽게 벗어날 수 없었다. 그러다가 결국 오 선생네 안방으로 잠입해 들어가 강도짓을 하기에 이른다. 한 가정의 가장으로서 생활력을 잃어버리자, 그는 깔끔하게 정돈된 아홉 켤레의 구두만 남기고 어디론가 사라져 버린다.

희망을 꿈꾸며 살다

현재 성남시는 대규모 개발 사업을 앞두고 있다. 도시 전체를 분당에 버금가는 신도시로 탈바꿈시키려는 계획이지만 요 근래 부동산 경기 침체로 차일피일 공사가 미루어지고 있다. 어쩌면 오늘 이 문학 답사에 참여한 사람들은 성남시 초기 모습을 기억할 마지막 세대인지도 모른다. 이곳이 신도시가 되면 윤흥길 소설의 현장을 어떻게 설명해야 할까 벌써부터 고민이 된다.

잠시 후, 빗발이 그치면서 어스름이 도시를 덮어 왔다. 지금 우리 발 아래로는 여전히 탄천으로 가는 오·폐수가 흐르고 있을 것이다. 우리는 슬픈 과거를 추모하며 영화 「완득이」 촬영지이기도 한 맞은편의 신흥동 산동네를 올려다보았다. 김려령의 소설 『완득이』에서는 잠깐 스쳐 지나가는 동네였는데, 영화 제작진은 아마 성남시의 이런 음습한 풍경이 전체 배경과 잘 어울린다고 판단했던 모양이다.

나는 학생들에게 『완득이』에 대한 설명을 잠깐 덧붙였다. 처음부터 그 작품과 연관 지으려고 온 것은 아니지만, 옥탑방, 수급 대상자, 다문화 가정과 불법 체류자 등이 등장하는 이 소설의 내용을 이곳을 배경으로 설명한다면 학생들이 더 쉽게 받아들일 것 같았다. 아니나 다를까, 학생들 표정이 마치 자기 주변 이야기를 듣는 듯 매우 진지했다. 성남 공단에서 일하는 베트남 출신의 어머니와 완득이가 해후하는 장면, 나중에 아버지가 댄스 교습소를 여는 장면, 그리고 첫사랑에 빠지는 완득이의 모습에서 아이들은 눈시울을 붉힌다.

문득, 성남 구시가지에 관한 기억은 모두 어둡다고 생각된다. 개발되기 이전 성남시는 상수리나무, 오리나무, 소나무 등이 빽곡하여 천지 사방이 푸름으로 가득하였고, 남한산성에서 발원한 물줄기 세 가닥이 도심을 관통해 흐르면서 낭만적인 모습을 뽐내던 곳이었다. 산에서 호랑이가 나온다는 소문도 간간이 들렸었다. 허나 지금은 검은 구름을 뒤집어 쓴 20평짜리 바둑판 같은 터 위에 오막살이집들이 오밀조밀 붙어 있어 왠지 모르게 각박하고 음산한 분위기다.

하지만 성남 구시가지 시민들은 희망의 끈을 놓지 않고 살아간다. 남한산성 위에서 퍼지는 햇살을 온몸으로 받으며 밝은 내일을 꿈꾼다. 여기, 젊은 학생들의 반짝거리는 눈빛이 있는 한 도시 전체를 비추는 광명의 빛은 쉽게 꺼지지 않을 것이다.

- **누가:** 성보경영고 학생들과
  현종헌, 이병훈, 전준효, 송지혜, 정용락 선생님
- **언제:** 2013년 7월 12일(금요일)
- **인원:** 18명
- **테마:** 남한산성과 옛 성남시청 일대

함께하는 문학 답사

토박이 현종헌 선생님의 귀띔!

성남에는 고려 시대의 이집, 조선 시대의 강정일당 같은 문인이 살았습니다. 조정래, 현기영, 감태준, 김초혜, 신봉승 등 현대의 문인들도 이곳에 정착해 창작 활동을 하고 있지요. 또 「박씨전」, 「허생전」, 「임경업전」, 「산성일기」 등의 고전과 김훈의 『남한산성』 등 남한산성을 소재로 한 걸작이 많아요. 이 작품들과 성남 개발을 다룬 윤흥길 소설의 흔적을 따라 답사 코스를 짜 보았습니다. 일정도 적당하고 풍광이 아름다웠으나 구시가지에는 현대 문학의 흔적이 많지 않아 아쉬웠습니다.

문학 답사 코스 추천!

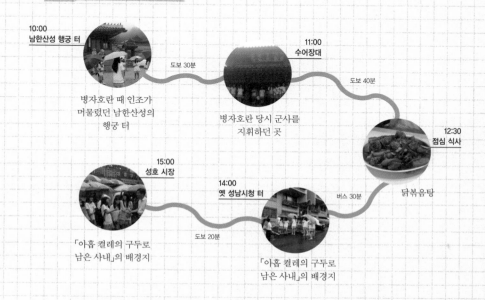

10:00 남한산성 행궁 터
병자호란 때 인조가 머물렀던 남한산성의 행궁 터

도보 30분

11:00 수어장대
병자호란 당시 군사를 지휘하던 곳

도보 40분

12:30 점심 식사
닭볶음탕

버스 30분

14:00 옛 성남시청 터
「아홉 켤레의 구두로 남은 사내」의 배경지

도보 20분

15:00 성호 시장
「아홉 켤레의 구두로 남은 사내」의 배경지

박현정 | 경기 남양주 오남고

두물머리 하나 되듯
다산의 숨결과 만나는 곳

경기도 한가운데에 위치한 남양주시는 크고 작은 산과 호수, 강 등을 품고 있어 계절의 변화를 실시간으로 느끼며 감상할 수 있는 곳이 많다. 이 중 남양주시 남동쪽 끝자락에 위치한 조안면(鳥安面)은 깨끗한 물과 토양, 맑은 공기, 아름다운 자연 풍광이 잘 보존된 곳으로 유명하다.

다산(茶山) 정약용(丁若鏞, 1762~1836)은 평온하고 아름다운 마을 조안에서 태어나 유년 시절을 보냈다. 그리고 벼슬길에 오른 후 당쟁의 소용돌이를 피해 낙향을 결심하고 이곳으로 돌아왔다. 다산은 한강의 옛 이름인 '열수(洌水)'를 호로 즐겨 사용할 정도로 고향 집 앞을 흐르는 한강을 사랑했다. 하지만 낙향의 뜻은 쉽게 이루어지지 못했다. 정조가 세상을 떠난 직후 바로 유배되어 18년이라는 긴 세월을 보내고서야 꿈에 그리던 이곳에 돌아와 남은 삶을 보냈다.

3년 전, 본교로 전근을 와 교실을 쭉 둘러보다가 특이한 점을 발견했다. 다산과 관련한 게시물이 거의 모든 교실에 약속이나 한 듯 걸려 있었던 것이다. 나중에 이와 관련해 학생들과 이야기를 나누어 보니 이곳 학생들은 남양주시의 대표적인 위인이 다산이라는 것에 대단한 자부심을 느끼고 있었다.

다산은 어려서부터 시 쓰기에 특별한 재능을 보였다. 다산의 어머니가 윤선도의 후손이자 자화상으로 유명한 화가 겸 문인 윤두서의 손녀였으니, 다산은 외가 쪽으로부터 예술적 재능을 많이 물려받았던 것 같다. 지금은 전하지 않지만 열 살 이전에 지은 시들을 모아 『삼미자집』을 만들고, 열 살 때는 자신의 키 높이까지 쌓일 정도로 시를 지었다고 하니 그야말로 신동이었다 할 수 있지 않을까?

『여유당전서』에는 다산이 전 생애에 걸쳐 지은 시들 중 약 2,500수가 수록되어 있다. 이 시들을 시대 순으로 읽으면 다산의 생애와 사상이 그려질 정도라고 하니, 다산에게 시는 삶의 기록이자 삶 그 자체였다고 할 수 있을 것이다. 이에 다산의 얼이 깃든 지역에 살고 있다는 자부심을 가진 학생들과 함께 다산의 시와 삶에 대해 공부해 보기로 뜻을 모았다. 그리고 다산의 숨결이 머문 곳, 조안으로 문학 답사를 떠나기로 하였다.

싱그러운 추억이 가득한 다산의 뜰, 수종사

8월 넷째 주 토요일 아침 8시 40분, 운길산 중턱에 위치한 수종사에 오르기 위해 우리는 지하철 운길산역에서 모였다. 수종사는 다산에게 특별한 장소다. 형제들과 뛰놀거나 독서를 하기 위해 즐겨 찾았던 곳이고, 과거 시험에 합격했을 때도 이곳에서 친구들과 기쁨을 나누며 며칠을 머물다 갔다고 한다. 다산의 삶을 파고들수록 마음이 한없이 가라앉는데, 수

수종사

종사는 어리고 젊은 다산의 싱그러운 추억이 담긴 곳이라 즐거운 마음으로 찾을 수 있어 더욱 좋다.

'평소 같으면 늦잠을 즐길 시간일 텐데 너무 이른 시간에 모이라고 했나?' 하며 걱정을 하고 있었는데, 아이들은 제시간보다 더 일찍 모두 모여 있었다. 아이들의 설렘과 기대감이 느껴졌다. 늦더위가 물러갈 듯하면서도 제법 더운 날씨가 이어지고 있는 탓에 매일 날씨를 검색하며 마음을 졸였으나 다행히 아침 날씨는 산행하기에 제법 괜찮았다. 상쾌한 아침 공기 속에서 새소리, 풀벌레 소리, 개울물 흐르는 소리가 어디선가 들려와 우리 일행은 기분 좋게 문학 답사를 시작하였다.

'수종(水鐘)'은 우리말로 '물종'이라는 뜻이다. 세조가 두물머리[兩水里]에서 잠시 머물 때 어디선가 청명한 종소리가 들려 그 근원을 알아보니 운길산 바위 굴에서 물방울이 떨어지는 소리였다고 한다. 이런 사연처럼 이 작은 사찰은 청아하고 맑은 느낌이다. 지금은 물종소리를 들을 수는 없지만, 찻물로 유명한 이곳의 물은 여전히 맛볼 수 있다.

경내 입구에 위치한 다실 삼정헌(三鼎軒)에는 통유리창 너머로 아름다운 풍경을 감상하며 차를 마시러 온 사람들이 끊이지 않는다. 주말이라 사람들이 붐빌 것 같아 아이들을 교대로 들여보내야겠다고 마음을 먹고 있었는데, 예불 시간을 앞두고 있어서인지 운 좋게도 우리 일행이 이곳을 독차지하게 되었다. 아이들은 좌탁에 자리를 잡고 앉은 후 안내문에 따라 정성스럽게 차를 우려내었다. 그리고 차분히 기다렸다 찻잔에 따른 차를 두 손으로 조심스럽게 입가로 가져가 향을 음미하며 마셨다. 이런 아이들의 모습에서 교실에서는 미처 느끼지 못했던 단아함과 기품이 새어 나와 절로 미소가 지어졌다.

삼정헌을 나오면 바로 옆에 마당이 있는데 이곳은 남한강과 북한강이 만나는 모습이 가장 잘 보이는 곳으로 유명하다. 서거정이 동방 사찰 중 수종사를 천하제일의 명당이라며 찬탄했다고 하는데 바로 이 마당 끝에서 마주하게 되는 풍경 때문이 아닌가 싶다. 서로 다른 근원지에서 한참을 돌아온 남한강과 북한강, 두 강물이 머리를 맞대고 한 몸이 되어 '한강'이라는 이름으로 흘러가는 풍경을 감상하다 보면 알 수 없는 평온함이 밀려온다. 사람 사이의 만남도 저렇듯 아름답고 편안했으면 좋겠다는 생각을 해 보았다.

그리고 큰형수의 제사를 마치고 돌아오는 길, 저기 강물 어디쯤 배 안에서 진지한 눈빛으로 이벽에게 서교(西敎, 예전에 '기독교'를 달리 이르던 말로, 서양의 종교라는 뜻임)와 관련한 이야기를 듣고 있었을 23세의 다산을 그려 보았다. 그리고 두 사람의 아름다운 만남을 비극의 씨앗으로 만든 시대에 아픔을 느꼈다. 다산 집안의 불행은 표면적으로는 서교와 연관된 것이었으나 근원적으로는 권력을 위해 서교를 정치적으로 이용하며 탄

압한 불의한 시대가 문제였기 때문
이다.

두물머리 풍경을 감상한 후 최근
보물로 지정된 팔각 오 층 석탑, 정
의 옹주 부도, 범종 등을 자유롭게
둘러보았다. 남학생 몇 명은 '수능
합격'이라는 문구를 기와에 적어 소
원을 빌기도 했다. 이어 해탈문 밖에
심어져 있는, 수령이 500년이 훌쩍
넘은 커다란 은행나무 옆 벤치에 모
여 앉아 이곳을 소재로 한 다산의 시
들을 함께 낭송했다. 아름다운 자연

수종사 팔각 오 층 석탑

속에서 울려 퍼지는 아이들의 맑은 음성은 시를 더욱 깊게 음미하게 해
주었다.

우리는 다음 코스인 다산 길에 가기 위해 산을 내려가기 시작했다. 내
려오는 길도 경사가 심해 발걸음을 옮기기가 쉽지는 않았다. 발가락이
자꾸 앞으로 쏠려 신발을 뚫고 나갈 것 같다는 지혜의 말에 모두가 한바
탕 웃었다. 산을 다 내려와 운길산역을 지나는데 마침 역사 광장에서 '남
양주시 조안면 슬로 시티 홍보 행사'가 열리고 있었다. 행사장에서 찐 감
자를 나누어 주자 아이들은 정말 달게도 먹었다. 연잎차로 목도 축이고
감자 한 상자가 걸린 게임에도 참가하며 예기치 못한 즐거운 시간을 보
냈다.

다산 길

다산 시와 함께하는 아름다운 길, 다산 길

기분 좋게 배를 채우고 운길산역 앞 음식점 사이로 난 지름길을 통해 다산 길의 한 코스인 한강 나루 길을 걸었다. 한강변을 따라 이어진 이 길은 예전에 기찻길이었다. 그러나 중앙선 복선 전철에 밀려 기찻길은 포장되고 지금은 자전거 도로와 산책로로 바뀌었다.

이 길을 아이들과 함께 걷는 것을 계획하며 머릿속으로 그려 본 그림이 있었다. 아름다운 풍광 속을 아이들과 함께 걸으며, 쉼터에 전시된 다산의 시들을 함께 감상하고, 줄 서서 기다려야 살 수 있는 조안면의 유명한 찐빵도 함께 먹으며 담소를 나누는 모습이다. 그래서 계절과 날씨에 더욱 조바심이 났는지도 모르겠다. 같은 장소라도 계절에 따라 느낌이 달라지니 말이다.

그런데 아직 여름이 채 물러가지 않는 이때에 답사를 떠난 탓에 우리는 등산 후 길을 걷자니 무척 힘이 들었다. 아름다운 자연 속을 걸으며 다산의 숨결을 느껴 보고자 한 취지와 달리 땡볕 아래를 걸으며 극기 체험을 하는 기분을 느꼈던 것이다. 그럼에도 선두에서 여전히 힘차게 발걸음을 내디디며 경치가 좋다는 감탄 섞인 말로 아이들의 기운을 북돋아 주신 교감 선생님과 힘든 기색이 역력한데도 맨 뒤에서 연신 미소로 아이들을 밀어 주신 교장 선생님의 힘을 받아서인지, 아이들은 노래를 부르기도 하고 수다를 떨기도 하면서 땡볕 아래 그림 같은 자연 속을 걸어갔다.

우리는 걸으면서 다산이 유배지에서 쓴 시들을 만났다. 오랜 시간을 유배지에서 보냈으니 그 긴 공백기를 시로 채워 놓고자 한 것은 아닌가라는 생각이 들었다. 다산이 유배지에서 쓴 작품 중에는 부조리한 현실에 대한 걱정을 담은 작품도 많지만, 전시된 시들은 대부분 고향과 가족에 대한 그리움을 담은 작품이었다.

折取百花看	백 가지 꽃 꺾어다 살펴보아도
不如吾家花	우리 집에 핀 꽃만 같지가 않네.
也非花品別	꽃의 품격 달라서 그런 게 아니고
秪是在吾家	단지 그저 우리 집에 있어서일세.

—정약용, 「꽃구경」

다산의 시들을 감상하며 이런저런 생각을 하는 사이 능내역에 도착했다. 기차가 다니지 않지만, 과거 시골 간이역을 추억하도록 아기자기한 소품들로 꾸며져 있었다.

점심 먹을 시간이 조금 지나서 출출했다. 우리는 먼저 능내역 바로 아래 철길에 있는 마을 기업 매점으로 향했다. 능내리는 연꽃 마을로도 불리는 곳이니 연잎 밥을 먹기로 했다. 아이들 입맛에 맞지 않으면 어쩌나 걱정을 많이 했는데, 문학 답사 이후에도 "쫀득쫀득 연잎 밥, 아삭아삭 달콤한 연근" 하고 노래를 만들어 부를 정도로 아이들의 반응은 좋았다.

시원한 팥빙수도 기분 좋게 나누어 먹고 능내역 안에 마련된 사진관을 둘러본 후 대부분의 아이들은 자전거를 빌려 탔다. 힘들게 걸어온 길을 거슬러 운길산 쪽을 향해 사라지는 아이들도 있었고, 팔당댐 쪽을 향해 가는 아이들도 있었다. 어느 쪽으로 갔든 그림 같은 풍경을 만났을 것이다.

다산의 생애를 기념하고 새기는 곳, 다산 유적지

우리는 마지막 코스인 다산 유적지로 발걸음을 옮겼다. 정약용과 그의 형제들이 서교를 접했던 마재 성지를 지나 15분쯤 더 걸어가니 고즈넉한 분위기의 다산 유적지가 모습을 드러냈다. 우리를 반갑게 맞아 주는 문화 해설사님을 따라 다산 문화관으로 이동했다. 입구에는 다산이 18년 동안 전라남도 강진에서 유배 생활을 하던 중 10여 년을 머물렀다는 다산 초당의 현판이 여러 개 전시되어 있었다. 이 중 추사 김정희가 다산 초당에 머물며 '다산 선생님을 보배로이 여긴다.'라는 뜻으로 쓴 현판 '보정산방(寶丁山房)'에 눈길이 갔다. 아이들은 이 두 사람의 인연에 신기해했다.

「어가 행렬도」라는 그림 앞에서 해설사님의 본격적인 설명이 시작되었다. 각 장면에 대해 상세한 설명을 들으니 참으로 많은 이야깃거리가 그림에 담겨 있었다. 아는 만큼 보이고 보이는 만큼 느낄 수 있다는 것을 새삼 확인하며 아이들도 더 열심히 경청하는 것 같았다.

다산 유적지

병풍을 펼쳐 놓은 듯 벽면 전체를 채우고 있는 여러 폭의 그림 속에는 다산이 설계한 배다리를 이용해 정조가 한강을 건너 환궁하는 장면도 있었다. 정조의 효심과 다산에 대한 총애, 그리고 다산의 명석함과 치밀함이 만들어 낸 배다리를 보며 정조가 있었기에 다산이 자신의 역량을 당대에 잠시나마 떨칠 수 있었던 것이 아닐까 생각해 보았다. 학문적 스승이자 정치적으로 뜻을 함께했던 정조가 오래 살았더라면 조선과 다산의 운명도 바뀌지 않았을까 하는 헛된 생각이 들 만큼 정조는 다산에게, 당대에, 꼭 필요한 존재였던 것이다.

다산 문화관 옆 건물인 다산 기념관에 들어서니 벽면에 그려진 「매조도(梅鳥圖)」가 가장 먼저 눈에 들어왔다. 여기에 얽힌 사연은 이렇다. 다산이 강진에 유배 중일 때 부인 홍 씨가 그리움을 담아 시집올 때 입었던 빛바랜 치마폭을 보냈다. 다산은 이 위에 아들에게는 가르침이 될 만한 글을, 딸에게는 그림과 시를 적어 주었다. 「매조도」에는 다산이 시집간 딸을 위해 그린 매화나무 가지 위에 한 쌍의 새가 앉아 있는 그림과 시 한 수가 적혀 있다.

한쪽 끝에 자리한 '인자한 아버지 다산'이라는 코너에서도 자식들의 앞날을 걱정하는 다산의 인간적인 면모를 엿볼 수 있다. 다산은 풍산 홍 씨와의 사이에서 얻은 아홉 명의 자녀 중 여섯 명의 자녀를 병으로 잃었다. 그리고 남은 세 자녀는 폐족이 되었으니 아버지로서도 한 많은 인생이었을 것이다. 특히 벼슬길이 막힌 어린 두 아들에게 남은 가족의 생계까지 맡겨야 했으니 미안함과 슬픔이 오죽했을까?

여유당(與猶堂, 다산의 생가)으로 향했다. 해설사님은 여유당의 크기에 의아한 반응을 보이는 분들이 있다고 말문을 열었다. 본래의 소박했던 여유당은 1925년 홍수로 소실되었고, 지금의 여유당은 조선 후기 다산 수준의 양반 계층이 보통 살았던 집의 모습으로 복원한 것이라는 사실을 알려 주었다. 문득 전라남도 강진에 있는 다산 초당도 초가지붕이 아닌 기와지붕으로 복원되었다는 사실이 떠올랐다. 정확한 고증을 거쳐 있는 그대로의 모습으로 문화재를 신중하게 복원했으면 좋겠다는 생각이 들었다.

복원된 여유당에서 특별한 정감을 느낄 수는 없었지만 '여유당'이라는 당호에서 다산이 반대파들의 모함과 시기에 얼마나 시달렸는지는 충분히 짐작할 수 있었다. '여유(與猶)'는 노자(老子)의 『도덕경』 가운데 "여(與)함이여, 겨울 냇물을 건너듯이, 유(猶)함이여, 너의 이웃을 두려워하듯이"라는 글귀에서 따왔다고 한다. 정조 승하 후 벼슬에서 물러난 다산은 이 이름을 통해 고향 집에서 극도로 조심하며 살아가겠다는 뜻을 드러낸 것이다. 비록 세상은 그의 이러한 마음조차 허락하지 않았지만 말이다.

해설사님의 안내에 따라 우리는 한강이 내려다보이는 여유당 뒷동산으로 발길을 옮겼다. 이곳에는 다산 부부가 함께 모셔져 있다. 지친 심신이 위로받으며 치유되기에 더없이 좋은 곳 같아 다산 부부가 이곳에 묻히셨다는 것이 위안이 되었다.

영화에서나 나올 법한 이야기지만 다산은 결혼 60주년이 되는 회혼일 아침에 눈을 감았다. 그리고 부인 홍 씨는 2년 후 다산 곁으로 와, 이렇게 이별 없는 세상에서 함께하고 있다. 회혼일을 준비하며 다산이 지은 「회근시(回졸詩)」는 다산의 마지막 시가 되었다. 다산 부부의 묘소 앞에서 「회근시」를 해설사님의 낭송으로 들으니 애잔함이 더 깊게 느껴졌다.

六十風輪轉眼翻　　육십 년이 바람처럼 순식간에 지났는데
穠桃春色似新婚　　복사꽃 핀 봄빛은 신혼 시절 같구나

生離死別催人老　　생이별 사별(死別)은 늙음을 재촉하나
戚短歡長感主恩　　슬픔 짧고 기쁨 길어 임금 은혜 감사하네

此夜蘭詞聲更好　　이 밤 읽는 목란사(木蘭詞) 소리 더욱 다정하고
舊時霞帔墨猶痕　　그 옛날 하피(霞帔)엔 먹 흔적 아직 있네

剖而復合眞吾象　　갈라졌다 합해지니 진짜 나의 모습이라
留取雙瓢付子孫　　합환주(合歡酒) 술잔 남겨 자손에게 물려주리
　　　　　　　　　　　　　　　　　　—정약용, 「회근시」

　우리 일행은 시의 여운에서 벗어나지 못한 채 주변의 실학 생태 공원을 한 바퀴 둘러보며 마음을 달랬다. 세상은 그에게 야박했지만, 그런 세상을 위해 한평생을 바친 다산의 삶이 주는 감동처럼 생태 공원의 풍경은 고요하면서도 깊고 아름다웠다.

- **누가:** 오남고 시 감상반 학생들과
  박현정, 강승우, 김병호 선생님
- **언제:** 2013년 8월 24일(토요일)
- **인원:** 16명
- **테마:** 우리는 오직 정약용

함께하는 문학 답사

토박이 박현정 선생님의 귀띔!

　　다산이 자신의 삶과 사상을 담아 한평생 쓴 시들은 그의 자서전이라 할 수 있어요. 그러므로 시를 읽기 전에 다산의 전기나 『정약용과 그의 형제들』과 같은 역사서를 먼저 읽어 보기를 권합니다. 다산의 삶을 다룬 『소설 목민심서』를 읽어 보는 것도 좋겠지요. 그런 다음 다산의 시를 만난다면 개인의 서정을 노래한 시든, 지배층에게 핍박당하는 백성의 상황을 고발한 시든, 삶과 시가 다르지 않았던 진정한 시인의 목소리에 더 큰 감동을 느끼게 될 것입니다.

문학 답사 코스 추천!

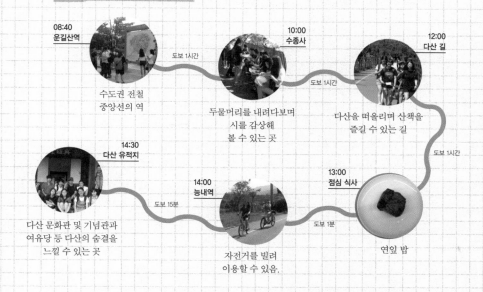

08:40 운길산역
수도권 전철
중앙선의 역

도보 1시간

10:00 수종사
두물머리를 내려다보며
시를 감상해
볼 수 있는 곳

도보 1시간

12:00 다산 길
다산을 떠올리며 산책을
즐길 수 있는 길

도보 1시간

13:00 점심 식사
연잎 밥

도보 1분

14:00 능내역
자전거를 빌려
이용할 수 있음.

도보 15분

14:30 다산 유적지
다산 문화관 및 기념관과
여유당 등 다산의 숨결을
느낄 수 있는 곳

경기 안산·수원

박성한 | 경기 안산고

역사와 풍경 사이

푸른 종소리

농어촌에서 공업 도시로 변모한 안산은 이제 인구 80만 명을 바라보는 큰 도시다. 안산을 대표하는 문학 작품을 꼽으라면 심훈의 소설 『상록수』가 빠지지 않는다. 『상록수』의 무대가 안산 본오동 일대 샘골 마을이기 때문이다. 소설 속에서 샘골은 청석골로, 최용신은 채영신으로 등장한다. 최용신 선생은 채영신의 실제 모델로 알려진 인물인데 안산에서 농촌 계몽 운동을 전개한 독립운동가이다.

햇볕은 쨍쨍, 습도까지 높은 유월 초순의 토요일. 아침부터 초여름 무더위다. 오늘은 문학과 역사, 건축에 관심이 많은 1, 2학년 제자들과 문학 답사를 떠나기로 한 날이다. 첫 발걸음을 최용신 기념관으로 옮겼다. 시공간을 가로질러 일제 강점기와 오늘을 돌아보는 귀한 시간이 되리라.

최용신 기념관은 상록수역 근처에 있다. 상록수역에서 기념관으로 이어지는 길에는 최용신 선생과 제자들의 이야기가 담긴 조형물이 이정표처럼 있다. 일명 최용신 거리다. 그 길을 지날 때마다 최용신 선생의 삶에 대해 되새겨 보게 된다. 식민지 조선의 가난한 농촌 마을 민중 곁으로 가면서 선생은 어떤 생각을 하였을까? 그들을 사랑으로 섬기며 빛의 세계로 나아간 선생의 모습을 묵상하자니, 이 길이 더욱 특별하게 다가왔다.

20여 분쯤 걸으니 오른편으로 야트막한 푸른 동산이 나타났다. 상록수 공원이다. 최용신 기념관은 공원 안에 있다. 공원에는 최용신 선생 묘소, 샘골 강습소, 최용신 나무, 유훈비, 심훈의 문학 기념비 등이 자리 잡고 있다.

먼저 최용신 묘소와 심훈 문학 기념비 앞에서 향토 사학자를 통해 선생의 삶과 심훈의 문학에 관한 해설을 듣기로 했다. 그 뒤 샘골 강습소를 둘러보고 기념관 강당에서 학생들과 소설 감상 토론을 계획했다. 마지막으로 나무 그늘에 앉아 주문한 도시락으로 점심을 먹고, 모둠별로 기념 촬영을 하기로 했다.

"1931년 가을, 최용신 선생은 기독교 여자 청년회 교사로 샘골(천곡)에 파견되었습니다. 마을 사람들의 지원을 받아 샘골 강습소(천곡 학원)를 짓고 문맹 퇴치에 나섰어요. 그런데 일제의 간섭이 심해지면서 기독교 여자 청년회로부터 받던 보조금이 끊어지고 강습소 운영도 어려워졌어요. 선생은 강습소를 지키려고 노력하다가 과로와 영양실조로 쓰러지고 말았답니다. 스물여섯 나이로 죽음을 맞이할 때까지 선생은 사람들에게 농업 기술을 가르치고 민족혼과 애국심을 심어 주는 교육 활동을 했어요. 이러한 공훈을 기리어 1995년 건국 훈장 애족장이 추서되었답니다."

향토 사학자의 해설을 듣는 아이들의 표정이 자못 진지하다. 최용신 선생은 죽으면서 '샘골 강습소 부근에 묻어 달라.'라고 유언했다고 한다. 선생의 묘소 옆에는 실제 약혼자였던 김학준 장로의 묘소가 있다. 소설 속 남녀 주인공 채영신과 박동혁이 우리 앞에 누워 있다고 생각하니 마음이 숙연해졌다.

최용신 기념관

최용신 선생의 헌신과 봉사는 당시 사람들에게 감동을 주어 시, 신문 기사, 전기문 등을 통해 세상에 알려졌고, 영화로도 두 차례 제작되었다. 신문에 연재되었던 소설 『상록수』는 이 가운데 가장 잘 알려진 작품이다. 심훈은 1930년대 중반 충청남도 당진군 송악면 부곡리에 살면서 이 소설을 썼다. 소설 속 박동혁의 활동에는 공동 경작회를 조직해 농촌 계몽 운동을 펼쳤던 심훈의 맏조카 심재영의 모습이 투영되어 있다고 전해진다.

심훈 문학 기념비는 최용신 유훈비와 함께 샘골 강습소 앞에 오롯이 서 있었다. 1996년 문학의 해를 맞아 세워진 기념비의 상단에는 심훈의 얼굴이 조각되어 있고, 하단에는 "아침저녁 저의 손으로 치는 그 종소리는 가슴뿐 아니라 이곳 주민들의 어두운 귀와 혼몽이 든 잠을 깨워 주고 이 청석골의 산천초목까지 울리겠지요."라는 『상록수』의 글귀가 새겨져 있다.

심훈은 본격적인 농촌 계몽 문학의 장을 연 작가이자, 「그날이 오면」 등 저항시를 남긴 시인이기도 하다.

그날이 오면 그날이 오면은

삼각산이 일어나 더덩실 춤이라도 추고

한강 물이 뒤집혀 용솟음칠 그날이

이 목숨이 끊기기 전에 와 주기만 할 양이면

나는 밤하늘에 날으는 까마귀와 같이

종로의 인경(人磬)을 머리로 들이받아 울리오리다.

— 심훈, 「그날이 오면」 중에서

　이 시는 심훈 자신이 적극적으로 참여했던 3·1 운동을 기념해 쓴 작품이다. 이 시에서 '그날'은 광복의 날이다. 삼각산이 춤을 추고, 한강 물이 용솟음칠 '그날'을 위해 "종로의 인경을 머리로 들이받아 울리"겠다는 표현에서 광복을 향한 그의 뜨거운 열정과 의지가 느껴진다. 심훈이 열망한 '그날'은, 최용신 선생이 꿈꾸었던 세상과 크게 다르지 않을 것이다.

　강습소 안에 들어서자, 소설 속 장면들이 떠올랐다. 일제의 갖은 협박 때문에 학생들을 돌려보내야 했을 때, "주여, 그 가엾은 무리가 낙심하지 말게 하여 주시고, 하나도 버리지 마시고 다시금 새로운 광명을 받을 기회를 내려 주시옵소서. 하루바삐 내려 주시옵소서!"라며 간절히 기도하던 영신의 모습. "누구든지 학교로 오너라.", "배우고야 무슨 일이든지 한다." 쫓겨난 아이들이 나무에 오르고 담장에 매달려 일제히 입을 열어 목구멍이 찢어져라 책을 읽던 광경. 화단에는 당시 강습소의 주춧돌들만이 남아 있다. 선생이 심었다는 향나무도 여전히 푸르게 자라고 있다.

　기념관 앞쪽에는 이런 일화가 소개되어 있다. 1994년, 뜻있는 주민들이 최용신 선생을 독립 유공자로 추서하기 위해 해당 관청을 찾았을 때 이런 질문을 받았다고 한다.

"왜 소설 속 주인공에게 훈장을 주려고 하지요?"

주민들은 최용신이 실존 인물임을 입증하기 위해 시간과 노력을 쏟아 부었고, 그 과정은 기념관에 고스란히 전시물로 남아 있다. 안으로 더 들어가니, 소설 『상록수』와 관련된 자료들, 당시 강습소에서 사용했던 교과서와 물품 들을 비롯하여, 선생의 생애가 큰 줄기로 나뉘어 이야기 형식으로 구성되어 있었다.

'그리운 선생님께'라는 이름이 붙은 전시 공간에서는 선생을 그리워하고 기억하는 제자들의 마음을 엿볼 수 있는 영상물이 상영되고 있다. 제자 이덕선은 "최용신 선생님은 자애로우면서도 엄격했으며, 늘 앞서 나가는 분이셨습니다."라고 회상한다. 선생의 유언장과 무궁화 자수 지도도 눈길을 끌었다. 누구보다 어린 제자들의 앞길을 걱정하고, 무궁화 삼천리 조선을 사랑했던 선생의 애틋한 마음이 느껴졌다. 샘골 사람들과 제자들은 "강습소를 영원히 경영해 달라."라는 선생의 유언을 터전 삼아 기념관을 묵묵히 지켜 가리라.

기념관 강당에서 50여 분 동안 학생의 진로와 연관해 소설 감상 토론을 진행해 보았다. 한국어 교육에 뜻을 둔 제자는 문맹 퇴치에 나선 영신의 한글 교사로서의 삶에 대해, 역사에 흥미 있는 아이들은 안산시에 녹아 있는 상록수 정신에 대해 의견을 발표하였다.

돌아 나오는 길, 샘골 교회 앞에서 발걸음이 멈추었다. 가르침과 배움으로 하나 되는 사제 간의 사랑이, 함께해야 할 이웃들의 삶이 세월의 강을 타고 새로운 의미로 다가왔다. 문학이 역사의 진실을 품고 시대를 밝히는 등불이라면 지나친 표현일까.

풍경과의 대화

안산을 뒤로하고, 소설 「사랑손님과 어머니」의 영화 배경지인 수원으로 가기 위해 버스에 올랐다. 수원은 경기도 도청 소재지이자 인구가 백만 명이 넘는 대도시이다. 서울 남쪽에 위치한 이곳은 예부터 군사적 요충지로 알려져 있다. 세계 문화유산인 수원 화성(華城)이 있는 도시이기도 하다. 그러니 수원 답사는 문학 답사인 동시에 역사 답사의 의미도 지닌다. 우리는 우선 소설이 영화로 만들어지면서 지역적 배경을 갖게 된 사실을 감상평을 나누면서 알아보고, 그다음 수원 화성 박물관과 화성 행궁으로 가서 조선 후기 정조 시대와 우리 문화유산의 의미를 되새겨 보기로 했다.

수원으로 가는 50여 분 동안 우리는 소설과 영화에 관한 이야기를 여유롭게 나누었다.

"소설 속 여자애 이름은 뭐지요?"

"박옥희요! 나느은, 여섯 살 난 처녀 애랍니다."

한 학생이 앙증맞은 아이의 목소리를 흉내 내며 재치 있게 대답하자 버스 안 분위기도 한층 즐거워졌다. 「사랑손님과 어머니」를 떠올리면 가장 먼저 생각나는 이름 '옥희'. 방송 개그 프로그램에서도 종종 귀여운 목소리로 들어본 적 있는 익숙한 이름이다.

소설에서 죽은 남편에 대한 그리움과, 사랑손님에게 싹트는 사랑 사이에서 갈등하는 어머니를 지켜보는 독자의 마음은 애잔하다. 달걀, 풍금, 꽃을 통해 묘사되는 등장인물들의 내면 심리를 포착하는 것 또한 이 소설을 읽는 묘미이다. 옥희 어머니가 옥희를 지키기 위해 사랑손님과의 이별을 선택하는 모습은, 오늘의 관점에서 보면 진부하지만 그렇다고 통속적이지는 않다. 오히려 순수하다는 표현이 맞을 것이다. 이러한 평가에 아이들도 대부분 공감을 표시했다.

사랑으로 인한 내면적 갈등을 어린아이의 시선으로 잘 그려 낸 이 소설은 1961년 영화로 만들어져 크게 주목받았다. 특히 "아저씨, 달걀 드실라우?"라고 말하는 옥희의 깜찍한 모습이 사랑을 받았다. 당대 최고 배우들이 출연해 국내외에서 수상한 사실은 그 인기가 어느 정도였는지 알게 해 준다.

소설의 배경은 작품 속에서 뚜렷하게 나타나지 않는다. 발표 연도를 고려하면 시기는 1930년대 중반으로 추정할 수 있지만, 공간은 기차역이 있는 작은 읍 정도로 묘사되어 있을 뿐이다. 그런데 영화에서는 옥희가 뛰어놀던 곳을 수원으로 잡았다. 이 영화에는 1960년대 수원 풍경이 잘 담겨 있다.

자료를 찾아보니 영화에 자주 나오는 곳은 수원 남창동 골목이다. '수원시 팔달구 남창동 24번지' 문패를 단 옥희네 집은 지금도 화성 행궁 근처 공방 거리에 잘 보존되어 있다. 옥희가 엄마에게 줄 꽃을 따 오던 곳은 화홍문이다. 화홍문은 수원 화성 북쪽에 있는 수문(水門)으로 수원천의 범람을 막아 주는 역할을 하던 곳이다. 일곱 개의 수문을 지나온 맑은 물은 넘쳐 흘러 늘 물보라를 일으킨다. 현란한 무지개가 화홍문을 한층 아름답게 하는데, 이 광경을 '화홍관창(華虹觀漲)'이라 한다. 옥희와 사랑 아저씨가 그림을 그리던 곳은 방화수류정(訪花隨柳亭)이다. '꽃을 찾고 버들을 따라 노닌다.'라는 뜻을 지닌 이 정자는 정교한 구성과 독특한 지붕 형태 때문에 바라보는 위치에 따라 다른 모습을 보여 준다. 화홍문은 높은 벼랑 위에 세워져 있어 사방으로 뛰어난 경치를 볼 수 있는 명소이기도 하다. 이 밖에도 남창 여관, 매향여중, 창룡문, 서호 방죽 등의 영화 촬영지가 수원 전역에 퍼져 있다. 성곽 길을 거닐다 보면 옥희와 아저

수원 팔달문

씨가 걸었던 산책길 가운데 몇 장면을 마주할 수 있으리라.

이야기를 나누는 동안 버스는 어느새 수원 시내로 접어들어 팔달문을 지나고 있었다. 아이들의 눈길이 그 웅장한 모습에 쏠렸다. 준비한 소개 글을 참고해서 마이크를 잡고 간단히 안내를 하였다.

팔달문은 사통팔달(四通八達), 곧 동서남북 모든 곳으로 통하는 문을 뜻한다. 전라도, 경상도, 충청도 삼남 지역에서 서울로 가기 위해서는 이 문을 꼭 거쳐야 했다. 상량문(上樑文, 상량식을 할 때에 상량을 축복하는 글)에는 "돈과 곡식과 군사가 없는 곳이 없고/선비와 농사꾼과 장사치가 반드시 여기에 있네"라는 글귀가 있어 옛날의 번성함을 짐작하게 한다.

수원 화성은 조선 후기 성곽 발달의 결정체로 '성곽의 꽃'이라 불린다. 이 성곽은 동서양 성곽 제도에 대한 이론적 연구와 여러 읍성의 축조 경험을 바탕으로 탄생했다. 수원 화성에는 문이 여러 개 있는데, 남쪽에는 팔달문, 동쪽에는 창룡문, 서쪽에는 화서문, 북쪽에는 장안문과 화홍문 등이 있다. 그중에서도 팔달문이 성문 건축의 백미로 꼽힌다. 서울 도성의 숭례문을 본 따 만들어져 규모와 구조는 숭례문과 유사하지만, 목조 건축 기술과 방어 기능면에서는 한층 발달된 형태라고 한다.

수원 화성을 널리 알리기 위해 수원시에서는 수원 화성 박물관을 만들었다. 우리는 박물관 앞에서 기념 촬영을 하고 사전에 예약한 문화 해설사의 안내를 받으며 전시실을 관람하기 시작했다.

"수원 화성을 알려면 정조를 알아야 해요. 정조는 정치 개혁에 앞장섰

수원 화성 박물관 내부

던 개혁 군주요, 학문을 좋아했던 호학(好學) 군주요, 백성을 위했던 위민(爲民) 군주로 불리지요? 수원 화성은 바로 이러한 정조가 임금이었기에 만들어질 수 있었어요. 다산 정약용 같은 실학자를 등용해 당시로서는 획기적인 건축 기술을 사용했지요."

수원 화성 박물관에는 각종 모형과 관련 유물이 전시되어 있어 화성 축성에 대해 이해할 수 있다. 일 층 중앙 전시 홀에는 화성 모형도와 영상으로 제작된 화성 연표가 전시되어 있어 계단을 오르며 화성의 전모를 한눈에 알아볼 수 있다. 이 층에는 수원 화성의 역사와 문화를 느껴 볼 수 있는 상설 전시실이 있다.

화성 축성실에서는 수원 화성이 축성된 과정 등을 볼 수 있고, 화성 문화실에서는 축성에 참여한 인물, 정조의 8일 행차, 화성에 주둔한 장용영(壯勇營, 정조 17년 왕권 강화를 목적으로 만들어진, 궁중을 지키고 임금을 호위·경비하던 조직) 등의 모습을 볼 수 있다.

"우리나라에는 『훈민정음』, 『조선왕조실록』, 『일성록』, 『화성 성역 의궤』 등 기록 문화유산이 많지요? 여러분, 우리 문화유산이 세계 문화유산이라는 사실을 꼭 기억해 주세요."

해설사의 마지막 한마디가 특히 가슴에 남았다. 화성 박물관 관람을 마치고 밖으로 나오니 대낮의 무더위가 한창이었다. 쉬엄쉬엄 길을 걸으며 학생들과 화성 행궁에 대한 대화를 나누었다.

"행궁이 무슨 뜻이죠?"

"행궁은 임금이 임시로 거처하기 위해 마련한 곳이라고 해. 평소 임금은 서울에 있는 궁궐에 머무르며 나랏일을 돌보잖아. 하지만 전쟁이나 난리가 나 피란 가거나 휴양이나 능원 참배를 갈 때에는 임금도 궁을 떠나 지방에 머물렀다고 해."

"임금이 임시로 머무르는 곳이 바로 행궁이군요."

박물관에서 10여 분쯤 걸으니 화성 행궁이 나타났다. 행궁을 산책하고 시간이 나면 성곽 길까지 걸어 보려 했는데 지친 아이들이 하나둘 늘어났다. 계획대로 하는 건 아무래도 무리겠다 싶었다. 아쉽지만 다음을 기약하고 땀을 식히면서 잠시 휴식을 취했다.

행궁 앞에서는 장관이 펼쳐지고 있었다. 꽃 같은 여인네들이 군무(群舞)를 추고 이어서 줄광대의 공연이 시작되었다. 우리는 넋을 놓고 바라보다가 잎사귀가 무성한 느티나무 그늘 아래 털썩 주저앉아 버렸다. "인간의 승천! 얼마나 아름다운 광경입니까? 우리 단(團)이 아니면 보실 수 없는 진귀한 구경거리입니다……."라던, 이청준의 소설 「줄」 가운데 한 장면이 떠올랐다.

봄부터 가을 사이에는 화성 행궁 앞에서 다양한 문화 공연이 펼쳐진다. 줄타기 공연은 매주 토요일에만 열리는데 마침 운이 좋았다. 여행은 생각하지 못한 볼거리를 이처럼 반가운 선물로 안겨 주기도 한다.

몇몇 아이들은 호기심 어린 눈빛으로 광장에 마련된 청소년 그린 마켓 현장으로 찾아가 자유롭게 행사에 참여했다. 그렇게 한 시간쯤 쉬고 나서 귀갓길에 올랐다. 못다 한 일정 생각에 아쉬움이 밀려왔다. 그래도 내일이 있으니 얼마나 다행인가.

안산에서 수원까지의 문학 답사가 차창을 비추는 서녘 햇살처럼 저물어 간다. 잠시 눈을 감고 두 손을 모았다. 오늘의 기억이 늘 푸른 나무처럼, 향기로운 꽃잎처럼 가슴에 살아 이 세상을 아름답게 수놓을 수 있기를……

· **누가**: 안산고 1, 2학년 학생들과
　　박성한, 김윤영, 홍경근 선생님
· **언제**: 2013년 6월 8일(토요일)
· **인원**: 38명
· **테마**: 안산시와 수원시를 배경으로 한 소설과 영화

함께하는 문학 답사

토박이 박성한 선생님의 귀띔!

　안산시와 수원시는 한 시간 이내 거리여서 한 코스로 묶어 다녀올 수 있어요. 하지만 한 지역을 집중적으로 여유롭게 다녀 보는 것도 좋은 방법이겠지요. 답사를 떠나기 전 영화 「상록수」와 「사랑손님과 어머니」를 감상하면 어떨까요? 배경지의 현장감을 느낄 수 있고, 작품에 대해 토론하는 재미도 더 커진답니다. 최
용신 기념관, 수원 화성 박물관, 수원 문화 재단에서 해설사를 신청할 수 있어요. 또한 각 지역의 문화 행사를 사전에 확인해 두면 일정을 짤 때 참고가 될 겁니다.

문학 답사 코스 추천!

09:50
최용신 묘소
심훈 문학 기념비
농촌 운동가 최용신의 묘와
심훈의 문학 기념비

도보 1분

10:00
샘골 강습소
소설 『상록수』의 모델인
최용신의 강습소

도보 1분

11:00
최용신 기념관
최용신과 관련된 유물과
영상물을 감상하는 곳

도보 1분

11:30
점심 식사
도시락

버스 1시간

13:00
수원 화성 박물관
수원 화성의 축성 과정을
소개하는 곳

도보 10분

15:00
화성 행궁
정조가 화산릉을 참배하고
돌아갈 때 쉬어 가던 행궁

박기범 | 경기 고양 풍동고

한 맺힌 사랑 따라 임진강은 흐르고

열차를 탄다. 출발을 알리는 요란한 기적 소리 대신 수군수군 두런두런 스무 명 남짓 되는 아이들의 재잘거림과 함께 열차가 출발한다. 우리가 탄 열차는 내가 고등학교 수학여행 때 친구들과 우르르 몰려 탔던 경주행 통일호 열차도, 풋내기 대학 신입생 시절 무작정 혼자 올라탄 안동행 중앙선 무궁화호도 아니다. 객차마다 떠난 임에 대한 그리움으로 온밤을 지새우던 시인의 숨죽인 흐느낌, 이념이 다르다는 이유로 서로 총부리를 겨눠야 했던 현실을 탄식하던 시인의 통곡을 담은 파주행 완행 열차이다. 파주로 가는 동안 시인의 숨결이 피워 올린 시의 암향(暗香)을 찾아보고, 스쳐 가는 나무 한 그루의 울림과 그 울림 아래 서성이는 사람들의 작은 손짓도 느끼고자 한다.

사범대에 다니던 마지막 해, 지금처럼 시인의 숨결과 시의 암향을 느껴 보겠다고 열차에 오른 적이 있었다. 「관동별곡」과 「사미인곡」으로 유명한 송강 정철과 그의 스승이자 「면앙정가」로 알려진 송순을 만나기 위해 전라남도 담양으로 향했다. 하지만 정철이 머물며 「성산별곡」을 썼다는 식영정과 「면앙정가」의 배경이 되었던 면앙정에는 시인의 숨결과 암향의 희미한 옛 그림자만이 남아 있을 뿐이었다. 숨결과 암향이 머물던 그 자리에는 나른한 햇살 아래 일상을 탈출한 사람들의 숨 가쁜 설렘만이 가득했다. 나 역시 철없는 고등학교 수학여행단의 일원처럼 식영정과 면앙정을 휙 스치며 둘러보기만 했다. 그때 다짐했다. 또다시 '문학 답사', 아니 '문학으로 떠나는 열차'를 타게 된다면, 지금처럼 그저 낯설고 신기한 풍경을 차창 밖으로 감상하듯 하지는 않겠다고. 비록 덜 알려진 시인이더라도, 별로 근사하지 않은 곳일지라도 열차의 창을 통해서가 아니라 열차 밖으로 나가 두 발로 시인이 남기고 간 발자국을 따르고, 그 숨결과 암향을 찾는 여행을 하겠다고.

교사가 되고 처음으로 '문학으로 떠나는 열차'를 탄다. 오늘 스무 명의 아이들과 떠나는 문학 열차는 파주로 간다. "묏버들 가려 꺾어" 임에게 보낸다는 기생 홍랑의 삶과 6·25 전쟁의 참혹한 전쟁터에서 눈도 감지 못하고 죽어 버린 적군들의 피맺힌 절규를 담은 구상의 「초토의 시」를 만나러 간다.

이번 정차역은 홍랑역, 홍랑역입니다

기생 홍랑(洪娘). 조선 선조 때 함경북도 경성 관아의 관기(官妓). 길가에 피어 누구나 쉽게 꺾을 수 있는 꽃인 미천한 신분의 기생. 각종 악기는 물론이고, 문장과 서화까지 능해 뭇 사내들로부터 구애를 받았으나, 홍랑을 한 사람의 '여자'가 아닌 '기생'으로만 대한 그들에게 그녀는 결코 사

랑의 빗장을 열지 않았다. 그런 홍랑의 마음을 열어젖힌 한 남자가 있었
으니, 그가 바로 당대 삼당파(三唐派) 또는 팔문장(八文章)으로 이름 높은
선비였던 고죽 최경창이다. 최경창은 경성에 북평사(北評事, 조선 시대 함경
도 북병영의 무관 벼슬)로 부임했다. 외딴 변방에 부임한 그를 위로하기 위해
술자리가 열렸는데, 그 자리에 참석한 홍랑은 최경창의 기품 있는 모습
에 끌리고 최경창 역시 그녀를 사랑하게 된다.

하지만 신분을 뛰어넘은 관리와 관기의 사랑은 최경창이 임기를 마치
고 다시 한양으로 떠나면서 파국을 맞는다. 관아에 소속되어 함부로 거
주지를 옮길 수 없는 관기 홍랑은 사랑하는 최경창을 그냥 떠나보낼 수
없어 몇 날 며칠을 따라가다 더는 따라갈 수 없는 함관령(咸關嶺)에 이르
러 그 유명한 시조 한 수를 최경창을 위해 읊는다.

묏버들 갈히 것거 보내노라 님의손디
자시는 창(窓) 밧긔 심거 두고 보쇼셔
밤비예 새닙곳 나거든 날인가도 너기쇼셔

─홍랑

이 시조는 문학 시간에 여성 문인의 시조를 가르칠 때면 늘 등장하는
작품이다. 하지만 나는 이 시조를 가르칠 때 '떠나는 임을 그리는 여성
화자의 슬픈 사랑 이야기'라고만 했을 뿐, 작품 속 아름다운 사랑 이야기
를 학생들에게 들려준 적은 없었다. 홍랑의 무덤을 찾은 아이들에게 홍
랑과 최경창의 사랑 이야기를 들려준 후 홍랑의 시조를 함께 낭독해 보
았다. 그토록 사랑하던 최경창과 헤어지면 영원히 만나지 못할 것 같아,
몇 날 며칠을 걸어서 따라왔지만, 결국 헤어져야 하는 상황에서 피눈물

홍랑 묘

을 담아 읊은 노래가 바로 이 시조였다니! 홍랑의 시조를 배울 때 그저 '묏버들'은 객관적 상관물이자 임에 대한 사랑의 징표라고만 들었던 아이들의 눈망울이 이 사랑 이야기를 들은 뒤 훨씬 숙연해진 듯한 느낌이다.

신분을 뛰어넘어 자신의 모든 것을 서로에게 주고자 했던 두 사람의 이별. 그것은 홍랑에게도 최경창에게도 운명처럼 다가올 비극의 시작이었다. 한양으로 떠난 최경창은 갑자기 병에 걸리고, 이 사실을 알게 된 홍랑은 한양 출입을 할 수 없는 관기임에도 최경창에게 달려가 그를 극진히 간호한다. 하지만 이 일로 최경창은 기생 애첩을 한양까지 불러들였다는 모함을 당하게 되고, 두 사람은 다시 이별을 맞는다. 먼 변방으로 떠나던 중 최경창은 결국 마흔다섯의 나이로 홍랑과 이승에서의 인연을 다한다.

멀리 함경도에서 최경창이 객사했다는 비보를 접한 홍랑은 모든 것을 뒤로하고 최경창의 묘소가 있는 파주로 가, 최경창의 무덤가에 움막을 짓고 홀로 3년간 시묘살이를 한다. 홍랑은 몸도 씻지 않고 얼굴을 칼로 난도질하여 시묘살이 도중 있을지도 모를 뭇 사내들의 유혹을 물리쳤다고 한다. 시묘살이가 끝나자 최경창이 생전에 썼던 책과 글 들을 오롯하게 보전해 그의 가문에 다시 돌려주기 위해 홍랑은 임진왜란이라는 참혹한 전쟁을 견뎌 낸다. 그리고 결국 전쟁이 끝난 직후 최경창의 문집을 그의 가문에 전해 주고 최경창의 무덤가에서 스스로 목숨을 끊었다. 홍랑이 죽고 난 후 최경창의 가문인 해주 최씨 문중은 홍랑을 최경창의 무덤 바로 아래 묻어 그녀의 헌신적인 사랑을 기렸다고 한다. 현재 파주시 교하읍 다율리에 있는 최경창과 홍랑의 무덤은 원래 파주시 월롱면에 있던 것을 6·25 전쟁 직후 이장해 온 것이다.

신분의 한계와 죽음의 장벽까지도 뛰어넘은 최경창과 홍랑의 사랑. 특히 최경창을 향한 홍랑의 지고지순한 사랑은 각박한 시대를 사는 우리에게 진정한 사랑의 의미가 무엇인지 다시 한번 생각하게 한다.

이번 정차역은 적군 묘지역, 적군 묘지역입니다

무명인(북한군 365, 경상북도 칠곡군 동명면), 무명인(북한군 535, 경기도 파주시 박달산), 무명인(중국군 300, 강원도 인제시 인제읍)……. 이름도 없는 천 명이 넘는 사람들이 잠들어 있는 곳. 적군 묘지는 6·25 전쟁 때 사망한 북한군 718명과 중국군 362명의 유해가 묻힌 곳이다. 비록 전쟁의 광기 아래, 살기 어린 시선으로 국군을 향해 총부리를 겨누고 죽음의 탄알을 쏘아 댄 그들이지만, 죽음으로 멈추어 버린 그들의 삶은 적군 묘지 앞에서 한가롭게 춤추는 벼 이삭처럼 평온하다.

무명인이라고 적힌 한 묘지석 앞에 섰다. 북한군 458, 경상북도 칠곡군 가산면. 잠든 이에 대해 알 수 있는 정보는 이것뿐이다. 죽기 전에 북한군이었으며 경상북도 칠곡군 가산면에서 마지막 숨을 거둔 사람. 그의 고향은 어디였을까? 척박하기 그지없는 화전이나마, 열심히 일구고 감자와 수수를 키워 늙은 홀어머니를 모시던 함경도 어느 두메산골 더벅머리 총각이었을까? 바닷가 작은 마을에서 새벽 찬바람을 맞으며 멸치와 고등어를 그물로 끌어 올리던 경상도 사나이였을까? 나이는 몇이었을까? 코 밑으로 거뭇거뭇한 수염이 나고, 얼굴에 여드름 꽃이 피기 시작한 열여섯 살 고등학생이었을까? 아니면 불혹을 바라보는 두 아이의 아버지였을까? 궁금증을 안고 차마 돌아갈 수 없어 가만히 눈을 감고 그의 생전 모습을 상상해 본다.

적군 묘지는 경기도 파주시 적성면 답곡리 산 55번지에 자리하고 있다. 교전 중 사망한 적군의 유해라도 존중하여 관리해야 한다는 제네바 협정에 따라 1996년에 조성되었다. 적군 묘지는 제1묘역과 제2묘역으로 나뉘어 있으며, 묘지는 '북쪽'을 향하고 있다. 비록 살아서 육신으로는 고향에 돌아가지 못했지만, 죽어서라도 두고 온 북쪽 고향 땅을 바라보라는 이유일 것이다.

이렇게 줄줄이 죽어 땅에 묻힌 적군들에게 과연 전쟁의 의미는 무엇이었을까? 공산주의 혁명의 완성을 위한 성전(聖戰)? 적군 묘지에 잠든 이들이 공산주의가 무엇인지, 마르크스가 어떤 사람인지 알기나 했을까? 이들 대부분은 그저 나라에서 시키는 대로 전쟁터에 나와서, 왜 죽여야 하는지도 모른 채 국군을 향해 총을 쏘아 대다가 죽음을 맞이했을 것이다. 생전에 국군과 총부리를 겨누었던 이들은, 죽어서도 가족의 품에 돌아가지 못하고 이렇게 낯선 타향 땅에서 이름도 없이 잠들어 있다.

오호, 여기 줄지어 누웠는 넋들은
눈도 감지 못하였겠구나.

어제까지 너희의 목숨을 겨눠
방아쇠를 당기던 우리의 그 손으로
썩어 문드러진 살덩이와 뼈를 추려
그래도 양지 바른 두메를 골라

고이 파묻어 떼마저 입혔거니
죽음은 이렇듯 미움보다도 사랑보다도
더욱 신비스러운 것이로다.

이곳서 나와 너희의 넋들이
돌아가야 할 고향 땅은 30리면
가로막히고
무주공산(無主空山)의 적막만이
천만 근 나의 가슴을 억누르는데

살아서는 너희가 나와
미움으로 맺혔건만
이제는 오히려 너희의
풀지 못한 원한이
나의 바람 속에 깃들어 있도다.

손에 닿을 듯한 봄 하늘에
구름은 무심히도
북으로 흘러가고

어디서 울려오는 포성 몇 발
나는 그만 이 은원(恩怨)의 무덤 앞에
목놓아 버린다.

—구상, 「초토의 시 11 — 적군 묘지 앞에서」

적군 묘지

「초토의 시 11」에서 시인 구상(具常, 1919~2004)은 적군 묘지에 잠든 이들에게서 미움보다 사랑보다 더욱 신비로운 '죽음'을 발견한다. 이 시는 1956년에 발표되었다. 전쟁이 끝난 지 채 3년도 지나지 않은 상황, 북한과 인민군에 대한 분노와 증오의 불꽃이 여전히 뜨겁게 타오르던 그때, 이데올로기를 뛰어넘어 죽은 이들을 위로하고자 한 시인의 용기가 대단하다.

묘지석 앞에 선 아이들의 얼굴을 본다. 사람들을 집단으로 매장한 공동묘지라는 사실 때문일까? 마침 비까지 내려서 주변 풍경이 더 음산해서였을까? 표정이 많이 어둡다. 아이들에게 이곳은 어떻게 다가왔을까? 한을 품고 죽은 적군들에 대한 측은함에 그 어떤 곳보다 안타깝게 다가온다고 하는 아이들도 있겠지만, 대다수 아이들에게 이곳은 그저 잘 정돈된 잔디밭 위에 돌덩이를 올려놓은 곳에 불과하지는 않을까? 전쟁의 포성이 완전히 멈추고, 이름도 없이 잠든 이 젊은 영혼들이 고향에 돌아갈 날은 과연 언제일까? 통일의 그날이 오기를 간절한 마음으로 기원하며 적군 묘지를 나선다.

이번 정차역은 이 열차의 종착역인 파주 출판 단지역입니다

어린 시절 내게 최고의 선물은 '책'이었다. 책이 아주 귀했던 시절은 아니었지만, 넉넉하지 못한 가정 형편 때문에 집안에는 제대로 된 책 한 권이 없었다. 그래서 유리 진열장 가득 세계 명작 동화 시리즈가 꽂혀 있는 큰외삼촌 댁에 갈 때면, 난 맘껏 책을 읽을 수 있다는 생각에 엄마의

손을 마구 잡아당기곤 했다. 그런 내 모습을 짠하게 생각하신 아버지께서 어느 날 퇴근길에 길거리에서 돗자리를 깔고 책을 파는 아저씨에게서 『햄릿』을 사 오셨다. 삶과 죽음이 무엇인지도 모르는 초등학교 3학년에게 "사느냐 죽느냐, 이것이 문제로다."라는 책을 읽으라고 하셨으니! 나는 대학에 가서야 아버지가 사다 주신 책이 『피노키오』나 『백설공주』 같은 동화가 아니라, 셰익스피어라는 작가의 위대한 희곡이라는 것을 알았다. 초등학교만 나온 아버지께서는 훌륭한 고전이니 아이들에게 꼭 읽히라는 책 장수 말만 믿고 내게 그 책을 권하셨던 것이다. 그 후에도 아버지는 어려운 고전만을 골라 꾸준히 내 품에 안기셨다.

『빨강머리 앤』의 주인공 앤 셜리는 텔레비전 만화를 통해서야 비로소 만날 수 있었고, 『소공녀』의 주인공 세라는 그나마 텔레비전에서도 보지 못한 탓에 만화 『요술공주 세리』의 주인공과 늘 헷갈리곤 했다. 이처럼 책은 내게 귀한 존재였기에, 그 책을 출간하는 출판사들이 모인 파주 출판 단지는 홍랑의 무덤이나 적군 묘지와는 또 다른 설렘의 장소일 수밖에 없었다.

파주 출판 단지에 도착하니 저마다 독특한 개성을 살린 건물들이 제일 먼저 눈에 들어왔다. 큰딸과 둘째 딸이 즐겨 보는 동화책을 많이 출판하는 보리 출판사, 전직 대통령의 아들이 운영한다는 이유로 요즘 언론에 자주 오르내리는 시공사, 작년 대선 전에 관심을 가지고 읽었던 『안철수의 생각』을 발행한 김영사, 그리고 읽으면서 눈물을 쏟았던 신경숙의 『엄마를 부탁해』를 출간한 창비까지……. 그야말로 대한민국의 내로라하는 출판사와 출판인 들은 모두 이곳 파주 출판 단지에 있는 것 같았다. 스무 명의 아이들과 가장 먼저 찾은 곳은 창비였다. 문학 답사를 함께하는 아이들 모두 창비에서 나온 국어 교과서로 수업을 받았기 때문이다. 또 교과서에 수록된 김려령의 『완득이』를 출간한 곳이라고 설명을 하니 아이들은 더 기대를 하는 듯했다.

창비에서 아이들과 함께 책 만드는 과정이 담긴 동영상을 보고, 책을 직접 만들어 보기도 했다. 늘상 만나 온 책이지만 국어 교과서를 스스로 만들어 볼 수 있다는 것에 아이들은 설레기도 하고 떨리기도 하는 모양이었다.

접고, 오리고, 붙이고……. 유치원 시절 공작 놀이를 하듯 아이들은 손에 땀이 맺혔지만 웃음꽃을 활짝 피운 채 신바람 나는 모습으로 책을 만들었다. 드디어 책 만들기 완료. 그대로 묶어 내도 될 만큼 규격도 반듯하고 오린 부분까지 매끈하게 다듬어 완성한 아이도 있었고, 덜렁대는 성격 탓에 삐뚤빼뚤하게 오리고 엉성하게 만든 아이도 있었다. 실제로 책을 만드는 일이 그리 만만치 않다는 것을 아이들도 깨달았으리라.

책이 귀해서 책 한 권을 읽고 또 읽어야 했던 옛날과는 달리 책이 흔해진 요즘, 책이 아니어도 재미를 느낄 수 있는 것들이 너무나 많아졌다. 짧은 경험이었지만 오늘 책 만들기 경험이 아이들에게 책의 소중함을 조금이라도 느낄 수 있는 계기가 되었을까? 그저 체험을 위한 체험이 되지는 않았을까? 이런저런 걱정과 생각에 아이들의 얼굴을 살필 여유도 없이 창비를 나선다.

그다음에 아이들과 함께 들른 곳은 책을 찍어 내는 인쇄소였다. 엄청난 부피와 크기로 쌓인 종이 더미들, 바로 옆 사람 말도 잘 들리지 않을 만큼 요란하게 소리를 내며 돌아가는 인쇄기들, 그리고 인쇄기를 따라 쏟아져 나오는 형형색색의 출판물들……. 넋이 쏙 빠질 만큼 정신없고 신기한 곳이었다. 줄을 서서 아이들과 함께 인쇄기 옆을 지나가는데, 직원 한 분이 선생님이시니 책을 많이 읽으시라는 뜻으로 드린다며 책 한

권을 건넨다. 책을 건네는 손 여기저기가 온통 상처투성이다. 책의 내용은 저자가 만들겠지만, 우리가 만지는 이 책을 그야말로 '만드는' 일은 바로 이분들이 하고 있는 셈이다. 그럼에도 책 어디에도 이들의 이름은 없다. 그러하기에 책 한 권을 읽으면서도 난 한 번도 이들의 이름을, 그리고 상처를 생각해 본 적이 없었다. 일일이 손으로 옮겨 써서 책 한 권을 만들던 시절, 책을 만든 사람에 대한 미안함과 고마움 때문에 책을 더욱 소중히 여기며 읽고 또 읽었으리라. 책의 가치가 추락한 이유가 혹시 책을 만든 사람에 대한 미안함이 사라졌기 때문이라고 한다면, 지나친 추측일까?

문학 답사를 마치고 한없이 평온하게 흐르는 임진강을 따라 돌아오는 길. 하루 일정이 고되었던지 살짝 코를 코는 아이부터 잠꼬대를 하는 녀석까지 있다. "진정한 여행의 발견은 새로운 풍경을 보는 것이 아니라, 새로운 눈을 갖는 것이다." 마르셀 프루스트의 이 말처럼, 오늘 파주로 떠난 문학 답사를 통해 학교에서 죽어 버린 문학을 갈기갈기 해부하기만 했던 아이들이 문학을 살아 숨 쉬는 온전한 대상으로 바라보게 되었으면 하는 작은 바람을 품어 본다.

- **누가:** 풍동고 도서반 학생들과 박기범 선생님
- **언제:** 2013년 9월 10일(화요일)
- **인원:** 20명
- **테마:** 홍랑과 적군 묘지, 파주 출판 단지를 찾아

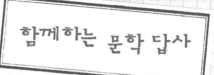

함께하는 문학 답사

토박이 박기범 선생님의 귀띔!

홍랑의 묘는 주소만 가지고는 찾기가 어렵답니다. 열 병합 발  전소(한국 지역난방 공사 파주 지사) 앞 삼거리에서 서울, 자유로 방면으로 좌회전하여 약 100미터쯤 가면 우측에 카센터가 있어 요. 그 옆으로 작은 길이 나 있는데, 길을 따라 100미터 정도 가 다가 11시 방향을 보면 홍랑 묘가 있는 해주 최씨 문중 산이 보 입니다. 적군 묘지에는 무명 군인의 묘가 대부분이지만 주인이 밝혀진 묘지도 몇 기 있어요. 1968년 1·21 사태 당시 사살된 무장 공비 30명, 1987년 KAL 858기를 폭파하 고 목숨을 끊은 김승일, 1998년 남해안에 침투했던 공작원 6명 등이 바로 이곳에 묻 혀 있답니다.

문학 답사 코스 추천!

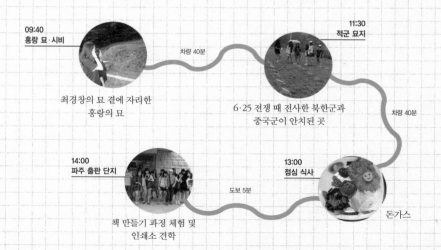

09:40 홍랑 묘·시비
최경창의 묘 곁에 자리한 홍랑의 묘

차량 40분

11:30 적군 묘지
6·25 전쟁 때 전사한 북한군과 중국군이 안치된 곳

차량 40분

13:00 점심 식사
돈가스

도보 5분

14:00 파주 출판 단지
책 만들기 과정 체험 및 인쇄소 견학

2

이지러는 졌으나
보름을 가제 지난 달

강 원

● 철원

● 춘천

● 강릉

● 평창

● 영월

이향숙 | 강원 강릉 경포고

천년의 시간을 넘어

문학의 시간은 찰나를 영원으로 연결한다. 답사란 내 발로 걷고 나의 눈으로 보는 일이다. 옛사람의 시선과 나의 시선이 만나 오래도록 마음으로 음미하는 일. 느낌을 함께할 수 있는 이가 있다면 그는 나의 벗이며 벗을 만나는 일은 참으로 기쁘다. 내 안에서는 신라 화랑 영랑과 안상이 나의 벗이며 허난설헌과 허균 그리고 답사를 함께하는 학생들이 모두 나의 벗이다.

신선이 노닐던 곳, 경포대

건축은 인간을 담는다. 오래된 건축물은 그 시대의 눈으로 보아야 비로소 살아 숨 쉰다. 누정(樓亭)에서 꽃핀 동아시아의 문화. 유서 깊은 누정이 있는 곳에 문화가 흐른다. 강릉을 대표하는 누정 경포대는 신라의 유산이다. 영랑 선인이 머물며 수양을 하였던 곳으로 누대 곁에는 단약을 만들던 돌절구가 있었다는 말이 전해진다.

예로부터 강릉을 찾은 수많은 시인 묵객은 경포대에 올라 시심(詩心)을 다듬었다. 누대를 오르는 돌층계는 영랑 선인을 만나는 선계(仙界)의 문으로 관동 팔경은 금강산과 더불어 생애 꼭 한 번 누리고 싶은 탐승(探勝)의 대상이었다 하니, 강릉에 오면 우선 경포대에 올라 송림 우거진 아늑한 호수와 먼 동해를 조망할 일이다. 누정에 오를 때에는 잠시 멈추어 신을 벗고 속세의 먼지를 날려 버려야 한다. 신발에 묻어 있는 모래가 목조 건축물 틈으로 파고들어 건물을 망가뜨리는 것을 막기 위함이니 조금 번거롭더라도 맨발로 경포대에 올라 가장 편안한 자세로 경포의 아름다움을 만끽하기를.

답사는 눈으로 보고 마음으로 느끼는 것. 마음의 눈을 열고 경포대 안팎에 걸린 현판, 기문(記文), 시판(詩板)을 하나씩 올려다보면 오래된 시문들이 고풍스러움을 더한다. 한문을 몰라도 주눅 들 필요 없다. 라틴 어를 알아야만 성경의 지혜를 접할 수 있는 것이 아니듯 '경포대를 노래한 시인 묵객이 참으로 많았구나.', '내가 있는 이 공간이 찬란한 문화가 축적된 곳이구나.' 정도만 느껴도 그대로 좋지 않을까.

조선 중엽 강원도 관찰사로 부임한 정철(鄭澈, 1536~1593)은 금강산과 관동 팔경을 유람하고 그 아름다움을 「관동별곡」이라는 가사로 남겨 후대에 수많은 탐승객을 금강산과 관동 지역으로 불렀다.

> 샤양 현산(斜陽峴山)의 텩튝(躑躅)을 므니 불와
> 우개지륜(羽蓋芝輪)이 경포(鏡浦)로 ᄂᆞ려가니
> 십 리 빙환(十里氷紈)을 다리고 고텨 다려

댱숑(長松) 울흔 소개 슬ᄏ장 펴뎌시니

믈결도 자도 잘샤 모래를 혜리로다

고쥬히람(孤舟解纜)ᄒ야 뎡ᄌᆞ(亭子) 우희 올나가니

강문교(江門橋) 너믄 겨티 대양(大洋)이 거긔로다

동용(從容)ᄒ댜 이 긔샹(氣像) 활원(闊遠)ᄒ댜 뎌 경계(境界)

이도곤 ᄀᆞ준 ᄃᆡ ᄯᅩ 어듸 잇닷 말고

홍장고ᄉᆞ(紅粧古事)를 헌ᄉᆞ타 ᄒᆞ리로다

　　　　　　　　　　—정철, 「관동별곡」 중에서

　'우개지륜(신선이 타는 가마)'에 올랐다는 것은 신선의 세계에 들어갔다는 것이니 관동 팔경 탐승의 인연이 닿은 이에게는 선계 인연도 허락되지 않았을까. 정철이 걸어간 관동 팔경의 길은 신라 화랑들이 걸어간 선계를 향한 여정이었으니 정철이 고성에서 강릉으로 내려오며 선계를 갈망하였듯 후대의 탐승객들도 선계를 갈망하며 경포대에 올랐으리라.

　현재의 눈으로 옛사람들이 노래한 선경(仙境)을 상상하기에는 주변이 너무 번잡하다. 경포대 주변 담장에 벽화로 조성되어 있는 정선과 김홍도를 비롯한 옛사람들의 그림과 경포의 옛 모습을 담은 사진이 우리를 과거로 인도한다. 탐승의 호사를 누릴 수 없었던 이들은 그림을 걸어 놓고 산수의 아름다움을 느꼈다고 하는데 경포를 그린 민화들을 보면 경포는 이미 현세의 공간이 아니라 아득한 선경이다. 명승이란 현세의 공간이 아니라 각자 마음에 존재하는 이상향이 아닐까?

　경포대에서 호수로 내려오는 길에는 한시비(漢詩碑)가 있다. 신선을 꿈꾼 시인 묵객들이 남긴 한시 열네 편을 감상하며 경포대를 내려와 주변의 누정 경호정, 금란정, 방해정을 따라 바닷가 쪽으로 10분 정도 걸으

경포대

면 홍장암이 나온다.

홍장암은 홍장과 박신의 사랑 이야기가 깃든 바위다. 강원도 안렴사로 부임한 박신은 강릉의 예기(藝妓) 홍장과 깊은 정을 나누나 임기가 끝나 이별을 슬퍼하고 있었다. 그런데 강릉 부윤이 홍장이 죽었다고 박신을 속이고 이별연으로 마련한 경포대 뱃놀이에 신선으로 꾸민 홍장을 등장시켜 "선계에 오른 홍장이 박신을 그리워해 지상에 잠시 내려왔다."라며 박신을 놀렸다고 한다. 최근 강릉시에서 이 고사를 조형물로 만들어 놓았는데 상상력이 스러진 곳에 스토리텔링만이 넘치고 넘친다. 여백은 사라지고 조형물로 가득 찬 우리 시대를 슬퍼하며 옛 노래를 찾아 경포대와 홍장암 주변의 시문들을 훑어본다. 박신와 홍장이 서로를 그리워했던 마음과 그들의 사랑을 부러워했던 이들의 마음이 느껴진다.

경포대 아래 무료 주차장에 주차를 하고 경포대, 경호정, 금란정, 방해정, 홍장암 순으로 둘러본 후 허균·허난설헌 기념 공원으로 이동하는 것이 편리하다. 하지만 여름철이라면 최근 복원된 경포호 습지를 따라 가시연꽃 군락을 구경해 보는 것도 좋다.

초당에 깃든 시심, 허균 · 허난설헌 기념 공원

호수를 중심으로 경포대 반대편은 초당 마을이다. 허난설헌(許蘭雪軒, 1563~1589)은 부친 허엽이 강릉 부사로 머물 때에 초당에서 태어났다고

허균·허난설헌 기념 공원

한다. 초당의 허균·허난설헌 기념 공원에는 우물이 남아 있어 허난설헌 생가 터로 추정되는 고택과 허균·허난설헌 기념관이 있다.

허난설헌. 이름은 초희. 자는 경번(景樊). 잠시 지상에 내려와 찬란한 문화의 꽃을 남기고 떠난 천상의 선인(仙人).

허난설헌을 생각하면 중국인들이 가장 사랑한다는 소설 『홍루몽』의 주인공 임대옥이 떠오른다. 태허환경(太虛幻境, 『홍루몽』에서 설정한 가상의 신선 세계)의 강주초가 지상에 내려와 인간으로서 짧은 생애를 찬란하게 살아간 꿈같은 이야기.

많은 이가 허난설헌을 불행한 여인이라 한다. 조선 시대 남성 중심 사회의 횡포에 스러져 간 한스러운 여인이라고. 허난설헌의 생에서 남편과의 갈등, 아이를 잃은 아픔은 참혹한 슬픔의 날들이었을 것이다. 한 사람의 생애를 돌아보면 기쁨의 순간으로 가득한 인생도 없듯이 슬픔의 날들로만 이어진 인생은 없다. 평온한 나날과 고난의 나날이 교차하는 것이 삶이라는 불가(佛家)의 말에 기대면, 도가적(道家的) 학풍이 흐르는 집안 분위기 속에서 오빠 허봉의 가르침을 받으며 동생 허균(許筠, 1569~1618)과 함께 당대 최고의 시인 이달에게서 시를 배우고 이들과 함께 시를 즐기고 거문고를 타던 나날들은 찬란한 기쁨의 시간이 아니었을까. 찰나의 시간이 영원처럼 빛나는 그 순간이라면 기꺼이 천상의 고귀함을 버리고 지상의 서러운 생애를 겪어도 좋았을 것이다. 여덟 살에 「광한전 백옥루

상량문」으로 선계의 문에 들어선 후 「유선사(遊仙詞)」 87수로 선계를 노래하면서도 가난한 여인들의 고단한 삶을 외면하지 않았던 고결한 난초의 넋. 허균과 교류하며 난설헌의 시집을 중국에서 출간한 주지번은 난설헌을 일러 지상에 내려온 선인이라 하였다는데, 『태평광기』를 즐겨 읽으며 자신의 세계에서 신선처럼 노닐었던 여인에게 속세의 시댁이 강요한 중세의 법절들은 한낱 지상의 남루한 풍속이 아니었을까.

초당동의 허균·허난설헌 기념 공원에는 허난설헌 동상과 시비가 있다. 시비에는 자식을 잃은 슬픔을 노래한 「곡자」가 새겨져 있다. 동상 자체가 근대 이후 서구에서 들어온 조형물이라 그런지 조선 시대 여인의 모습을 표현한 허난설헌의 동상이 참 낯설게 느껴진다. 동상의 얼굴은 누구의 형상일까. 단지 '고왔다'는 기록만 남아 있는 옛사람의 모습을 조형물로 만들어 내야 하는 조각가는 참으로 고민스러웠을 것이다. 동상 앞에서 「곡자」를 어린 딸에게 읽어 주는 젊은 어머니의 모습이 종종 보인다. 그들은 허난설헌을 어떤 이라 말할까?

허씨 5문장의 시비가 초당 마을 곳곳에 세워져 있어 걸으면서 하나씩 찾아볼 수 있다. 시비를 찾아 헤매다 보면 고인돌도 보이고 해방 직전 여운형이 머물렀던 영어 학교의 흔적도 덤으로 찾아볼 수 있다. 고인돌과 여운형의 흔적은 강릉 고등학교 교정에 있다. 강릉 고등학교 옆 강원도 교육 연수원 입구에는 허균과 허난설헌의 시비가 나란히 있다. 허난설헌 시비에는 「꿈에 노닐던 광상산의 노래」가, 허균 시비에는 「내 고향 사촌에 이르러」가 적혀 있어 선가(仙家)의 분위기가 느껴진다.

초당 솔밭 시비 앞에서 행복한 여인과 불행한 여인이라는 근대의 이분법적 틀을 버리고 17세기 동아시아 문화사에 찬란한 족적을 남기고 '스물일곱 연꽃'으로 떠난 시인 허난설헌을 만난다. 그리고 "예교(禮敎)로 어찌 자유를 구속하리. 부침을 오직 정(情)에 맡길 뿐."이라 노래하였던 자유로운 영혼 허균을 만난다.

누추한 독서 공간 애일당 옛터의 허균 시비

허균의 호 교산은 외가 애일당이 있던 사천 해변의 자그마한 산 이름이다. 초당동에서 송림이 우거진 해안 도로를 타고 약 6킬로미터 가면 사천 해변의 호젓한 곳 교산 자락에서 허균의 흔적을 찾을 수 있다. 허균에게 강릉은 마음의 고향이었다. 벼슬을 지낼 때도 중국에서 서적을 대량으로 구입해 경포호 주변에 지역 선비들이 자유롭게 이용할 수 있는 공공 도서관 같은 건물을 만들어 놓고 벼슬을 버리고 강릉으로 돌아가 만권 서책 중의 좀벌레나 되어 남은 생애를 마치고 싶다고 하였다. 그가 임진왜란 때에 난리를 피해 외가가 있는 강릉으로 오는 길에 아내를 잃은 애통한 마음을 달래며 머물렀던 곳이 사천이다. 그가 머물렀던 애일당은 흔적도 없이 사라졌고 그 자리에는 시비만 호젓하게 서서 이곳에서 차를 달이고 향을 피우며 신선의 세계를 꿈꾸었던 허균의 마음을 전해 준다.

허균은 동인의 영수인 허엽의 아들로 당대 최고 명문가 출신이었다. 그는 명나라 사신을 영접하는 자리에 여러 번 발탁되고 수차례 사신으로 파견되었을 정도로 탁월한 문장 실력을 지녔다. 관습에 순종했다면 그는 순탄한 출세를 보장받았을 것이다. 하지만 이단으로 지목되는 위험에도 불구하고 불교, 도교, 양명학, 민간 신앙, 민속 문화에까지 두루 미친 학문적 통섭에다, 승려, 서얼과 교류하는 자유분방함 때문에 여러 차례 탄핵을 당했다.

이정의 산수화와 한석봉의 서필을 벽에 걸어 놓고 이백과 도연명과 소동파와 벗하며 "그대들은 그대들의 법을 따르라. 나는 내 삶을 살아가리니."라고 노래했던 불여세합(不與世合, 세상과 화합하지 못함)의 지식인 허균. 뛰어난 능력을 지녔으나 속세를 등지는 「남궁선생전」, 「장생전」의 주인 공들은 아마 자신을 알아주지 않는 세상을 살아가는 허균의 모습이 투영된 인물이 아닐까? 「홍길동전」의 결말과는 달리 자신이 꿈꾸는 세상을 만들지 못하고 반역죄로 처형당한 급진적 개혁가 허균의 마음이 머문 애일당 옛터에 솔바람이 청량하다.

사임당의 예술혼이 피어난 오죽헌

사천에서 7번 국도를 타거나 해안 도로를 달려 10분 정도 가면 오죽헌이 나온다. '세계 유일의 모자 화폐 인물'이라는 안내판 글자가 멀리서도 보인다. '견득사의(見得思義, 이득을 보거든 옳은 것인가를 생각하라)'라는 글귀가 있는 율곡상을 지나 안으로 들어가면 율곡의 위패를 모신 문성사가 나온다. 그 옆에 율곡이 태어나고 어린 시절을 보낸 오죽헌 몽룡실이 있

오죽헌

다. 수령 600년의 배롱나무와 소나무 율곡송, 매화나무 율곡매에서 신사임당(申師任堂, 1504~1551)의 손길이 느껴진다. 사임당은 매화를 사랑하여 만딸 이름을 매창이라 짓고 매화를 즐겨 그렸다고 한다. 이른 봄날이면 사임당의 손길이 닿았던 율곡매가 분홍 빛깔의 매화를 피워 은은한 향기를 풍긴다. 여름날에는 붉은 배롱꽃이, 가을날에는 노란 은행잎이, 눈 내리는 겨울날에는 검은빛 오죽이 운치를 더한다. 율곡이 사용하던 벼루를 봉헌해 놓은 어제각 건물을 지나 오죽헌 시립 박물관에 들어가면 오천 원권과 오만 원권 지폐에서 봐 온 사임당의 그림들을 만날 수 있다.

강릉의 관문 대관령에 있는 「사친」 시비

대관령을 오르다 보면 정상 조금 못 미쳐서 도로변에 충혼탑 비슷한 웅장한 조형물들이 쉽게 눈에 띈다. 지금의 영동 고속 도로가 개통되기 이전 오랜 세월 동안 강릉의 관문 역할을 하였던 대관령. 하늘을 찌르는 검의 형상을 닮은 사임당 시비의 앞면에는 사임당의 시 「사친(思親)」이 적혀 있고 뒷면에는 1984년에 이 시비를 강릉시와 명주군의 평화 통일 정책 자문회의 자문 위원이 세웠다는 기록이 있다. 국가주의와 현모양처의 이데올로기가 빚어내는 미묘한 이미지를 떠안은 사임당. 1990년대 초반까지 여학교 교실에 걸려 있던 하얀 저고리 검은 치마의 근엄한 흑백 초상화 속 여인이 아니라 안견과 매화와 풀벌레를 사랑한 예술가 사임당을 느끼고 싶다. 인간적 고뇌를 지닌 영웅으로 재조명되며 더 많은 사랑과 존경을 받는 이순신 장군처럼 어느 작가의 섬세한 붓끝에서 범속의 일상에 안주하지 않고 자신의 예술 세계를 향한 열망을 지녔던 예술가 사임당으로 다시 태어나기를. 주변을 떠도는 흰 구름이 늙으신 어머니를 고향에 두고 시댁인 서울로 떠나는 사임당의 마음을 전해 준다.

- **누가:** 경포고 문학 답사 동아리 학생들과 이향숙 선생님
- **언제:** 2013년 6월 8일(토요일)
- **인원:** 18명
- **테마:** 천년의 향기를 지닌 강릉의 문학 유산

함께하는 문학 답사

토박이 이향숙 선생님의 귀띔!

　강릉은 화랑들이 수양하고 다도를 즐긴 경포대와 한송정을 중심으로 선가의 문화가 전해지는 곳으로, 수많은 시인 묵객이 즐겨 찾았어요. 조선의 왕들도 경포대를 찾았으며 율곡의 후예들은 스승의 흔적을 찾아 오죽헌과 경포대를 탐방했죠. 또한 정철의 「관동별곡」 이후 금강산과 더불어 명승으로 회자되었고 많은 화가들이 강릉의 절경을 그림으로 남겼어요. 김홍도의 『금강산 화첩』과 『관동별곡 화첩』을 찾아보고 강릉에 오면 강릉의 숨은 아름다움을 발견할 수 있지요. 또 허균과 허난설헌에 관한 책을 읽고 온다면 한결 풍요로운 탐방길이 될 거예요.

문학 답사 코스 추천!

09:00 경포대
근처에 동해를 조망할 수 있는 누정들과 홍장암이 있음.

차량 3분

11:30 허균·허난설헌 기념 공원
허난설헌의 생가 터로 추정되는 곳에 세워진 공원

도보 5분

13:00 점심 식사
초당 순두부

차량 12분

14:00 허균 시비
허균이 머문 애일당 터에 세워진 시비

차량 15분

14:30 오죽헌
신사임당이 율곡 이이를 낳고 키운 곳

차량 25분

16:00 신사임당 시비
대관령 정상 조금 못 미친 곳 길가에 있는 「사친」 시비

염명호 | 강원 원주 육민관고

단종의 혼이 신이 되어 부활한 땅, 영월

육지 속의 외로운 섬 청령포

비운의 왕 단종(端宗, 1441~1457)이 신이 되어 부활한 땅 영월은, 봉래산 줄기를 따라 동강과 서강이 어우러져 남한강으로 흐르는 물줄기에 자리 잡은 대한민국의 작은 한반도다. 경관이 수려하고 물이 맑을 뿐 아니라 석회암 지대로 석회 동굴이 많아 관광객이 끊이지 않는다. 인구는 5만이 되지 않는 작은 군이지만 10여 개의 박물관이 있어 볼거리와 다양한 문화를 전수하는 요람의 땅이기도 하다.

영월로 들어가는 초입에서 청령포라고 쓰인 이정표를 따라가다 보면, 영월군에서 조성한 방절 저류지가 나온다. 넓게 자리한 저류지 바로 맞은편에 청령포 주차장이 있다. 서강의 물줄기에 감싸인 청령포는 육지 속의 고도(孤島)다. 유배된 단종의 한이 서린 청령포는 아직도 배가 아니면 들어갈 수 없다. 40여 명이 탈 수 있는 크기의 배에 올라 어린 단종의 모습을 회상해 본다.

6백여 년이라는 긴 시간이 흘렀지만 청령포에는 여전히 어린 단종의 한과 슬픔이 곳곳에 배어 있다. 단종은 어린 나이에 삼촌인 세조에게 왕위를 빼앗기고 이곳으로 유배되었다. 서쪽에는 육륙봉의 험준한 암벽이 솟아 있고 나머지 삼면은 강으로 둘러싸인 섬과 같은 이곳에서 단종은 한양을 바라보며 시름에 잠겼다. 노산대와 망향 탑, 돌무더기 등은 이런 슬픈 역사가 남아 있는 유서 깊은 곳이다.

천연기념물인 '관음송(觀音松)'은 어린 단종의 아픔을 기억하는 유일한 소나무로 수령이 620년 정도 되었다고 한다. 단종이 자주 이 나무에 올라가 한양을 바라보며 향수를 달랬다. 단종의 비참한 모습을 지켜보았다고 해서 '볼 관(觀)' 자를, 단종의 슬픈 말소리를 들었다 하여 '소리 음(音)' 자를 따서 '관음송'이라는 이름이 붙은 이 나무는 나라에 큰일이 있

관음송

을 때마다 나무껍질이 검은색으로 변하여 마을 사람들은 이 나무를 귀하게 여기고 있다. 문화 해설사의 설명에 백여 명의 관광객들은 호기심이 어린 눈으로 관음송을 쳐다본다. 30여 미터나 높게 솟은 아름드리 소나무의 모습에서 17세 단종이 느꼈을 고독과 한이 느껴졌다. 청령포는 송림이 울창하다. 단종의 어가 주변에 조성된 크고 오래된 송림이 270도를 돌아 흐르는 서강과 어우러져 아

청령포

름답다.

조선 제6대 임금 단종이 노산군으로 강봉되어 강원도 영월에 유배되었을 때 엄흥도는 이 고장 호장(戶長)이었다. 밤낮으로 대왕의 거소(居所) 청령포를 바라보며 왕이 무사하기를 기원하던 어느 달 밝은 고요한 밤에 대왕의 거소에서 슬프고 애끓는 곡성을 들었다. 황급히 강을 건너가 진배하니 단종이 울음을 멈추고 물었다. "이 심야에 웬 사람이 나를 찾는가?" "소신은 이 고장 영월 호장 엄흥도이옵니다." 엄흥도가 이렇게 대답하고 옥안을 바라보니 단종은 "육지 고도(陸地孤島)인 이곳 청령포에 유배된 이후 밤마다 꿈속에서 신하들을 보고 추억을 회상하며 탄식하고 지내던 중 비조불입(飛鳥不入)인 이곳에서 너를 보니 육신을 상봉한 것 같구나. 그대는 실로 초야에 묻힌 선인이로구나!" 하고 반갑게 맞이하였다한다. 그 후 엄흥도는 매일 밤 바람과 비를 가리지 않고 문안을 드렸다. 그런데 그해 여름에 장마가 크게 져 단종은 청령포 어소에서 영월읍 영흥리 관풍헌으로 침소를 옮겼다. 그뒤 밤마다 객사 동편에 있는 자규루

(子規樓)에 올라「자규시」를 읊으면서 지내다가 금부도사 왕방연(王邦衍)이 가지고 온 사약을 받고 결국 승하했다. 추운 겨울, 옥체는 동강 물에 던져지고, 시녀는 동강 절벽에서 투신 절사(投身節死)하였다.

단종은 유배지의 한과 아픔을 다음과 같이 노래했다.

一自寃禽出帝宮	한 마리 원한 품은 새가 왕궁에서 나와서
孤身隻影碧山中	짝 잃은 외로운 몸이 푸른 산에서 사네
暇眠夜夜眼無暇	밤마다 잠을 청하나 영영 이루지 못하고
窮恨年年恨不窮	해마다 이 원한 끝나기를 기다려도 끝나지 않네
聲斷曉岑殘月白	소리 끊긴 멧부리에 새벽달이 밝은데
血淚春谷落花紅	봄 골짜기 꽃에 피눈물 떨어져 붉었구나
天聾尙未聞哀訴	하늘도 귀먹어 애소를 듣지 못하는데
何奈愁人耳獨聰	어찌하여 시름 많은 내 귀에만 들리는가

—단종,「자규시」

왕위를 찬탈하고, 단종의 복위를 꾀하던 신하들을 거열(車裂, 사람의 팔과 다리를 각각 다른 수레에 묶고, 그 수레를 반대 방향으로 끌어서 찢어 죽임)이라는 무서운 형벌로 다스렸던 세조. 세조의 명으로 영월로 유배된 단종은 청령포의 낯설고 물선 땅에서의 고독을 「자규시」로 풀어냈다. 금부도사 왕방연은 어린 단종에게 사약을 주고 가며 시를 지어 단종과의 이별의 아픔을 노래했다.

천만리(千萬里) 머나먼 길에 고은 님 여희옵고

내 무음 둔 뒤 업서 냇ᄀ에 안자시니

져 물도 니안 굿ᄒ여 우러 밤길 녜놋다

—왕방연

첩첩산중의 강원도 오지에서 어린 왕에게 사약을 주고 돌아서는 금부
도사 왕방연의 처연한 슬픔의 눈물이 오늘도 서강의 푸른 물줄기에 스며
있는 듯하다. 호장 엄흥도는 강에 버려진 단종의 시신을 서강과 동강이
합류하는 지점에서 기다렸다. 그리고 옥체를 인양해 미리 준비한 관에
넣고 가족들과 같이 운구하여 영월군 서북쪽 동을지산(冬乙支山)에 묻은
뒤 자취를 감춰 버렸다. 후에 사람들은 엄흥도의 충성을 인정이 아닌 하
늘이 내린 것이라 하여 그를 추모하였다. 1759년(영조 34년)에는 그의 벼슬
을 공조 판서로 추봉하여, 사육신 정렬에 배향하고 육신사(六臣祠)에 봉
안하여 제사 지내게 했다고 한다. 시대가 영웅을 만든다고 한다. 아무도
돌보지 않은 단종의 시신이 안장된 그곳이 바로 지금의 장릉이다. 6월의
더위에 송림의 청령포 숲도 후끈거렸다. 비 오듯 흐르는 땀과 모래사장
에 반짝이는 모래 사이로 서강의 푸른 물줄기는 오늘도 흐른다. 50여 미
터의 넓은 강폭과 주위의 무장한 군사들, 그 무엇도 마음대로 하지 못했
던 어린 단종의 한과 아픔이 오늘도 청령포 곳곳에 머물며 이곳을 찾는
이들을 숙연하게 한다.

단종의 혼이 머무는 장릉

청령포를 나와 5분 정도 차를 타고 영월 시내로 들어서자 '장릉'을 알
리는 이정표가 보였다. 장릉은 조선 제6대 임금인 단종의 능으로, 엄흥도
가 단종의 시신을 지금의 장릉 자리에 몰래 묻고 잠적해 버린 후, 중종 11
년(1526) 왕명에 의하여 봉분이 새로 꾸며졌고, 숙종 24년(1698)에 장릉(莊

장릉

陵)이라는 묘호를 받았다. 1970년 5월 26일에는 사적 제196호로 지정되었다. 장릉으로 오르는 능선에 서자 시원한 산들바람이 불어왔다. 6월 폭염에 우리는 의자에 앉아 장릉을 바라보았다. 능 뒤편의 소나무들이 신기하게도 장릉을 향해 고개를 숙이듯이 머리를 조아리고 있다. 단종은 이미 신(神)이 되어 있었다. 어라연 계곡의 푸른 물속에서 단종은 인간의 모습을 벗어 버리고 인간과 하늘을 이어 주는 신의 모습으로 새롭게 자리하고 있다.

장릉에 들어서자 대여섯 살쯤 보이는 아이들이 부모님의 손을 잡고, 장릉의 이곳저곳을 돌며 해설사의 이야기를 듣고 있다. 우리 일행도 아이들과 함께 해설사의 이야기를 들었다. 장릉은 원래 가묘였던 것을 후에 봉분을 쌓고 추봉되었기 때문에 간소한 양식이다. 능 앞에 세워진 문인석은 가운데 홀(笏, 조선 시대 벼슬아치가 임금을 만날 때에 손에 쥐던 패)을 두 손 모아 쥐고 있는데, 이는 왕에게 복종한다는 의미다. 문인석 아래에는 본래 칼을 찬 무인석이 있는데, 무인석이 문인석보다 아래에 있는 이유는 조선이 문(文)을 더 숭상했기 때문이다. 하지만 장릉에는 무인석이 없다. 가운데에는 돌로 만든 네모난 등이 있는데 분묘 앞에 불을 밝혀 사악한 기운을 쫓는 장명등이다. 그 뒤 봉분 앞에는 장방형 돌이 놓여 있는데 이는 영혼이 나와서 놀 수 있도록 마련해 놓는 혼유석이다. 혼유석 양쪽 뒤에는 좌우로 기둥이 하나씩 있는데 이는 망주석이다. 영혼이 장자각에서 술을 먹고 취하면 자신의 집이 어딘지 모른다. 망주석은 그때 자신의 집을 쉽게 알 수 있게 하는 표지 역할을 한다고 한다.

점심시간이 되어 영월의 맛집 장릉 보리밥집으로 향했다. 한 시간 정도 기다리라 한다. 아쉽지만 옆의 다른 식당으로 가서 버섯 만두전골과 더덕구이, 막걸리 한 동이를 주문했다. 땀 흘린 뒤 마시는 막걸리도 시원했고 더덕구이와 만두전골도 일품이었다.

천재 시인 김삿갓의 묘를 찾아서

이제는 영월의 남쪽으로 이동해 방랑 시인 김삿갓을 만날 차례다. 서강과 동강이 마주하는 길을 따라 자동차 전용 도로를 가다 보니, 영월의 깊은 산세가 아름답다. 구절양장 길을 40여 분 올라, 아래를 굽어보니 오지 중의 오지가 바로 이곳이라는 느낌이 들었다.

김삿갓(1807~1863)은 안동 김씨로 본명은 병연(炳淵)이요, 호는 난고(蘭皐)이다. 그가 다섯 살 때 평안도 선천 부사였던 조부 김익순(金益淳)은 홍경래의 반란군에게 항복했다. 이 일이 화근이 되어 김익순은 처형되고, 부친 김안근도 귀양지에서 죽었다. 그래서 병연은 김익순의 하인이었던 김성수에 의해 황해도 곡산에서 은신하여 자랐다. 나중에 그의 일가가 멸족에서 폐족으로 사면되자 그는 어머니에게 돌아갔다. 그의 가족은 떳떳하게 세상을 살 수 없었으므로 이천, 가평, 평창 등지를 전전하다가 영월 삼옥리에 정착했다고 한다. 병연은 과거에 응시했는데, 시제(試題)가 공교롭게도 '정시 가산군수가 충성스럽게 죽은 것을 논하고 김익순의 죄를 규탄하라'였다. 할아버지의 사연을 모르고 자란 병연은 할아버지 김익순을 조롱하는 시를 써서 장원 급제한다. 그런데 어머니에게 자신의 가문에 대한 이야기를 듣고 고뇌하다 결국 방랑길에 올랐다. 조상을 지탄한 죄책감과 운명에 대한 회의에 사로잡혀 한군데 정착하여 평범한 삶을 살기 어려웠던 것이다. 그리하여 그는 전국을 방랑하면서 많은 시를 지었다. 57세 때 전라도 동복 땅에 쓰러진 그를 어느 선비가 발견해 집에 데려갔는데 결국 그곳에서 숨을 거두었다. 후에 둘째 아들 익균이 그의 유해를 지금의 하동면 와석리 노루목에 장사 지냈다고 한다.

그 후 120년이 지나 세상에서 잊혀 가던 그를 1982년 10월 17일 향토 사학자 정암 박영국 옹이 찾아내 세상에 알렸다. 이응수 선생은 김삿갓의 시문이 세계적인 수준이라고 주장했다. 일본·러시아에서도 김삿갓의 시가 크게 인기가 있다는 기사가 1985년 11월 13일 『동아 일보』에 실리기도 했다. 이에 김삿갓의 유일한 유적지인 영월에서는 '시선 김삿갓 유적 보전 위원회'를 구성하고, 유적 보전 사업을 전개하고 있다. 다음은 그가 자신의 삶을 자조적으로 노래한 작품이다.

笑仰蒼穹坐可沼	웃으며 먼 하늘 바라보지만 앉은자리 아득하고
回思世路更迢迢	살아온 길 되돌아보니 더욱 아득하기만 하여라
居貧每受家人譴	가난하게 살다 보니 맨날 아내에게 불평만 듣고
亂飮多逢時女嘲	밥상마다 시정 아낙네들의 비웃음이 빗발치네
萬事付看花散日	만사가 맑은 날 흩어지는 꽃잎 같고
一生占得月明宵	일생 동안 얻은 것은 밝은 달밤뿐이어라
也應身業斯而已	응당 가진 거라곤 몸뚱이뿐이니
漸覺靑雲分外遙	벼슬하는 일은 분에 넘치는 일이라 멀게만 느껴지네

— 김병연, 「자고우음(自顧偶吟)」

경상도에서 시작된 외씨버선 길이 이제는 영월로 연결되어 많은 관광

김삿갓 묘

객과 길손 들이 김삿갓의 묘소를 참배하고 그가 생전에 방랑하던 나그네의 삶을 나누게 되었다. 물이 맑아 금방이라도 뛰어들고 싶은 계곡물에 버들치가 꼬리를 치며 놀고 있다. 심산유곡의 이 외진 곳에서, 김삿갓의 자유롭고 건강한 삶의 정신이 끊임없이 이어지길 기원해 본다.

4억 년의 신비가 담긴 고씨굴

30여 분을 달려 고씨굴에 도착했다. 관광지로 지정되어 터널 공사가 끝난 새 길로 나오니 갈 때보다 20여 분이나 시간이 단축되었다. 내비게이션에는 아직 등록되지 않은 새로운 터널을 보면서, 과거 이 고갯길을 걸어 다녔을 선인들의 모습이 어렸다. 갑자기 비바람이 몰아쳐 빗방울이 대단한 기세로 창문에 부딪혔다. 도착하여 예매하는 데 40여 분이나 걸린다고 한다. 비가 걷히고 나자 고씨굴 앞 진별 마을의 모습이 청초하다. 우리는 카페에 들어가 차를 마시며, 고씨굴 앞의 푸른 강과 안개가 자욱한 산을 바라본다.

저 멀리 서강이 영월을 감싸며 돌고 있다. 예전에는 나룻배를 타고 폭 130미터인 남한강을 건너서야 동굴 입구에 닿을 수 있었지만, 지금은 입구까지 다리로 연결되어 있다. 시원한 강바람에 동굴로 향하는 발걸음이 가벼워졌다. 입구에 도착하자 동굴 속에서 시원한 바람이 나와 소름이 돋았다. 한 줄로 서서 순서를 기다리며 헬멧을 착용한 후 열 명씩 입장하기 시작했다. 점점 좁아지는 굴속에는 기묘하게 생긴 석순과 종유석 들이 조명을 받아 신비함을 자아냈다. 간혹 헬멧이 벽에 부딪히는 둔탁한 소리에 다들 긴장을 풀지 못했다.

4억 년의 신비를 들여다볼 수 있는 이 굴은 임진왜란 당시 고씨 가족이 피란했던 곳이라 하여 고씨굴이라 불린다. 문학은 어울림에서 시작되듯, 이곳 고씨굴에 얽힌 이야기도 아리랑이나 다른 한으로 이어지고 있으리라. 이 동굴은 북동에서 남서 방향으로 발달했는데, 1966년 세상에 알려져 1969년 6월 4일 천연기념물 제219호로 지정되었으며, 1974년 5월 15일 일반인에게 처음 공개되었다.

고씨굴은 전형적인 석회 동굴이며, 여러 층으로 이루어진 다층 구조다. 하층은 하천이 흐르는 수평굴이며, 입구로부터 남서 방향으로 통로가 발달해 있다. 주굴의 총 길이는 약 950미터, 지굴의 길이는 약 2,438미터로 총 연장은 3,388미터인데, 이 중 약 500미터 구간만 개발되어 일반인에게 공개되고 있다.

고씨굴 안에는 종유관, 종유석, 석주, 동굴 산호, 유석, 커튼, 동굴 진주, 피솔라이트, 동굴 방패, 곡석, 월유 등 다양한 동굴 생성물이 있으며, 기형 종유석도 여러 지점에서 성장하고 있다. 고씨굴의 특징적인 동굴 생성물은 흑색 동굴 산호인데 동굴 수 공급이 멈춘 석순과 유석 위에서 많이 발견된다고 한다.

고씨굴에는 총 68종의 다양한 동굴 생물이 서식하고 있는 것으로 보고되었다. 이 중 절지동물인 갈르아 벌레는 고생대인 약 4억 년 전부터 살

왔던 생물로 살아 있는 화석 곤충이라 불리며, 학술적 가치가 매우 높다. 특히 천장에 관 박쥐, 관코 박쥐, 물윗수염 박쥐, 황금 박쥐 등이 서식하고 있어 관람 시에는 잠자는 박쥐도 관찰할 수 있다.

고씨굴을 나오니 저녁노을이 강 저편으로 길게 늘어져 있다. 무수한 도전과 역사 속에서 탄광의 이미지를 벗고 새로운 문화 전수지로 변화하는 영월은 신이 되어 버린 단종의 은총이 내린 도시다. 서쪽으로 기우는 노을에 서강과 동강으로 흐르는 물줄기가 말없이 웅장하다. 은빛 낙조에 서린 영월의 모습은 슬픔과 한을 풀어 가며, 고요한 역사 속으로 흐르고 있다.

- **누가:** 육민관고 동아리 '늘그림회' 학생들과
  염명호 선생님
- **언제:** 2013년 6월 6일(목요일)
- **인원:** 4명
- **테마:** 영월에 담긴 선인들의 발자취

함께하는 문학 답사

토박이 염명호 선생님의 귀띔!

  영월은 단종의 유배지로, 탄광 지역으로 알려진 곳이지요. 제게는 제2의 고향 같은 곳이기도 합니다. 지금은 10여 개의 박물관이 들어섰고, 이제 외씨버선 길이라는 둘레 길도 생겨 많은 관광객들이 즐겨 찾는 문화 관광지로 변모하고 있어요. 또한 천재 시인 김삿갓이 묻힌 곳이기도 하죠. 선인들이 이룩한 역사와 문학을 통해 새로운 시대정신과 역사를 조명하는 시간이 되기를 바랍니다.

문학 답사 코스 추천!

09:00 청령포
단종의 유배지로
고립된 섬과 같은 곳

차량 5분

10:10 장릉
단종의 가묘를 후에
능으로 조성한 곳

도보 5분

11:30 점심 식사
버섯 만두전골

차량 40분

13:10 김삿갓 묘
객사한 김삿갓을 찾아
장사 지낸 곳

차량 30분

14:30 고씨굴
천연기념물 제219호로 지정된
석회 동굴

김성수 | 강원 철원여중

시간이 더디게 굳어 가는 철원

아직도 오작만이 지저귀는 궁왕 대궐 터

철원은 1월이 되면 기온이 영하 25도 이하로 떨어진다. 나는 몇 년 전 한겨울에 철원의 동송 거리를 걷다가 궁예가 망한 진짜 이유는 왕건 때문이 아니라 추위 때문이 아니었을까 하는 생각을 한 적이 있다. 그렇게 추웠다. 궁예는 솜옷도 없던 시절에 왜 하필 이렇게 추운 곳에 도읍을 정했을까?

우리가 답사를 갔을 때는 여름이었다. 그래도 이곳 학생들은 겨울의 맛을 잘 알기에 철원이 도읍이 된 이유를 한번 물어보았다. 그랬더니 이곳이 한반도의 중앙에 위치하기 때문이었을 것이라는 제법 거창한 대답이 나온다.

철원을 배경으로 한 문학 작품으로는 송강 정철의 「관동별곡」이 가장 먼저 떠오른다. 정철은 동주(철원)에서 밤을 겨우 새우고 북관정에 오르니 삼각산 제일봉이 어쩌면 보일 듯도 하다고 하였다. 또 궁왕 대궐 터에 오작(까마귀와 까치)만이 지저귄다고 하였다.

그런데 지금 이곳은 정철이 왔을 때보다 더 황량해졌다. 철원은 해방 직후 북한에 속했고 6·25 전쟁 막바지에 전투가 가장 치열했던 곳이다. 특히 궁왕 대궐 터는 비무장 지대 한가운데 있기에 발굴도 어려워 그냥 폐허가 된 채 잡새들만 들락거리며 지저귈 뿐이다. 궁예가 강릉에서 군사를 일으켜 철원으로 이동했던 경로가 휴전선이 그어진 길과 비슷하다 한다. 그러니 궁왕 대궐 터를 바라보는 일은 과거의 폐허뿐 아니라 현재의 폐허까지 함께 확인하는 일인 셈이다.

대궐 터를 멀리서나마 바라볼 수 있는 곳은 철원 평화 전망대이다. 철조망 너머 드넓은 벌판 사이로 북한 땅도 시원하게 눈에 들어온다. 그런데 이곳은 민통선(民統線, 비무장 지대 남방 한계선 바깥 남쪽으로 5~20킬로미터에 있는 민간인 통제 구역) 안에 있기 때문에 철의 삼각 전적 기념관에서 허가를 받아야만 들어갈 수 있다. 민통선 안팎에는 노동당사 등 해방 전후의 각종 유적지와 백마고지 등 분단의 흔적들이 어느 지역보다 많이 남아 있으니 이곳들을 묶어 답사하는 것이 좋다.

또 다른 분단의 상처, 이태준 문학비와 용담 마을

이태준(李泰俊, 1904~?)의 자전적 소설 『사상의 월야』에는 이태준을 상징하는 인물인 어린 송빈이 부모를 모두 잃고 철원에서 70리 떨어진 모시울의 친척 집에 맡겨지는 부분이 나온다. 송빈은 얼음이 남아 있는 개울에서 그 집 걸레를 빨다가 손이 꽁꽁 얼어 버린다. 그런데 이태준은 어린 시절만 고난을 겪은 것이 아니었다. 지금도 마찬가지다.

이태준 문학비

강원도 출신 문인들 중 춘천의 김유정과 평창의 이효석은 그 지역에서 참으로 큰 대접을 받고 있다. 두 지역 모두 작가들을 기리는 번듯한 기념관을 세웠고 그 근처에는 작품의 배경이나 인물들을 재현해 놓기도 했다.

그러나 이들과 같은 시절을 보냈고, '시에 지용, 문장에 태준'이라는 칭송을 받았던 이태준의 고향에는 있어도 있는 것 같지 않은 생가 터와 그 근처 문학비만이 쓸쓸하게 남아 있다. 이마저도 아직 온전하게 갖춰지지 않은 모습이어서 지난한 삶이 사후에도 이어지는 듯하다.

이태준 문학비는 노동당사에서 5분 정도 거리에 있는 대마리 마을 회관 마당에 있다. 그러나 건립 당시 월북 작가라는 이유로 이런저런 단체와 지역 주민들의 반발에 부딪혀 상당한 고충이 있었다. 철원 출신의 시인 민영 선생을 비롯한 많은 문인들이 상당한 노력과 정성을 기울인 끝에야 건립이 가능했다고 한다. 지금은 이태준 문학제와 기념행사도 매년 열리고 지역 사람들의 인식도 많이 변했다. 그러나 이곳에 와 보면 아직도 완전한 복원은 멀었다는 생각이 든다. 지금도 지역 문인들은 문학관과 문학 마을을 조성하자는 뜻을 철원군에 전하고 있지만 아직 큰 변화는 없다. 그래도 문학비는 생가 터에 비하면 멀쩡한 편이다.

문학비가 있는 곳에서 백마고지역을 지나 조금만 더 가면 이태준 생가 터가 있는 용담 마을이 나온다. 용담 마을은 이태준이 모시울에서 나와 다시 친척집에 맡겨져 어린 시절을 보냈던 곳으로 『사상의 월야』를 비롯해 여러 작품의 무대가 되는 곳이다. 용담 마을은 가을에 따로 날을 잡아 이태준의 조카뻘 되는 이소진 씨와 함께 답사했다. 이소진 씨는 철원의 독립운동가 이봉하 선생의 손녀이기도 하다.

이태준은 문학가로 성공을 거둔 후에도 용담 마을에 자주 내려왔는데 주로 이봉하 선생 댁에 머물렀다고 한다. 이소진 씨는 '태준 아저씨'는 상당히 미남이었으며, 말이 없는 편이었지만 자상했다고 기억한다. 그리고 작가로 성공한 이태준을 용담 마을 사람들이 매우 자랑스럽게 여겼다고 한다.

이태준은 민통선 안쪽에 있는 철원군 묘장면 신명리에서 태어났다고 기록되어 있다. 그런데 이소진 씨는 실제로 태어난 곳을 정확히 아는 사람은 없고, 대강 안협 어디쯤이었을 것이라는 얘기를 들었다고 한다. 안협은 북한에 속한 지역으로 또 다른 자전 소설 「해방 전후」의 무대이다. 그러니까 이태준 생가 터 팻말이 있는 곳은 실제로는 이봉하 선생의 집터이며, 태어난 곳이라기보다는 어린 시절을 보낸 곳이라 할 수 있다.

생가 터 주변을 답사할 때는 그 허름한 모습에 늘 민망한 마음부터 든다. 학생들도 그만 숙연해졌다. 한 아주머니가 그곳에서 깨를 털고 있었다. 혹시 땅의 주인이냐고 물었더니 그냥 토지를 부치는 사람이라고 한다. 개인 소유의 땅이라 시설물 설치나 보수도 쉽지 않은 모양이다.

그래도 6·25 전쟁 전 이곳은 백여 가구가 넘는 마을이었을 뿐 아니라 이봉하 선생이 세운 봉명 학교도 있었다. 봉명 학교 터 앞에서 학생들에게 이태준이 회고한 이 학교 한문 선생님 이야기를 들려주었다. 그분은 시험지는 보지도 않고 누구는 몇 점 줘라 하는 식으로 점수를 불러 준다. 학생들이 항의를 하면, 평소 실력이 제일이라고 호통을 친다. 우리나라

최초의 수행 평가가 아니겠느냐고
말했더니 학생들은 황당하지만 재미
있다는 반응이다. 그래도 이태준은
이 학교를 우등으로 졸업한다.

한내 다리

그러나 이 학교 터 역시 지금은 다
논밭으로 변했다. 이 주변은 6·25 전
쟁 막바지에 가장 치열했던 백마고
지 전투가 있었던 곳이다. 열흘간 고
지의 주인이 스물네 차례나 바뀌었으니 이 일대에 무엇이 남아났겠는
가? 전쟁 후 주변 지역에는 마을이 다시 일어났지만 이곳만은 마을이 형
성되지 못하고 말았다.

생가 터에서 큰 도로 쪽으로 올려다보면 과거 금강산 가는 기찻길의
흔적이 평평하게 남아 있다. 그 너머에 선비소와 한내 다리가 있다.『사상
의 월야』에서 송빈이 6학년 때 첫사랑 은주를 만난 곳이다. 친척 아저씨
와 함께 온 '서울 아이' 은주는 선비소에서 어른들 낚시를 구경한다. 손
으로 물고기를 잡는 송빈을 보고 은주는 신기해서 말을 걸고, 송빈은 잡
은 물고기 두 마리를 입에 물고 대답하려다 그만 물고기를 놓친다. 선비
소 앞에서 학생들에게 송빈과 은주가 만나는 몇 장면을 읽어 주자 아이
들은 송빈의 모습이 거의 예능인 수준이란다.

선비소 가는 길의 끝부분은 비포장도로다. 비 온 뒤라 선비소 바로 앞
내리막길 곳곳이 푹 꺼져 있었다. 답사 차량 중 한 대가 그만 내리막길로
내려가다 혼쭐이 났다. 꺼진 곳을 피하느라 곡예 운전을 했는데도 북북
바닥 긁히는 소리가 들려왔다. 이태준에 대한 푸대접을 또 확인하는 것
같아 괜히 내 속이 다 긁히는 느낌이었다. 이태준 생가 터와 그 주변을 답

사하다 보면 이곳이야말로 다른 차원에서 분단의 아픔을 느끼게 되는 유적지가 아닌가 싶다.

선비소 건너편에는 이태준이 수필 「용담 이야기」에서 여름마다 내려와 딸기와 참외를 사 먹고 낚시질을 하며 긴 여름을 지냈다는 한내 다리가 나온다. 고생 끝에 성공을 하고 금의환향해 한내 다리 아래서 여유로운 시간을 가졌던 이 시기가 작가의 인생에서 가장 행복했던 때였을 것이다.

이곳에는 아직도 한내천의 맑은 물이 흐르고 있다. 읍내에서 이곳까지 자동차로 길어야 15분 남짓인데도 답사를 간 학생들 모두 처음 와 본다고 한다. 그만큼 잊힌 곳이다. 그래서 용담 마을을 답사하다 보면 한편으론 작가에 대한 푸대접이 느껴져 서운한 마음도 들고, 한편으론 덜 다듬어진 곳만이 주는 매력도 느끼게 된다.

마지막으로 용담에 대한 전설 한 토막을 들려주었다. 궁예가 철원에 도읍을 정했다고 하자 황해의 용왕이 축하하기 위해 임진강과 한탄강 줄기를 타고 들어오고 있었다. 그런데 이 부근에서 돌연 왕건의 반란 얘기를 듣는다. 그래서 실망한 용이 다시 돌아갔다 하여 이곳을 용담이라 부른다고 한다. 이 전설에서 용왕이 축하하고 싶었던 사람은 궁예지 왕건이 아니었다. 이렇게 이 일대에는 궁예에 대한 호의적인 전설이 많이 남아 있고, 지역 사람들은 거부감 없이 이 전설들을 받아들인다. 이런 인물이 한 명 더 있다. 바로 임꺽정이다.

거정(巨正)이라 쓰고 꺽정이라 읽는 이유, 고석정 일대

철원의 한탄강 고석정 주변에는 임꺽정의 전설도 하나 전해진다. 임꺽정이 이 주변에서 세력을 만들어 관아의 재물을 빼앗아 백성들에게 나누어 주자 관군이 수시로 임꺽정을 붙잡으러 왔다. 그럴 때마다 임꺽정은 꺽지로 변해 고석정 아래 큰 바위의 구멍으로 피했다. 그래서 그 후부터 거정이란 이름을 아예 꺽정이라 불렀다는 것이다. 이곳 사람들은 그렇게 임꺽정을 숨겨 주고 싶었던가 보다. 꺽지는 육식 어종으로 생김새가 시커멓고 억세 보인다. 확실히 꺽정과 꺽지는 잘 어울리는 쌍이다.

이 주변에는 임꺽정 동상이 하나 서 있다. 학생들에게 임꺽정 동상 옆에 있는 기둥을 아느냐고 물었더니, 한 학생이 "아, 그거 원래 두 개가 서 있었는데, 언제 보니 하나가 부러져 있었어요."라고 한다. "어떻게 부러진 게 균형을 잘 잡고 서 있을까?" 물어보니 운이 좋아서란다. 임꺽정 동상 옆 두 기둥은 봉건 제도의 모순을 상징한다. 기둥을 부러뜨릴 정도로 힘이 장사였던 임꺽정의 이야기를 결합시켜 형상화한 것이다.

이곳에 오면 좀 높은 곳에서 풍경을 내려다볼 것을 권한다. 대개의 강은 산을 끼고 흐르지만 철원에 흐르는 한탄강은 드넓은 평야에서 갑자기 직각으로 뚝 떨어지는 계곡 아래로 흐른다. 그러니까 계곡 위는 산이 아니라 평야다. 오래전 화산 폭발로 용암이 흘러간 곳이 더디게 파이면서 한탄강 줄기가 되었고 현재의 독특한 경관을 갖추게 되었다.

천 년 불상에 얽힌 60년 된 전설, 도피안사 철조 비로자나불

이 근방까지 왔다면 그냥 지나치지 못하는 곳이 도피안사다. 도피안사에는 국보인 철조 비로자나불이 있다. 불상 뒷면에 이두 문자로 새겨진 연도를 환산해 보면 경문왕 5년(865년)에 제작되었다는 사실을 확인할 수 있다고 한다. 경문왕 후궁의 아들인 궁예가 철원에 도읍을 정한 건 40년 뒤인 905년이다.

아마도 궁예 역시 이 불상을 대했을 것이다. 그런데 이 국보에는 만들

고석정 주변 임꺽정이 꺽지로 변해 숨었다는 바위

어진 지 얼마 안 된 전설이 또 하나 전한다. 전쟁 이후 이 절은 폐허가 되고 불상도 사라져 버렸다. 그런데 1957년 이 부근에서 수복 지구 정착민 소개 활동을 하던 15사단 고주찬 중령의 꿈에 한 보살이 나타났다. 보살은 땅속에 있는 부처가 세상으로 나와 자비를 베풀어 구천을 떠도는 영혼들을 위로해야 정착민들이 안전하게 살 수 있다고 말했다. 아침에 일어나 나오는데 꿈에서 본 보살 같은 노인이 지나가기에 그에게 길을 물으니 이 절터를 알려 주었다. 그리고 꿈에서 전해 들은 위치에서 땅을 파 보니 이 불상이 나왔다는 것이다. 이후 지금의 도피안사가 중건된다.

학생들도 이 이야기를 알고는 있지만 매우 어렵게 느껴지는 말이 있다. '수복 지구 정착민 소개 활동'. 그러니까 이 지역은 6·25 전쟁 이전에는 북한 땅이었고, 전쟁이 끝난 후엔 민통선 안쪽이었기 때문에(지금은 민통선이 도피안사에서 더 북쪽으로 올라갔다) 이곳에 살았던 주민들을 다른 곳으로 이주시켜야 했던 것이다. 당시 이곳 주민들은 남북한이 교차해 통치하는 바람에 온갖 험한 일을 겪으며 살아남았다. 그럼에도 최고 격전지의 폐허 속에서 삶을 일구었다. 그러자니 고향을 떠나야 하는 이들의 마음을 위로할 무엇이 있어야 하지 않았을까? 온갖 고난을 겪고 결국 이곳을 떠나야 했던 사람들은 이 이야기를 통해 조금은 위로를 받았을 것 같다. 그렇게 보면 이 전설을 만든 사람들이야말로 보살이 아니었을까 싶다.

반쯤 녹은 눈에 자신을 맞춘 새들

철원은 철새도 많다. 새하얀 두루미들은 눈이 펑펑 내렸을 때 자기를 더 잘 보호할 수 있어서인지, 철원에서도 민통선 안쪽으로 들어가야 만날 수 있다. 민통선 밖에서 흔히 볼 수 있는 얼룩덜룩한 새들은 어느 정도 녹은 눈과 그 사이의 흙이 섞인 주변 환경과 절묘하게 조화를 이룬다. 그러나 이런 새들도 눈으로 완전히 덮이거나 눈이 아예 녹아 버린 극단적인 환경에서는 위험에 빠진다.

공간도 환경이지만 시간도 환경이다. 자신이 살던 시대의 환경 속에서 고뇌하고 저항하며, 자신의 색깔을 찾아갔던 이들. 그로 인해 결국 시대와 불화를 겪었던 이들. 그들이 남긴 문학의 흔적을 더듬으면서 과거의 시간이 더디게 굳어 가는 듯한 느낌을 받게 되는 것이 철원 문학 답사의 독특함이다.

- **누가:** 철원여중 '문화재 지킴이' 학생들과 김성수 선생님
- **언제:** 2013년 8월 17일(토요일)
- **인원:** 12명
- **테마:** 철원 문학의 색깔

함께하는 문학 답사

토박이 김성수 선생님의 귀띔!

민통선 안을 방문하려면 반드시 철의 삼각 기념 전적관에서 사전 허가를 받아야 합니다. 가급적 이곳을 오전으로, 나머지 답사지를 오후로 잡는 게 좋아요. 이태준 생가 터는 길가에 안내판이 없고 찾기가 쉽지 않아요. 백마고지역에서 신탄 방면으로 자동차로 2, 3분 직진하면 짧은 내리막길이 나오고, 내리막이 끝나는 곳 오른쪽에 있는 논 사이에 작은 비포장도로가 보입니다. 그곳에 차를 세우고 조금만 이동하면 이태준 생가 터를 알리는 팻말을 찾을 수 있어요.

문학 답사 코스 추천!

10:00 평화 전망대 노동당사
궁왕 대궐 터와 북한 땅을 멀리서 바라볼 수 있는 곳

차량 15분

11:00 이태준 문학비
대마리에 있는 이태준 문학비와 흉상

차량 5분

11:30 이태준 생가 터
이태준이 어린 시절을 보낸 용담 마을

차량 5분

11:50 한내 다리, 선비소 자리
「용담 이야기」의 배경이 되는 지역

차량 10분

12:30 고석정
임꺽정에 대한 전설이 있는 한탄강

차량 10분

13:00 점심 식사
메기 매운탕

차량 10분

14:00 도피안사
국보 제63호 철조 비로자나불이 있는 곳

한명숙 | 강원 춘천 남춘천중

김유정 문학촌, 강원도의 힘을 찾아

춘천에는 지금 가을 햇살이 따사롭다. 꽃이 이운 자리, 계절이 물
드는 나뭇잎 사이로 높푸른 하늘과 바람, 햇살이 영글어 빛나는구나. 꽃
잎들이 떠난 빈 자리에 더 고운 열매로 다가서는 내 삶의 든든한 벗, 언제
나 그리움인 친구야.

지난봄, 우리가 함께 올랐던 금병산 길이 생각난다. 춘천에서 홍천 넘
어가는 옛길인 원창 고개에서 전나무 숲을 거쳐 능선에 이르는 '봄봄 길'
에는 아직 봉오리 맺은 진달래 꽃가지 이른데, 뜻밖에 노오란 송이송이
꽃들로 산길이 다 환했지. "이것이 김유정의 동백꽃이야. 강원도에서는
개동박, 동백꽃이라 불러." 무심히 지나치던 너는 뜻밖의 만남에 감격했
지. 식물도감에서는 생강나무라고 한다지. 둥근 다섯 꽃잎 작은 꽃이 조
랑조랑 모여서 하나의 꽃송이를 이루어, 갈래꽃으로 피는 산수유꽃과는

또 다르단다. '알싸한, 그리고 향긋한' 그 냄새에 우리도 잠시, 그만 정신이 아찔했었지.

김유정(金裕貞, 1908~1937), 그가 활동했던 1930년대 한국 사회 농촌은 일제의 폭압 정책으로 거의 파탄 지경이었다. 1930년대 중반 문단에 등장해 개성적인 문체와 작가 의식으로 한국 소설사에 길이 남을 명작을 남긴 빼어난 작가, 김유정. 그는 서양 사조가 밀려오는 1930년대에 흔들림 없이 한국적 문학을 토착화시켰다. 쉽고 감칠맛 나는 우리 입말을 풍부히 구사하고 일제 강점기를 살았던 무력한 보통 사람들에 대한 무한한 이해와 애정을 작품에 남겼지. 그리고 스물아홉 젊은 나이에 죽어서 그냥 강물이 되었다. 무덤도 없이, 후손도 없이…….

그는 1908년 1월 11일 팔 남매 중 일곱째로 태어났어. 어려서부터 몸이 허약하고 자주 배앓이를 했다고 해. 또한 말더듬이여서 휘문 고보 2학년 때 눌언 교정소에서 고치긴 했으나 늘 과묵했지. 연희 전문학교에 입학했으나 잦은 결석 때문에 제적 처분을 받았어. 김유정은 당대 명창 박녹주에게 열렬히 구애했지만 뜻을 이루지 못하고 여기 실레 마을로 귀향해 야학당 금병 의숙을 열고, 농우회, 노인회, 부인회를 조직하여 계몽 운동을 벌였어.

친구야, 금병산 능선에서 바라뵈는 마을은 산자락에 감싸여 한없이 아늑한데 김유정의 표현대로 앞뒤 좌우로 굵직굵직한 산들에 둘러싸여 그 형국이 움푹한 떡시루 같구나. '실레'라 불린 연유를 절로 느끼게 된다. 어떠한 슬픔이나 절망도 적절한 해학으로 넘기는 그의 소설 속 인물들에 대한 유정의 넉넉한 시선이 느껴지기도 한다.

1937년 3월 29일 폐결핵에 시달리다 외롭고 쓸쓸하게 죽을 때까지 그는 30여 편의 작품을 남겼지. 그중, 「산골 나그네」, 「만무방」, 「동백꽃」,

「봄·봄」, 「소낙비」, 「산골」, 「총각과 맹꽁이」, 「안해」, 「가을」, 「금 따는 콩밭」 등 10여 편이 바로 여기 실레 마을을 배경으로 쓰여졌다. 고향 마을에서의 체험과 사실적 관찰, 그리고 이해하고 연민하는 마음이 주옥같은 작품들의 밑돌이 되었으리라.

특히 그의 해학은 강원도 산천만이 줄 수 있는 원시적이고 느긋한 건강성에서 오는 것 같아. 당장 먹을 것, 입을 것 없는 불안한 현실 속에서도 사회와 세계에 분노하고 절망하는 태도를 보이지 않았지. 회피하지도 않았고. 소설 속 인물들은 남루하고 무식하고 어리석지만 친근감이 들거든. 어찌 보면 세상 돌아가는 이치를 자연에서 터득한 경지에 이른 모습들이야. 조급해하지도 않고 외곬으로 고민하지도 않고, 아주 미워하지도, 아주 슬픔에 빠지지도 않는……. 남도의 민중 가락 육자배기를 즐겨 부르고 조선 옷을 즐겨 입었다던 그의 「봄·봄」을 읽다 보면 소박함과 건강함, 해학에 저절로 미소가 배어 나오고 마침내 웃음이 터져 나오지.

봄가을이면 한 번씩 일부러 계획을 세워, 그를 모르는 사춘기 소년들과 스물아홉 영원한 청년으로 남은 김유정을 이야기하며 김유정 문학촌이 있는 실레 마을을 찾는단다.

전국에서 유일하게 역 이름이 인명으로 등록된 '김유정역'은 이제 서울에서 전철로 연결되어 누구나 쉽게 찾을 수 있는 곳이란다. 바로 옆에는 옛 경춘선 철도를 이용한 레일 바이크가 생겨 북한강을 따라 강촌역까지 달리며 흥취에 젖고 싶어 하는 방문객이 사계절 끊이지 않지. 강원도와 관련 있는 작가의 책 백여 권이 조형물로 장관을 이루고 있어 특별한 볼거리야. 아이들과 함께 강원도의 작가와 그들의 대표작 제목을 훑으며 조형물을 살피고, 실레 마을 입구에 있는 '김유정 우체국'과 '김유정 농협'을 지나 10분 남짓 걸어가면 김유정 생가와 기념관이 있는 문학

김유정역

촌이 나와. 아늑한 초가지붕 곁에 김유정 동상이 내려다보고 있다.

생가 마당에 들어서니 미리 와서 기다리고 계시던 전상국 촌장님이 반갑게 맞아 주셨지. 'ㅁ'자형 한옥 마당 마루에 둘러앉아 촌장님의 맛깔스러운 이야기로 김유정의 생애와 작품 세계를 안내받았다. 귀를 쫑긋하고 듣던 아이들의 눈빛이 달라지기 시작했어. 오랜 세월 문학촌을 일구어 오신 촌장님의 김유정 작가에 대한 애정 어린 간곡함이 아이들 마음에도 전해진 것이겠지.

생가와 기념관을 둘러보고, 실레 마을 맛집으로 점심을 먹으러 갔지. 춘천의 대표 음식인 닭갈비와 막국수를 파는 집이 많은데 '점순이네', '만무방' 같은 식당 이름이 눈에 뜨여 더욱 반가웠다.

점심을 맛있게 먹고 우리는 금병산 자락을 따라 김유정 소설 열여섯 마당이 펼쳐지는 '실레 이야기 길' 걷기에 나섰다. 마을 곳곳에는 「동백꽃」, 「봄·봄」의 주인공 점순과 김봉필 등의 실제 이야기가 지금도 전해지고 있어. '들병이들 넘어오던 눈웃음 길', '금병산 아기장수 전설 길', '점순이가 나를 꼬시던 동백 숲 길', '덕돌이가 장가가던 신바람 길', '산국 농장 금병 도원 길', '춘호 처가 한들로 몸 팔러 가던 가슴 콩닥 길', '응칠이가 송이 따먹던 송림 길', '응오가 자기 논의 벼 훔치던 수아리 길', '산신각 가는 산신령 길', '도련님이 이쁜이와 만나던 수작골 길', '복만이가 계약서 쓰고 아내 팔아먹던 고갯길', '맹꽁이 우는 덕만이 길', '근식이가 자기 집 솥 훔치던 한숨 길', '장인 입에서 할아버지 소리 나오던 데릴사

김유정 문학촌에 있는 김유정 생가

위 길', '김유정이 코다리 찌개 먹던 주막 길', '금병 의숙 느티나무 길' 등 재 미난 이야기 마당과 만날 수 있는 실레 이야기 길은 30분에서 2시간 정도 코 스를 자유롭게 선택하여 걸을 수 있다.

모처럼 실레 이야기 길 완주 코스를 선택해 학생들과 함께 걸었다. 곳 곳의 표지판 앞에서 다리쉬임을 하면서, 모둠별로 미리 준비한 소설의 주요 장면 낭독회를 열었어. 움직이는 낭독회는 기대 이상으로 즐거운 경험이었다. 사전 독서 활동이 미흡했던 친구들도 작품에 대해 실감 나 게 이해할 수 있었다.

봄에는 논두렁 밭두렁, 산자락에 낮은 키로 피어나는 온갖 야생화와 산 벚꽃이 하롱대는 길, 여름에는 전나무 숲 녹음 아래 단잠을 자도 좋을 길, 가을에는 대추알 조롱박 대롱대고 숲길에 들어서면 잎갈나무 노란 낙엽 과 잎 넓은 나뭇잎 들의 단풍이 고운 길, 겨울에는 하얀 눈밭을 걸으며 보 드득거리는 눈소리를 들을 수 있는 길……. 김유정의 작품 세계를 상상 하며 걷는 이 길은 남녀노소 누구에게나 사랑받을 아름다운 길이란다.

친구야, 해마다 오월이면 이곳, 김유정 문학촌에서 '김유정 문학제'가 성황리에 열려. 그중에서도 김유정의 소설 한 대목을 낭독하는 '전국 입 체 낭송 대회'는 단연 문학제의 흥미진진한 꽃이지. 올해는 우리 학교 학 생들이 해학과 웃음의 백미인 「봄·봄」을 맛깔스럽게 읽어 청소년부 금상 을 차지했단다. 시월에도 '실레 마을 이야기 잔치' 행사가 사흘 동안 이어지고, 전국 청소년들을 대상으로 '김유정 소설 촌극 경연 대회'도 열려 김유정 문학의 뜻을 기린단다.

바람이 삽상하다. 길가 은행나무 잎이 어느새 노란빛으로 바뀌고 있다. 문학촌 들녘에도 가을빛이 가득하구나. 실레 이야기 길에는 연보랏빛 쑥부쟁이랑 노오란 산국이 무리 지어 그윽하고 산자락에는 산구절초가 환하게 피어난다. 바쁜 일상과 농사일에도 이웃 사람들 누구랄 것 없이 정을 나누며 살고 있는 실레 마을 사람들에게서 김유정 문학의 해학이 주는 너그러움과 따스함이 절로 배어나는 듯하다.

친구야, 지난겨울 우리 함께 갔던 부석사 무량수전 앞 석등에 새겨진 보살상이 생각난다. 엄숙한 표정으로 기도하는 모습의 네 보살상 중 고개를 갸웃하며 잠시 해찰하던 장난기 어린 얼굴 하나. 예술이란, 우리가 사랑하는 문학이란 그래야 하지 않을까? 각박함과 긴장의 일상에서 숨통을 트여 주는 것. 자유로운 정신으로 잃어 가는 인간성을 되돌아보고 넓고 깊게 좀 모자란 것들을 품을 수 있는 것. 학창 시절에는 김유정을 그냥 흘려 읽었다고 했지. 느슨한 것이 생에 대한 방기인가 의심했다고. 오히려 그와 절친했던 이상의 고독과 절망, 현대성에 끌렸다고. 그런데 지금 세월이 흘러서 다시 읽는 김유정은 읽을수록 새록새록 정이 간다고. 그의 '동백꽃'을 이제야 안 것이 미안하다고 했던 그리운 친구야.

그는 1933년부터 소설을 썼다. 1935년에 「소낙비」가 『조선 일보』에, 「노다지」가 『중앙일보』에 당선됐고 1937년에 죽었다. 불과 4, 5년에 불과한 활동 기간이 안타깝고 아쉽다. 좀 더 살아서 강원도에서 서울로 흐르는 북한강 같은 유장한 작품을 썼어야 했는데…….

가난하고 억눌린 소수에 대한 애정은 인간에 대한 예의라던 친구야. 보고 싶다. 강원도의 봄, 오월이 오면 한번 오렴. 매연과 소음으로 한꺼번에 왔다가 가는 서울의 봄 말고, 김유정의 생명의 봄, 강원도의 힘을 만나러 오렴.

그날 김유정의 고향, 실레 마을에 가자. 「동백꽃」의 점순이네 봄 감자로 빚은 감자전에 실레 마을 '봄·봄 동동주'를 들고 의암 호숫가 그의 문인비도 찾아보자. 거기 새겨진 「산골 나그네」 첫 구절을 함께 읽고, 공지천 공원 김유정 문학비에 새겨진 「소낙비」의 구절도 찾아 읽으며, 그의 문학이 푸름 지어 흐르는 춘천 호반 길을 따라서 발목이 시도록 걸어도 좋으리…….

─2013년 10월에 너의 친구가

- **누가**: 남춘천중 독서 동아리 학생들과 한명숙 선생님
- **언제**: 2013년 5월 31일(금요일)
- **인원**: 25명
- **테마**: 김유정의 삶과 문학을 찾아

함께하는 문학 답사

토박이 한명숙 선생님의 귀띔!

춘천은 낭만과 서정의 도시입니다. 많은 문학인이 춘천을 배경으로 작품을 썼고, 춘천에 거주하며 작품 활동을 하고 있지요. '김유정 문학촌'은 춘천 문학 답사의 일 번지입니다. 김유정의 삶과 작품을 따라 걷는 '실레 이야기 길'은 한 사람의 작가를 만나는 길인 동시에 우리 역사의 한복판을 가로지르는 길이지요. 자동차로 의암 호숫가에 있는 '김유정 문인비'와 공지천 조각 공원의 '김유정 문학비'도 돌아보면 좋습니다. 김유정 작품집을 미리 읽고 주요 장면을 함께 낭독하며 이야기 길을 걸으면 훨씬 실감 나는 문학 답사가 될 것입니다.

문학 답사 코스 추천!

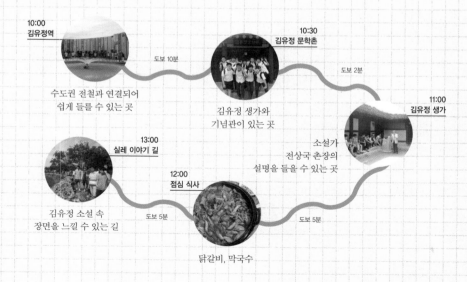

10:00 김유정역
수도권 전철과 연결되어 쉽게 들를 수 있는 곳

도보 10분

10:30 김유정 문학촌
김유정 생가와 기념관이 있는 곳

도보 2분

11:00 김유정 생가
소설가 전상국 촌장의 설명을 들을 수 있는 곳

도보 5분

12:00 점심 식사
닭갈비, 막국수

도보 5분

13:00 실레 이야기 길
김유정 소설 속 장면을 느낄 수 있는 길

이효석을 만나러 가는 길

현재를 사는 우리에게 고향이란 그리 각별한 곳이 아니다. 몇 십 년간 산업화 과정을 거치면서 전통적인 고향의 이미지는 잃어버린 지 오래다. 하지만 그 옛날 모던 도시 경성과 수많은 고향들 사이의 거리는 상당했다. 고향을 등지고 낯설고 이국적인 경성이란 도시로 온 젊은이들에게 고향은 늘 그리운 어머니의 품 같은 곳이었다. 그렇다면 우리가 이제부터 만나 볼 이효석에게 고향 봉평은 어떤 곳이었을까?

이효석은 고향에 대한 감상을 많이 쓰지는 않았다. 고향에 대한 대표적인 기록으로 산문 「영서의 기억」을 들 수 있는데 단편적이기는 하나 고향에 대한 이효석의 생각을 엿볼 수 있다. 그는 자신의 반생을 푸근히 싸주고 생각과 감정을 그 고장의 독특한 성격에 맞도록 눅진히 길러 준 고향이 없다고 고백한다. 이 말은 고향에 대한 애틋한 정감이 없다는 뜻인데, 당시 서구를 동경했던 그를 떠올리면 새삼스러울 게 없는 생각이라 할 수 있다. 오히려 현재를 사는 우리와 생각이 비슷하다는 점에서 시대를 뛰어넘는 감각이 보인다고 생각할 수도 있다.

열 명의 아이들과 봉평 가는 길, 대관령을 넘는다. 대관령은 이름 그대로 큰 고개다. 이효석은 대관령의 동편 영동 사람들이 영서를 부러워할 때가 있듯이 영서 사람들은 영동을 그리워할 때가 있다고 하였다. 그 시대 사람들도 나와 같았나 보다. 대관령은 그러니까 경계이자 그리움이자 동경의 언저리였나 보다. 그러나 그 옛날의 대관령은 없어졌다고 하는 편이 맞다. 터널이 뚫리고 다리가 놓여 구비를 돌고 돌 일이 없어졌기 때문이다.

봉평의 대문격인 장평에 들어서서 먼저 노루목 고개에 들렀다. 궁벽한 산골인 봉평을 떠나는 수많은 사람이 이 고개를 넘어 '앞대'인 남쪽으로 나아갔을 것이다. 「메밀꽃 필 무렵」에서 허 생원이 숨이 차 몇 번이고 다리를 쉬었던 고개가 바로 이 고개다. 또한 이효석이 여덟 살부터 평창으로 공부를 하러 다니며 넘던 고개이기도 하다. 그러니까 이 고개는 그냥 고개가 아닌 셈이다. 문화의 통로이자 배움의 길이자 현실의 탈출구, 그리고 잃어버린 사랑을 찾아가는 행로라 할 수 있다.

노루목 고개를 떠나 여울목으로 향했다. 「메밀꽃 필 무렵」에서 허 생원

이 물에 빠져 허우적거리다가 동이에게 업히는 장면의 배경이 된 곳이다. 물에 빠진 허 생원은 개보다도 못한 참혹한 꼴이 되고 동이는 허 생원을 가볍게

여울목

업는다. 두 사람은 서로 체온을 나누며 정서적 교감의 단계로 나아간다. 소설 속 두 인물은 개울을 건너며 이어지지만 지금 여울목은 다리도 없고 평범하고 무심하기 이를 데 없다. 수해 복구 사업을 마친 개울은 삭막하기만 해 소설의 정취를 찾기란 쉽지 않다.

봉평으로 가는 길은 정겹다. 개울가를 따라 산모퉁이를 돌 때마다 나타나는 시골집 풍경은 예전과 다르지 않다. 길을 계속 따라가면 산속으로 들 것 같다. 마을이 있을 것 같지 않은 이 산골길을 따라가다 보면 봉평이 나온다. 그러니까 이 길은 궁벽한 산골 사람들에게는 유일한 탈출구이자 세상을 내다보는 창이었을 것이다. 나도 이 길로 '앞대'로 나왔으니 과거 사람들의 삶을 반복하고 있는 셈이다. 모퉁이를 도니 큰 들이 나오고 다시 모퉁이를 도니 마을이 펼쳐진다. 마을은 아늑하니 어머니의 품속 같다. 자궁 속 같다. 그 가운데로 난 길을 따라 봉평의 '창말'(현재 창동리)에 도착했다.

창말은 「메밀꽃 필 무렵」에 등장하는 오일장이 열리는 곳이다. 또한 이효석이 고향을 무대로 쓴 또 다른 단편 소설 「산협」에서 주인공 재도의 처 송 씨가 아이를 낳은 곳이다. 「산협」의 증근이 단옷날 씨름판에서 장정들을 한판에 눕히고 황소를 탄 곳이다. 창말에는 여전히 봉평 장이 서고 '충줏집'을 닮은 주막에서 사람들이 막걸리를 한잔하며 세상에 대한 푸념을 늘어놓거나 아련한 사랑의 추억을 떠올리기도 한다. 예전과는 다른 풍경이라면 장거리를 어슬렁거리며 사지도 않을 산 약초의 이름을 묻거나 가격을 흥정하는 관광객들로 가득하다는 것이다.

우리 일행도 장거리를 어슬렁거리면서 초가을 햇살이 무뎌질 때를 기다리다가 가산 공원으로 향했다. 원래 가산 공원은 동네 서낭당이 있던 곳이다. 3백여 년 동안 자리를 지킨 돌배나무 신목들이 영험한 기운을 뿜어내는 곳이었다. 그곳에 이제는 이효석의 흉상과 기념비가 들어섰다. 나는 이곳에 들를 때마다 이효석이 새로운 동네 수호신이 된 셈이라는 생각을 한다. 공원의 단정한 풍경 가운데 자리한 이효석 흉상은 유홍준의 『나의 문화유산답사기』에서 꺼벙이 같다고 폄하했을 만큼 이효석을 닮지 않았고, 안경도 떨어져 나가 어색하기 이를 데 없다. 그 옆에 자리한 이효석의 문학 세계를 다룬 비석은 전체 글 중 필요한 부분만 옮겨 놓아 내용이 충분하지 못하고, 심지어 중요한 단어를 잘못 새겨 놓아 읽다 보면 실소가 나온다. 그래도 다행인 것은 누군가 그 틀린 글씨를 억지로나마 바로잡으려 한 흔적이 보인다는 것이다. 한자에 토만 달아 놓은 뒷면 연보를 읽는 일도 만만치 않다.

아이들에게 틀린 글자 찾기 과제를 내고 바로 옆 효석 문화제 행사장을 어슬렁거렸다. 우리나라에서 성공했다고 평가받는 몇 안 되는 문학 축제 중 하나인 효석 문화제. 이 축제의 진면목은 흥성거리는 장터와 무대에서 볼 수 있는 게 아니다. 메밀 음식을 먹으며 흥겨운 공연을 보는 것도 물론 중요하지만 진면목은 따로 있다. 그러나 그 장면을 마음에 깊게 담는 사람들은 거의 없다. 틀린 글자 찾기 과제를 마친 아이들이 내 옆에 붙어 서기에 가산 공원에 대한 감상을 물었다. 아이들은 말없이 허기진 표정만 보여 준다. 착실하다 못해 과하게 모범적인 이 아이들에게는 여행이 즐거운 놀이란 것도 가르쳐야 하나 보다.

곤드레 밥을 양념간장에 맛나게 비벼 먹고, 아이들 눈치를 보면서 메밀전병과 메밀부침에 메밀 막걸리를 한잔하면서 창밖을 내다보았다. 어둠이 내려와 있었다. 장거리를 지나 효석 문화제 행사장을 돌아 개울을 건넜다. 축제 기간이라서인지 각설이 타령이 고즈넉한 풍경을 깬다. 이 흥성거림은 왠지 봉평과 이효석과 「메밀꽃 필 무렵」과는 어울리지 않는다. 빨리 봉평의 진면목을 보러 가는 게 상책이다.

개울 건너는 메밀밭이다. 메밀밭으로 들어섰다.

> 이지러는 졌으나 보름을 가제 지난 달은 부드러운 빛을 흐뭇이 흘리고 있다. 대화까지는 칠십 리의 밤길, 고개를 둘이나 넘고 개울을 하나 건너고 벌판과 산길을 걸어야 된다. 길은 지금 긴 산허리에 걸려 있다. 밤중을 지난 무렵인지 죽은 듯이 고요한 속에서 짐승 같은 달의 숨소리가 손에 잡힐 듯이 들리며 콩 포기와 옥수수 잎새가 한층 달에 푸르게 젖었다. 산허리는 온통 메밀밭이어서 피기 시작한 꽃이 소금을 뿌린 듯이 흐뭇한 달빛에 숨이 막힐 지경이다. 붉은 대궁이 향기같이 애잔하고 나귀들의 걸음도 시원하다.
>
> ──이효석, 「메밀꽃 필 무렵」 중에서

오랫동안 수도 없이 읽은 이 문장들이 그대로 살아나는 순간이다. 오감으로 풍경이 들어와 내 마음속에 그 흔적을 새기고 간다. 말로는 더 표현할 수 없는 이 장면을 이효석은 위와 같이 썼다. 그리고 이효석 이후 아무도 이 달밤의 메밀꽃밭을 글로 표현하려 하지 않았다. 이 이상은 불가능하기 때문일 것이다. 적어도 글로는 그럴 것이다.

아이들과 메밀꽃밭을 이리저리 걸었다. 나는 말을 잃었고 아이들은 말을 얻었다. 하지만 거의 감탄사의 나열이다. 피기 시작한 꽃이 말 그대로 소금을 뿌린 듯하고 붉은 대궁은 애잔하다. 이 풍경 속에서 허 생원은 성서방네 처녀와의 사랑을 추억했고, 가끔 지나는 사람들은 현재의 사랑을 속삭인다. 내 뒤를 따라 걷는 아이들은 미래의 사랑을 꿈꿀 것이다. 이렇게 시간은 함께 모여 하나의 장면으로 다시 탄생한다. 막 피기 시작한 메

메밀꽃

밀꽃 사이에서.

좀 더 걷고 싶어 하는 아이들을 두고 개울가에 나와 앉았다. 어둠 속에서 물은 소리만 남기며 흐르고 섶다리는 어설프게 엉크런 다릿발을 물속에 딛고 서 있다. 생각해 보니 이런 풍경을 만나는 일도 이제는 어렵다. 어디를 가도 전깃불이 환하고 어디를 가도 사람들이 넘쳐 난다. 우리는 고요히 머물면서 한적한 나를 들여다볼 시간을 빼앗기고 사는 건 아닐까. 그래서 이 풍경이 더 소중하고 이 시간이 더 길어지길 바라는지도 모른다.

「산협」의 중근이 곰을 잡았다는 흥정리에 있는 한 펜션으로 향했다. 이곳도 예전 같지 않다. 곰을 잡을 정도의 첩첩산중은 이미 오래전에 펜션 공화국으로 변했다. 그래도 이곳에는 어둠이 있고, 하늘에 별도 있고, 은하수도 흘러간다. 잠깐 아이들과 산책을 한 뒤 어둠과 별과 은하수와 싸늘한 감각을 마음에 담고 잠자리에 들었다. 메밀꽃 같은 사랑을 꿈꾸려는지 아이들도 일찍 잠들었다.

아이들을 깨우고 짐을 정리해서 마당에 나왔다. 가장 먼저 우리를 맞이한 것은 코끝에 닿는 싸늘한 새벽 공기다. 참 오랜만이다, 이 알싸한 찬 기운. 효석 문화제 장터에서 국밥을 먹었다. 오래된 동네 형님이 국밥을 무심하게 퍼 준다. 이곳 사람들의 품성은 늘 그렇다. 반가워도 그냥, 미워도 그냥, 즐거워도 그냥 그렇다. 하지만 국밥의 맛은 그렇지 않다. 얼큰하면서도 아주 오래 끓여 우려낸 재료의 감칠맛이 혀끝에 묻어난다. 휘장 아래서 먹는 아침 국밥의 맛은 봉평의 맛과 닮았다.

국밥 그릇을 치우고 아이들을 메밀꽃밭으로 산책 보냈다. 아이들은 오늘 효석 백일장에 참가할 예정이다. 백일장 시작 시간이 아직 남아 있기도 했고, 지난밤 본 메밀꽃밭의 아침 풍경을 마음껏 느꼈으면 좋겠다는 생각도 들었기 때문이다. 아이들을 보내고 효석 백일장 진행을 돕는데 눈앞에 펼쳐지는 풍경에 마음이 풍성해졌다. 자기 몸보다 큰 스케치북을 든 유치원생부터 선생님을 따라 열을 맞추어 행사장으로 들어오는 초등학생들, 마음 맞는 사람들끼리 여행 겸 백일장에 참가한 중년 여성들까지 백일장 개회식 장소로 물밀듯 모여드는 사람들. 어쩌면 나는 이 풍경에 매료되어 백일장을 찾는지도 모를 일이다. 내가 처음 이 백일장에 참가했던 중학교 3학년 시절에도 지금과 다를 바 없었으니, 30년이나 이 풍경은 지속되고 있는 셈이다. 풍경도 문화유산이 될 수 있다면 우리나라 문학 분야의 제1호 풍경 문화유산이 될 자격이 있다는 생각이 문득 들었다.

메밀꽃밭 산책에서 돌아온 아이들이 개회식을 마친 후 백일장 진행자들의 깃발을 따라 부문별 장소로 떠나자 행사장은 한가해졌다. 우리 아이들이 참가한 고등부 시 부문 백일장이 열리는 곳을 찾아가 보았다. 유독 어려운 글제인 '바늘'을 앞에 두고 다들 심각하게 앉아 있다. 글제를 낸 사람을 원망하면서도 한 줄 한 줄 써 가는 참가자들의 모습이 참 대견했다. 돌이켜 보면 적어도 내게 백일장은 상을 타야 하는 대회가 아니었다. 글제에 대해 생각해 보고 한번 글로 써 보는 것 자체로도 의미가 있었다. 상을 타서 대학 진학을 위한 스펙을 쌓아야 하는 아이들은 불행한 시대를 산다고 해야 할까. 이렇게 불행한 시대에 대해 나는 책임이 없을까.

백일장을 마치고 나오는 아이들의 표정이 어둡다. 다들 글제가 어렵다며 글제를 낸 사람을 원망하는 눈치다. 내가 글제를 냈다는 말도 못하고 점심을 먹으러 갔다. 메밀전병에 메밀묵, 메밀부침에 메밀국수를 든든하게 먹고는 식당 마당에 나앉아 가을 햇살을 즐겼다. 머루가 익기 시작하는 식당 마당에는 아직도 백일홍이 핏빛으로 붉다.

이효석 문학관 가는 길에 물레방앗간에 들렀다. 물레방아는 여전히 돌아가고, 방앗간 안에서는 사진을 찍으라고 만든 그림판에 얼굴을 들이밀고 웃는 중년 여성들의 웃음소리가 쏟아져 나온다. 허 생원과 성 서방네처녀의 은밀한 사랑은 이제 그 모습을 다 드러낸 듯하다. 조금 숨기고 아닌 척 설레는 게 사랑의 맛이자 모습일 텐데, 요즘은 다 드러내니 달갑지만은 않다. 물레방앗간 옆에 세워진 석조물도 이곳과 썩 어울리지 않는다. 성 서방네 처녀를 닮지도 않은 단발머리 여자아이가 어색하게 서 있고 사람들도 그 앞에서 어색하게 사진을 찍는다.

야트막한 산길을 따라 이효석 문학관으로 향했다. 이번 답사의 핵심 공간이자 아이들에게 가장 많은 이야기를 해야 하는 곳이 바로 이 문학관이다. 물론 내게는 영욕이 반인 곳이기도 하다. 나는 우여곡절 끝에 이효석 문학관을 마무리했고 내 집처럼 드나들다가 이제는 친구네 집 가듯 놀러 간다.

이효석 문학관 관람은 이효석 문학비 감상에서부터 시작된다. 이효석 문학비는 1980년 강원도 출신 문인들이 성의를 모아 영동 고속 도로 변두리에 세웠던 것을 2002년 문학관 개관에 맞추어 옮겨 왔다. 전면 비명은 이효석의 절친한 친구였던 현민 유진오의 글씨이고, 후면 비문은 황금찬 시인의 글이다. 깔끔한 오석 몸돌에 봉평 개울에서 옮겨 온 평범한 갓돌이 전체적으로 석(石) 자를 바탕으로 연상되는 이효석의 이미지를 잘 구현한 듯하다. 현민 유진오의 글씨는 유려하면서도 단정하여 이효석을 향한 마음이 느껴져 애잔하다. 다만 황금찬 시인의 비문이 이효석의 면모를 잘 살리지 못한 듯해 아쉽다.

문학비를 지나 문학관 입구에 들어서면 단아하면서도 모던하게 지어진 문학관의 외양이 드러난다. 황톳빛 벽돌을 쌓아 올려 만든 벽 위에 적산목을 가지런히 얹은 지붕은 유려한 자연 풍경과 잘 어울려 편안한 맛을 자아낸다.「메밀꽃 필 무렵」전문을 새긴 서각 작품도 품격이 높고 김성동 작가의 숨결이 살아 있는 청동 현판의 필치도 아담하면서도 단아하다. 현관 시화 작품은 늘 새로운 작품으로 바뀌어 들어오는 사람들의 눈길을 잡고, 붉은 우체통은 누군가에게 가을 편지를 써야 할 듯 그리움에 젖게 한다.

전시관 안으로 들어서서 아이들에게 설명을 시작하는데 청중이 갑자기 늘어났다. 효석 백일장에 단체로 참가한 학생들이 문학관 관람을 온 모양이었다. 입을 다물고 나를 쳐다보는 초롱초롱한 눈망울을 보면서 문학관에 대한 설명을 시작했다.

이효석 문학관 전시실 로비에는 이효석 연보와 문학관 개관 후 수집한 자료가 전시되어 있다. 연보를 따라 이효석의 생애를 훑어보는 것도 좋고 이효석이 각색한 시나리오「애련송(愛戀頌)」을 살펴보는 것도 새로운 경험이 될 것이다. 또한 북한에서 발간된 이효석의 작품집『로령근해』를 볼 수 있어 신선하다. 시간 여유가 있다면 문학 교실에서 영상을 감상할 수도 있다.

이효석의 사진을 참고하여 재현한 평양 '푸른 집' 거실이 관람객들의 눈길을 끈다. 오래된 나무 책상 위에 잉크병과 펜이 놓여 있고, 오른쪽에는 피아노가 있다. 이효석은 피아노 연주를 좋아해 쇼팽과 모차르트의 곡을 수준 높게 연주했다고 한다. 왼쪽에는 오래된 축음기가 있다. 이효석은 서양 고전 음악뿐만 아니라 재즈 같은 근대 음악도 즐겨 들었다. 또

'메리 크리스마스(Merry X-mas)'라는 글씨가 가운데 붙어 있는 벽을 배경으로 크리스마스 트리가 세워져 있고 프랑스 여배우의 사진도 벽에 걸려 있어 서구를 이해하고 동경했던 이효석의 취향을 느낄 수 있다.

누구나 이 공간에 서면 이효석이 지향했던 바를 명징하게 느낄 수 있다. 예술을 사랑했던 이효석은 수준 높은 문화로 둘러싸여서 살고 싶어 했고, 스스로 자신의 공간을 그렇게 만들어 나갔던 것이다.

입구에서 왼쪽으로 발을 돌리면 시기별로 정리된 이효석의 생애와 유품을 살펴볼 수 있다. 몇 장 남지 않은 사진과 추서된 훈장, 학창 시절의 학적부, 사후 발간된 전집과 육필 편지 등이 인간 이효석을 이해하는 데 도움을 준다. 그중 이효석의 부인인 이경원 여사의 고교 졸업 사진이 우리의 눈길을 끌었다. 미술을 전공했던 이경원 여사는 고등학교를 졸업하자마자 열아홉 살의 나이에 이효석과 결혼한 후 겨우 십 년을 함께 살고 세상을 떠났다. 두 딸과 두 아들을 낳은 후 요절한 사진 속 이경원 여사의 풍모에서 왠지 모를 애수가 느껴져 기분이 묘했다. 경성 제일 고등 보통학교 시절 이효석의 학적부도 눈길을 끌었다. 현재 경기 고등학교에서 보관 중인 학적부를 재현한 것으로 자세히 들여다보면 이효석의 과목별 성적이 보인다. 이효석은 경성 제일 고등 보통학교를 졸업할 당시 조선인으로는 유일하게 우등상을 받아 『동아 일보』에 사진과 함께 보도되었으며, 경성 제국 대학 입학시험에서도 전체 2등을 해 조선의 수재라는 명망을 얻을 정도로 뛰어난 인재였다. 그 외에도 커피와 서구 음식, 영화와 여행을 좋아했던 이효석의 취향이 엿보이는 갖가지 자료들이 그의 삶과 문학 세계에 대한 이해의 폭을 넓혀 준다.

반대편으로 돌아서면 이효석의 문학 세계를 시기별로 정리한 공간이 나온다. 경향 문학을 거쳐 순수와 심미 문학으로 변모하는 과정을 대표 작품과 자료를 통해 알 수 있다. 여기서 우리의 시선을 끄는 것은 단연 이효석의 육필 원고이다. '평양 라디오 방송을 위한 원고'라는 부제를 단 두 편의 육필 원고에 적힌 이효석의 글씨는 해독이 불가능할 정도로 난필(亂筆)이다. 이효석이 직접 일본어로 번역하여 동경에서 출간한 일본어판 「메밀꽃 필 무렵」도 보인다. 어떤 언어든 자신의 언어로 만들어 자신의 생각을 표현할 수 있다는 이효석의 자신감이 느껴진다.

다시 왼쪽으로 돌면 일제 말기 일본어로 쓴 작품과 그의 문학 세계에 대한 연구 성과 자료, 그리고 고향 관련 자료 등을 볼 수 있다. 「메밀꽃 필 무렵」이 처음 발표된 월간지 『조광』(1936년 9월 호)의 이색적인 그림과 1960년대에 쓰인 영화 시나리오, 유네스코 한국 위원회에서 최초로 영어로 번역하여 전 세계에 배포한 『Korea Journal』 등의 자료를 통해 이효석의 작품이 오랫동안 다양한 방법으로 알려지고 세계화되었다는 것을 알 수 있다. 또 추모 사업 자료를 통해 현재에도 이어지고 있는 이효석 선양 사업의 역사도 알 수 있다.

전시관 설명을 마치고 마당으로 나오니 가을 햇살이 따갑다. 햇살 아래 이효석이 앉아 있다. 탄생 백 주년을 기념하여 2007년에 세운 이효석 동상은 아직도 펜을 들고 책상에 앉아 글을 쓰고 있다. 그리고 그 옆에는 빈 의자가 있어 찾는 사람마다 이효석과 다정하게 앉아 사진을 찍고 간다. 전시관을 나온 아이들이 우르르 몰려가 이효석과 사진을 찍으면서 어깨동무를 하기도 하고 팔짱을 끼기도 한다. 이효석은 다시 살아나 아이들과 다정다감한 눈짓을 나누고, 아이들은 위대한 작가의 숨결과 열정을 몸에 담는다. 깔깔 웃는 학생들의 표정이 가을 햇살 속 메밀꽃같이 싱그럽다.

찻집 '동'에 잠깐 들렀다. 이효석이 함경도 경성에 머물면서 유럽에 대

이효석 문학관에 있는 이효석 동상

한 그리움을 달래던 찻집이 '동'이었다. 그 찻집이 이곳 문학관에 문을 연 것은 누구나 창밖을 내다보며 갓 볶은 커피향에 자신의 감각을 벼려 보라는 뜻이었다. 창가 자리에 앉아 이효석처럼 모카커피를 즐기면서 창밖을 내다본다. 사방이 메밀꽃인데 색색의 사람들이 그 꽃밭을 지난다. 사람들이 새로운 풍경이 되는 동안 잠깐 마음을 내려놓고 앉아 쉬기로 했다. 벽에 가득한 책을 뒤적거리다가 색 바랜 1980년대 잡지를 꺼내 본다. 문학청년이던 나의 시간도 거기 색이 바랜 채 멈춰 있다.

아이들과 당나귀를 보고 '푸른 집'을 돌아 나와 메밀꽃밭에서 사진을 찍었다. 그리고 당나귀와 허 생원, 평양 '푸른 집'과 『화분』 이야기로 이효석의 또 다른 면모를 아이들에게 전해 주었다. 하지만 아이들은 조금 지친 듯 맨숭맨숭한 표정이다. 아이들은 오전에 참가한 백일장 결과도 궁금하고, 제법 많은 상품이 걸린 학생 퀴즈 대회도 참가하고 싶은 듯했다. 서둘러 효석 문화제 행사장으로 발길을 옮겼다.

이효석의 생애와 문학을 주제로 한 학생 퀴즈 대회장에는 아이들이 가득했다. 한 문제가 지나갈 때마다 탈락하는 학생들의 한숨과 살아남은 학생들의 환호가 이어졌다. 우리 아이들도 여남은 참가자가 남을 때쯤

전부 탈락하고는 울상을 짓는다. 나를 쳐다보지만 답을 가르쳐 줄 수는 없어 미안할 뿐이다. 하지만 작은 실패는 늘 배우는 것이 있어 좋다.

효석 백일장 예선 통과자 명단이 발표되자 학생들이 게시판 앞으로 몰려들었다. 어떤 아이는 환호성을 지르고 어떤 아이는 낙담한 표정으로 돌아서고 그 옆에 선 아이는 탈락한 친구를 위로한다. 냉혹한 승부의 시간을 지낸 우리 아이들 열 명은 모두 예선을 통과하지 못했다. 다들 크게 기대하지는 않았던 모양이다. "난 고등학교 3년 동안 여러 번 백일장에 나갔지만 한 번도 상을 받지 못했다. 하지만 지금은 글을 쓰고 산다. 오기를 품고 노력하는 사람이 결국 승리하는 것이다." 종례 시간에나 할 법한 말로 아쉬움을 대신하면서 행사장을 떠났다.

창말을 떠나 장평으로 가는 길은 넉넉하다. 강원도 산골치고는 꽤 넓은 들이 넉넉해 보였다. 모퉁이를 지나면 나타나는 논과 그 속에서 익어 가는 벼들이 가을 햇살 아래 짙어진다. 한 모퉁이를 돌면 멀리 금당산이 나타나고 유연하게 길을 감싸 도는 개울이 평온하게 흘러간다. 다시 모퉁이를 도니 고속 도로가 보이고 다시 모퉁이를 도니 봉평이 추억 속으로 사라진다.

피곤한지 아이들은 눈을 감았는데 한 아이가 자꾸 뒤를 돌아보았다. 지나온 길과 시간을 깊이 새기고 싶은 모양이다. 문학 답사는 이런 것이다. 작품을 다시 만나고, 작가의 숨결을 다시 느끼고, 오래 간직하는 것.

이렇게 우리 아이들과 함께 이효석을 만나러 간 1박 2일이 저물었다.

- **누가:** 강릉고 학생들과 김남극 선생님
- **언제:** 2013년 9월 5일~6일(목요일~금요일)
- **인원:** 10명
- **테마:** 이효석 문학의 현장을 찾아서

함께하는 문학 답사

토박이 김남극 선생님의 귀띔!

봉평으로 이효석을 만나러 가려면 초가을 메밀꽃이 필 때를 택하세요. 그리고 하룻밤 그곳에서 머무르세요. 그래야 꿈같은 밤에 메밀꽃밭을 보실 수 있습니다. 음력으로 보름이면 더 좋고요, 효석 문화제 기간이면 더더욱 좋습니다. 특히 글쓰기를 좋아하는 학생이라면 효석 백일장에 참가해 보는 것도 좋아요. 봉평 장날이 겹친다면 장거리에서 강원도 산골 냄새가 가득한 메밀 음식을 맛볼 수 있습니다. 곤드레 밥에 간장을 비벼 먹어도 별미지요. 포만감이 마음속까지 가득 찰 겁니다.

문학 답사 코스 추천!

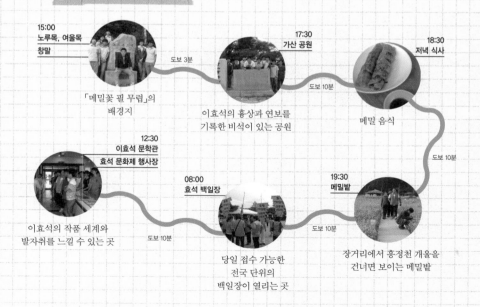

15:00 노루목, 여울목 창말
「메밀꽃 필 무렵」의 배경지

도보 3분

17:30 가산 공원
이효석의 흉상과 연보를 기록한 비석이 있는 공원

도보 10분

18:30 저녁 식사
메밀 음식

도보 10분

19:30 메밀밭
장거리에서 흥정천 개울을 건너면 보이는 메밀밭

도보 10분

08:00 효석 백일장
당일 접수 가능한 전국 단위의 백일장이 열리는 곳

도보 10분

12:30 이효석 문학관 효석 문화제 행사장
이효석의 작품 세계와 발자취를 느낄 수 있는 곳

3

햇살 아래 눈 비비며
싹터 오르는 갈대순같이

대 전 · 충 남 · 충 북

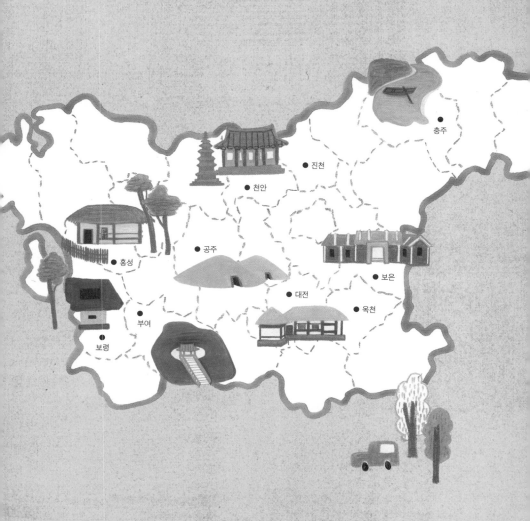

박병춘 | 대전대신고

대전에 깃든 문학의 미소를 보다

대전 문학 답사? 대전에 살면서 대전을 대표할 만한 문학 답사지를 가 봤던가? 소중한 건 가까이 있다는데 대전 문학을 너무나 멀리 두고 교실에 들어갔다는 것이 문학 교사로서 너무나 남우세스러웠다. 대전 문학 답사를 작심하고 동아리 회원을 모집했다. 1학년 담임 교사들에게 문학에 관심이 많은 학생을 추천해 달라고 제안해 일곱 명의 학생이 동아리실에 모였다.

먼저 동아리 이름을 정하기로 했다. '글 방울', '글과 사람', '어수룩한 글쟁이' 등 세 가지 이름이 제안되었는데, 학생들이 그중에서 '글 방울'이 제일 마음에 든다고 하였다. 대전을 대표하는 세 곳의 문학 답사지를 찾아 탐방한 뒤 문학 답사 보고서도 써야 한다는 내 말에도 학생들은 당황한 기색 없이 신이 나 있었다. 풀잎 끝에 매달린 영롱한 물방울처럼 글 방울 학생들 모두에게 답사의 열매가 알차게 맺히리라 확신했다.

"그런데 선생님, 어디로 가요?"

"하하! 바로 그게 문제로구나. 선생님이 대전 지역 문학을 연구하는 전문가에게 의뢰해서 답사지를 알려 줄게. 다들 준비됐지?"

"네! 문학 답사를 통해 얻을 수 있는 것이 많을 것 같아요!"

문학 답사를 통해 얻을 수 있는 것이 많을 것 같다? 학생들의 기대치에 부응하는 장소가 어디일까? 우선 한남 대학교 문예 창작학과 교수인 김완하 시인에게 전화를 걸어 자초지종을 설명했다. 김완하 시인은 일성으로 대전 문학관을 꼽았다.

"대전 문학관요? 어디에 있는 겁니까?"

나는 대전 문학관을 몰라서 놀랐고, 김 시인은 나의 무지에 놀란 듯했다. 김 시인은 대전 문학관의 전시 내용을 친절하게 설명해 주었다. 대전 문학관에 가면 대전 문학의 역사 및 현황과 대표 문인들의 작품 등을 한눈에 살펴볼 수 있고, 대전 문학과 관련된 영상도 시청할 수 있으며 시 낭송 청취, 나만의 시 검색, 문학 작품 써 보기 등 다양한 활동도 할 수 있다고 했다. 이어서 보문산 사정 공원, 단재 신채호 생가 터도 답사지로 선정되었다. 글 방울 친구들에게 문학 답사의 취지를 설명했더니 그중 한 친구가 "딱 내 스타일"이라고 대답을 했다. 일단 기분이 좋다.

"선생님! 무슨 요일에 갈 건데요?"

"평일에는 수업 때문에 안 되니까 토요일 혹은 일요일에 가야겠지?"

"어어? 저는 토요일마다 영재 수업을 들어야 해서 곤란한데요?"

"저는 역사 답사도 해야 돼요."

"저는 경제 동아리 활동이 있어요."

토요일이나 일요일이라면 무조건 시간이 날 것이라고 믿었던 나에게 학생들의 반응이 뜻밖이다. 글의 서두에 이런 대화를 옮기는 이유가 있다. 이 시대 고교생들이 입학 사정관제니 수시 지원이니 하는 대학교 입시 제도에 순응하여 주말까지 동아리 활동을 하면서 점수를 쌓는 현실이 안타까웠기 때문이다.

이렇게 바쁜 학생들과 달력을 보고 일정을 짜기 시작했다. "난 돼.", "난 안 돼."가 섞여 설왕설래하더니 모두가 일정이 없는 날이 마침내 나타났다. '이런! 그날은 내가 일정이 있거든?' 목전까지 올라온 말을 참고 내 일정을 접었다.

대전 문학의 뿌리 찾기, 대전 문학관

내가 대전에 문학관이 있다는 사실을 알고 놀란 만큼 글 방울 아이들도 놀란 눈치였다. 대부분 대전에서 태어나 자랐으면서도 대전에 문학관이 있다는 사실을 전혀 몰랐다며 신기해했다.

우리는 대전 문학관에 들어가기 앞서 문학관 뒤편에 있는 산책로 입구에서 잠시 모임을 가졌다. 문학관 안에 전시된 시 중 가장 마음에 드는 작품을 고른 후 다시 이곳에 와서 낭송하기로 약속했다. 우리가 대전 문학관을 방문한 날, 마침 새로운 기획전이 열리는 날이었다. 대전 문학관 박헌오 관장님이 직접 우리를 맞아 주셨고, 문학관 안내까지 해 주셨다.

"가장 지역적인 것은 세계적인 것의 뿌리입니다. 지역 문학을 담는 큰 그릇이 문학관입니다. 문학은 일생을 따라 흐릅니다. 문화와 문명 전 분야를 적시는 물과 같고 행복한 시민 생활, 수준 높은 문화 도시를 만들어 가는 공기와 같습니다. 지역 문학관은 문학의 저수지가 되고 배수지가 되어, 필요한 사람이 수도꼭지를 틀어 물을 쓰듯 시민들이 좋은 문학 생활 에너지를 얻을 수 있도록 역할을 다하기 위해 노력해야 합니다."

대전 문학관

우리는 박헌오 관장님의 안내와 설명에 따라 일 층 기획 전시실을 모두 둘러본 후, 이 층 상설 전시실로 향했다. 이곳에는 시인 박용래, 정훈, 한성기, 소설가 권선근, 최상규 등 대전을 대표하는 문인의 자취가 전시되어 있었다. 그리고 대전 문학의 뿌리로 알려진 박팽년, 신흠, 송시열, 김만중, 김호연재 등 조선 시대 문인의 자취뿐만 아니라 일제 강점기부터 1990년대까지 근현대 대전 문학의 흐름이 연대별로 알차게 정리되어 있었다.

대전 문학은 광복을 기점으로 발전하여 지방 자치제 이후 더욱 활성화되었다. 대전은 국내에서 문인 협회가 가장 많은 지역 중 하나(60여 개)로 알려져 있다. 시 문학을 중심으로 각 장르마다 뛰어난 문인이 배출되어서, 대전 문인 620여 명 중 시인이 360여 명에 이른다.

우리는 관람을 마치고 다시 산책로 입구에 모여 약속했던 대로 시 낭송 시간을 가졌다. 시심의 밭을 일구는 소중한 시간이었다.

김관식, 박용래, 한용운의 시비가 있는 보문산 사정 공원

문학 답사를 떠나기 전, 보문산 사정 공원에 김관식(金冠植, 1934~1970), 박용래(朴龍來, 1925~1980), 한용운(韓龍雲, 1879~1944)의 시비가 있다고 하자, 글 방울 친구들은 공원과 시비에 대해 진지하게 조사하기 시작했다. 그러나 그것은 간접 경험일 뿐! 발로 직접 뛰고 가슴으로 느끼는 것이 진정한 문학 답사라 생각하기에 나는 학생들에게도 사전 조사보다는 현장에서 많은 것을 느끼는 데 초점을 맞추라고 했다. 이런 활동들을 통해 아이들은 올바른 문화인으로 성장할 것이다.

글 방울 친구들은 사정 공원 주차장에 도착하자 흥분하기 시작했다. 보문산 사정 공원은 사계절 경관이 뛰어난 데다 여러 체육 시설이 있어 시민들의 쉼터로 손색없는 곳이다. 글 방울 친구들은 "도시 인근에 이런 공원이 있었구나!" 감탄사를 연발하며 수면을 멋지게 나는 물수제비처럼 발걸음을 옮겼다. 교실 밖에서 공원의 정취를 즐기며 다양한 물상 앞에 발걸음을 멈추고 사진을 찍거나 문학적 상상을 하는 글 방울 친구들의 모습을 보니 지도 교사로서 마음이 뿌듯했다. 나는 몇 차례 답사를 했던 터라 시비가 어디에 있는지 알고 있었지만 그것을 내색하지 않고, 학생들에게 시비를 직접 찾아보라고 하였다.

지수: 세 분의 시비는 어디에 있을까?

승모: 저기 무언가 있어.

수성: 김관식 시인 시비네.

정민: 나는 김관식 시인의 이름이 많이 낯설어. 너희들은 어때?

진우: 김관식 시인은 특이한 행동과 재치로 문단에서 유명했고, 서정주, 최남선 등 당대 유명한 문인들과도 교류한 사람이야.

수성: 또 국회의원 선거에도 출마했지. 김관식 시인이 낯선 이유는 당대 유명했던 다른 문인들에 비해 작품이 덜 알려졌기 때문일 것 같아.

소양: 시비에 있는 시도 좋아. 시비 뒤에 시인에 대한 이야기도 있네.

저는 항상 꽃잎처럼 겹겹이 에워싸인 마음의 푸른 창문을 열어 놓고 당신의 그림자가 어리울 때까지를 가슴 조여 안타까웁게 기다리고 있습니다.

하늘이여,

(중략)

따순 봄날 재양한 햇살 아래
눈 비비며 싹터 오르는 갈대순같이
그렇게 소생하는 힘을 주시옵소서.

　　　　　　　　　　　—— 김관식, 「다시 광야(曠野)에」

시인의 시비에 있는 「다시 광야에」는 우리가 살아가면서 힘든 일이 있을 때 되새겨 봄 직한 시다. 우리는 시를 함께 읽은 뒤 한용운의 시비가 있는 곳으로 갔다.

지수: 한용운 시비가 왜 여기에 있을까? 대전 분이셨을까?

주현: 글쎄. 태어난 곳이 충청남도라는 이야기는 어딘가에서 들었던 것 같은데.

만해 한용운 시인의 생가는 충청남도 홍성에 있다. 그런데 만해 시비가 대전에 있는 이유는 간단하다. 대전광역시로 재편되기에 앞서 대전은 충청남도에 속했다. 만해는 당시 충청남도를 대표하는 시인이었기에 공원이 조성될 때 당연히 만해 시비도 포함된 것이다.

소양: 교과서나 문제집에서 「님의 침묵」, 「나룻배와 행인」, 「찬송」 등 만해의 여러 시를 접했지만 이 시비에 적힌 시는 처음 보는 것 같아.

진우: 나도 이 시는 처음 봤어.

사랑의 속박(束縛)이 꿈이라면
출세(出世)의 해탈(解脫)도 꿈입니다.

웃음과 눈물이 꿈이라면
무심(無心)의 광명(光明)도 꿈입니다.
일체 만법(一切萬法)이 꿈이라면
사랑의 꿈에서 불멸(不滅)을 얻겠습니다.

—— 한용운, 「꿈이라면」

　만해의 시 「꿈이라면」의 끝 구절에서 우리는 무엇을 느낄 수 있을까?
"일체 만법이 꿈이라면/사랑의 꿈에서 불멸을 얻겠습니다."라는 만해의
절창에 귀를 기울여 보자. 사랑하는 일만큼 숭고한 일은 없으리라. 사랑
을 꿈꾸면 소멸하지 않는다. 우리는 만해의 시비 앞에서 「꿈이라면」을 함
께 낭송하고 박용래 시비로 발걸음을 옮겼다.
　보문산 사정 공원의 세 시비 중 마지막 시비에 도착했다. 대전 문학관
에서 보았던 대전의 대표 문인 5인 중 한 명인 박용래 시인의 시비다. 시
비에 새겨진 시는 「저녁 눈」이다. 누구보다 술과 사람을 좋아했고, 눈물
이 많았다는 박용래 시인에게 「저녁 눈」은 어떤 의미였을까?

　늦은 저녁때 오는 눈발은 말집 호롱불 밑에 붐비다

　늦은 저녁때 오는 눈발은 조랑말 발굽 밑에 붐비다

　늦은 저녁때 오는 눈발은 여물 써는 소리에 붐비다

　늦은 저녁때 오는 눈발은 변두리 빈터만 다니며 붐비다

—— 박용래, 「저녁 눈」

수성: 대전 중구 오류동 삼성 아파트 옆 주차장에는 2009년 5월에 설치된 박용래 시인 옛집 터 표석이 있어. 이 표석에는 박용래 시인의 작품 「오류동의 동전」이 새겨져 있어.

승모: 나는 「오류동의 동전」보다 이 「저녁 눈」이 더 좋아.

소양: 이 시는 여러 번 반복해서 읽게 만드는 힘이 있는 것 같아.

「저녁 눈」은 묘사가 간결하고 담백하며 단순한 형식이지만 그 안에 동양적 여백미와 서구 모더니즘 기법이 녹아 있다는 시인 이설야의 감상을 섞어 시에 대해 설명해 주었다. 이 시 역시 다 함께 낭독해 보았다. 시인의 생애나 시비의 가치를 통해 글 방울 친구들이 문학의 존재 이유를 조금이나마 이해하게 된다면 좋겠다고 생각하며, 세 번째 문학 답사지인 단재 신채호 선생의 생가 터로 차를 몰았다.

도리미 마을에 있는 단재 신채호 생가 터

단재 신채호(申采浩, 1880~1936) 선생의 생가 터는 대전 중구 어남동 도리미 마을에 있다. 이곳은 1991년 7월 10일 대전광역시 기념물 제26호로 지정되었고, 1992년 여름에는 생가가 복원되었다. 생가 터 옆에는 단재 신채호 선생의 동상이 있고, 선생의 탄신을 기념하는 헌화식도 매년 열린다.

단재 신채호는 민족주의 역사서인 『조선 상고사』를 남긴 역사학자이자 열렬한 독립운동가였고, 어린 나이에 성균관 박사에 임명된 수재였을 뿐만 아니라 대전 근대 문학의 지평을 연 소설가, 수필가, 논평가였다.

지수: 이분이 우리 대전 출신이라니 놀랐어.

주현: 대전 문학관 연표를 보고 나도 정말 놀랐어.

수성: 가장 놀라운 점은 역사가로서의 활동보다 문인으로서의 활동이 압도적으로 많았다는 거야.

소양: 솔직히 나는 지금까지 신채호 선생이 소설을 썼는지도 몰랐어.

정민: 그런데 생가가 너무 외곽에 있고, 집만 덜렁 있어서 쓸쓸해 보여.

나는 생가 마루에 앉아 선생의 일생을 설명해 주었다.

"단재 신채호 선생은 우리 민족 최대 수난기였던 일제 강점기에 독립 운동가로 활동했다. 우리나라 근대 민족 사학의 지평을 연 역사학자이자 뛰어난 언론인, 소설가였지. 평생 우리나라 독립을 위해 일했고, 역경 속에서도 불의와 타협하지 않고 민족만을 생각하고 민족만을 위하셨던 분이야. 우리는 그분의 언론 활동을 통한 애국 계몽 운동과 선구적 역사 연구로 민족주의 사관을 정립한 업적을 잊지 말아야 해. 국권 회복을 위한 독립운동에 헌신하다 1928년 일본 경찰에 체포되어 1936년 중국 뤼순 감옥에서 순국하셨단다. 위대한 생애를 보낸 진정한 지사라 할 수 있어."

우리의 문학 답사가 대전 지역으로 문학 답사를 오려는 이들에게 조금이나마 도움이 되기를 바란다. 같은 곳을 가더라도 거기서 받는 감동과 인상은 각자 다를 것이다. 어차피 문학 답사의 감동을 엮어 내는 주체는 답사자들이기 때문이다.

- **누가:** 대전대신고 문학 동아리 '글 방울' 학생들과
  박병춘 선생님
- **언제:** 2013년 6월 30일(일요일)
- **인원:** 8명
- **테마:** 대전 문학의 존재 느껴 보기

함께하는 문학 답사

토박이 박병춘 선생님의 귀띔!

대전 문학관을 시작으로 보문산 사정 공원, 단재 신채호 생가 터로 이어지는 코스는 대여섯 시간이면 충분히 돌아볼 수 있어요. 보문산 사정 공원에는 여러 체육 시설이 있고 보문산 정상까지 산행하는 길도 있으니 문학 답사와 산행을 함께 즐길 수도 있죠. 단재 신채호 선생의 생가 터를 오갈 때 보게 되는 풍광도 좋아요. 기개 넘치는 역사학자이자 소설가였던 단재 선생 생가 터에서 흩어진 마음을 정돈하고 시대와 역사에 대해 고민해 보는 일도 뜻깊을 것입니다.

문학 답사 코스 추천!

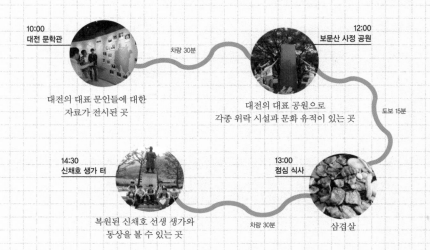

10:00
대전 문학관
대전의 대표 문인들에 대한
자료가 전시된 곳

차량 30분

12:00
보문산 사정 공원
대전의 대표 공원으로
각종 위락 시설과 문화 유적이 있는 곳

도보 15분

14:30
신채호 생가 터
복원된 신채호 선생 생가와
동상을 볼 수 있는 곳

차량 30분

13:00
점심 식사
삼겹살

충남 공주·부여

정용기 | 충남 공주금성여고

백제의 애잔함이 스며 있는 땅

공주 땅이 키운 문학적 감수성

여기 한 나라가 있었습니다. 북방에서 남하한 온조가 하남 위례성에서 일으켜 세운 나라, 고구려의 남진 정책에 밀려 웅진성과 사비성으로 근거지를 옮겨서 터전을 잡은 나라이지요. 결국 외세를 불러들인 신라의 공격으로 660년에 멸망한 나라, 바로 백제입니다. 백제를 떠올리면 애잔함과 서글픔이 느껴집니다. 멸망한 나라라서 그렇기도 하겠지만, 외세의 개입으로 무너졌다는 치욕감과 멸망 당시 부소산성의 낙화암에서 꽃처럼 떨어져 순절한 궁녀들이 불러일으키는 애상감 때문일 것입니다.

아! 또 있네요. 1894년 동학 농민 운동 때 얼빠진 우리 조정이 스스로 일본군을 불러들여 동족들을 궤멸시킨 곳도 이곳 백제 땅입니다. 공주의 우금치 전투에서 관군과 일본군의 우세한 화력에 죽창과 농기구로 맞서

다가 스러져 간 농민군들이 그 꿈을 접어야 했던 곳입니다. 이러니 애잔함과 서글픔 없이 어찌 백제라는 나라를 떠올리겠습니까!

백제의 슬픔을 간직한 땅, 공주와 부여를 돌아보기로 하고 서른여섯 명의 학생과 다섯 명의 인솔 교사가 6월 1일 길을 나섰습니다. 백제의 옛 도읍지라는 지역적 특성상, 문학 답사라 할지라도 역사 답사의 성격이 짙을 수밖에 없을 것 같습니다. 첫 번째 여정은 공주의 공산성입니다. 길 오른쪽에 오랜 세월의 더께가 앉은 송덕비들이 즐비합니다. 무슨 무슨 관찰사, 목사, 도순찰사, 우의정 등의 관직명이 새겨진 이 송덕비들의 행렬을 지나면 금서루가 웅장하게 서서 오가는 사람을 맞이합니다. 공산성 성문 네 개 중 서쪽에 설치된 문루인 금서루는 관광객들이 주로 드나드는 곳입니다. 이곳에서 시계 반대 방향으로 성벽 길을 따라 길을 잡았습니다.

길 양옆으로 아름드리 느티나무와 참나무가 울창한 길을 걷다 보면 쌍수정(雙樹亭) 광장이 나타납니다. 조선 시대 인조가 이괄(李适)의 난을 피하여 잠시 파천(播遷)했을 때, 두 그루의 나무 그늘 아래서 한양의 첩보를 기다리다 반란군이 평정되었다는 소식을 듣고 기뻐하며 이 두 그루 나무에게 정삼품 통훈대부(通訓大夫)의 영을 내렸다고 합니다. 뒷날 관찰사 이수항이 인조를 기리어 나무들이 늙어 없어진 자리에 지은 정자가 바로 쌍수정입니다.

공산성 안에는 많은 유적지가 있어서 제대로 구경하려면 두어 시간 여유를 두고 성곽을 따라 한 바퀴 도는 편이 좋지만, 정해진 여정이 있어서 성을 가로지르는 길을 따라 내려가기로 했습니다. 내려가는 길, 시나브로 지는 때죽나무 꽃이 밟히고 꾀꼬리 울음소리가 귀에 들립니다. 백제 시대 이후에도 줄곧 꽃이 피고 새가 우는 가운데 세월은 무심하게 흘러

가고, 이곳을 찾는 사람들의 문학적 감수성은 역사적 상상력과 어우러져 더욱 깊고 풍부해졌겠지요. 그리하여 통일 신라 말기의 학자인 최치원도 다음과 같은 시를 남겼다고 합니다.

襟帶江山似畵成　　강을 띠처럼 두른 채 펼쳐진 공산의 모습, 한 폭의
　　　　　　　　　　그림이로다.
可憐今日靜消兵　　병란이 그치고 고요해졌으나 오늘까지도 여전히
　　　　　　　　　　안타깝구나.
陰風忽捲驚濤起　　서늘한 바람 홀연히 불어와 성난 물결 일으키면
猶想當時戰鼓聲　　쿵쿵, 그날의 북소리 들리는 듯하다.
　　　　　　　　　　　　　　　　　　　　　　　　　── 최치원,「공산성」

공산성에서 무령왕릉까지는 차로 3~4분이면 족합니다. 송산리 고분군은 웅진 도읍기의 왕과 왕족의 무덤이 군집된 곳으로, 모두 7기의 고분이 있습니다. 멀리서 보면 둥근 고분들이 서로 어깨를 겯고 있는 모습이 다정하게 다가옵니다. 이 중 무령왕릉은 1971년 7월 5일 송산리 5호 고분과 6호 고분의 배수로 공사 도중 발견되었습니다. 삼국 시대의 확실한 연대와 그 시대의 사회상·문화상 등 역사적인 사실들을 입증하는 수많은 유물이 이곳에서 출토되어, 우리나라 고분 발굴 사상 최대의 학술적 의미와 역사적 가치를 지닌 곳이라고 합니다.

예전에는 무령왕과 왕비를 합장했던 무덤 안으로 직접 들어가 볼 수 있었는데, 지금은 발굴 당시의 유물 출토 상황을 재현한 모형 전시관이 그 자리를 대신하고 있습니다. 이곳에서 출토된 유물들을 소장, 전시하고 있는 국립 공주 박물관은 송산리 고분군 바로 뒤편에 있어서 걸어서도

갈 수 있습니다.

이곳에서 동북쪽을 바라보면 금강의 물줄기가 언뜻언뜻 비늘처럼 반짝거리고 나무들 사이로 공주 시가지 끝자락도 시야에 들어옵니다. 고층 건물도 없고 요란할 것도 없이 온순하고 다소곳하여 보는 사람의 마음에 안기는 곳이 공주입니다.

인간에게는 태어난 곳이나 살고 있는 땅에 대한 애착이 있습니다. 그곳을 떠나면 그 애착이 향수나 간절함으로 나타나기도 하는데 이런 정서는 다음과 같이 문학의 중요한 소재가 되기도 합니다.

> 서울 아산 병원 높은 층 통유리창
> 산이 보이고 하늘 열리고
> 하늘엔 구름도 떴다
> 여러 날 간다 간다 하면서
> 나만 못 간다
> 저 너머 어디쯤
> 공주가 있을 것이다
> 마음만 혼자 갔다가 울면서
> 돌아오곤 한다
>
> ―나태주, 「새」 중에서

나태주(羅泰柱, 1945~) 시인은 누구보다도 공주에 애정을 가지고 오랫동안 공주에서 살았습니다. 2007년 시인에게 복막염과 급성 췌장염이 찾아왔는데 의사는 수술도 할 수 없고 소생도 힘들다는 진단을 내렸다고 합니다. 그때 병원의 통유리창 너머 아득한 곳에 있는 공주로 돌아가고 싶었던 시인의 간절함을 이 시에서 볼 수 있습니다. 다행히 시인은 완쾌된 뒤 공주 문화원 원장으로 부임하여 노년에 공주 지역의 문화 발전에 대한 뜻을 왕성하게 펼칠 수 있었습니다.

불우한 시대에 질식당한 시인의 꿈

이제 공주에서의 여정을 끝내고 부여로 가야 합니다. 우리가 탄 버스는 금강을 따라 이어지는 백제 큰 길을 30분 동안 달려 백제 문화 단지에 도착했습니다. 날씨가 흐려서 햇빛이 강하지는 않았지만 꽤 무더웠습니다. 백제 문화 단지는 1994년부터 2010년까지의 공사 끝에 부여군 규암면 합정리에 조성되었습니다. 백제 왕궁인 사비궁과 대표적인 사찰인 능사, 계층별 주거 문화를 확인할 수 있는 생활문화 마을, 개국 초기 궁성인 위례성의 모습 등 1,400여 년 전 백제의 모습을 살펴볼 수 있습니다.

사비궁으로 들어가려면 우선 정양문으로 들어가서 광장을 지나 천정문을 통과해야 합니다. 전체적인 건물 형식과 배치에서 좌우 대칭의 균형미를 느낄 수 있습니다. 사비궁 동쪽에는 백제 왕실의 사찰이라는 능사가 자리하고 있습니다. 건물 양식이나 규모 등을 부여읍 능산리에서 발굴된 유적과 동일하게 재현했다고 합니다. 특히 '중문-탑-금당-강당' 순으로 배치된 일직선 구조는 백제 특유의 양식이라고 합니다.

출입문 역할을 하는 대통문으로 들어서면 웅장한 규모의 오 층 목탑이 버티고 서 있는데, 최초로 재현된 백제 시대 목탑으로 그 높이가 38미터라고 합니다. 카메라를 세로로 세워서 찍어도 가까이에서는 그 전체 모습이 쉽게 화면에 담기지 않습니다. 바로 뒤편에는 절의 본당인 금당(대웅전)이 자리 잡고 있습니다. 금당은 사찰에서 불상을 모시는 공간입니다. 능사의 금당은 바깥에서 보면 이 층 구조이지만 안에서 보면 층 구분이

신동엽 시비

없고 천장이 높은 구조입니다. 금당 뒤에는 대중에게 불법을 설법하던 강당이 있습니다.

능사에서 나와 야트막한 산으로 이어지는 계단을 올라가 제향루를 지나면 기와집과 초가집이 어우러진 생활문화 마을이 나옵니다. 이곳은 백제 사비 시대(538~660)의 주거 유형을 계층별로 꾸며 놓은 곳으로 백제 시대로 시간 여행을 하는 것 같은 신비감에 젖어들게 합니다. 사비 시대 가옥들을 둘러보면서 당시 백제인들의 생활 풍습을 어느 정도 짐작할 수 있습니다.

이 밖에도 한성 시대(B.C. 18~A.D. 475)의 도읍을 재현한 위례성, 사비 시대의 대표적 고분 형태를 보여 주는 고분 공원 등이 있습니다. 다음에는 시간 여유를 두고 와 백제 역사 문화관과 아울러 차근차근 둘러보고 싶습니다.

한 시간쯤 각자 흩어져서 백제 문화 단지를 돌아본 뒤, 12시 무렵 다시 모였습니다. 주변 식당에서 점심을 먹고 12시 50분쯤 신동엽 시비를 찾아 이동합니다. 차를 타면 약 5분 정도밖에 걸리지 않습니다. 백제 문화 단지에서 나와 규암리 방면으로 직진하다 계백로에서 좌회전해 백제교를 건너 건양 대학교 부여 병원 뒤편 오른쪽으로 꺾어 들어가면 바로 신동엽 시비가 보입니다. 주변에는 인가도 별로 없고 공원도 제대로 정비되어 있지 않아 참 을씨년스럽고 쓸쓸한 느낌을 줍니다. 다만 주변의 재래종 소나무만이 시인의 성품을 닮은 듯 의연하게 서서 시비를 지키고 있습니다.

들리는 바로 이 시비는 애초 부소산에 세워질 계획이었으나 일부의 반대로 이곳에 세워졌다고 합니다. 많은 사람이 오가는 부소산에 세워졌더라면 쓸쓸함이 덜했을까요? 더구나 1988년 4월에 건립된 웅장한 '반공 순국 애국지사 추모비'가 시비 옆에 떡하니 서 있어 시인의 자그마한 시비는 더욱 초라하게 보입니다.

시비 앞면에는 그의 시 「산에 언덕에」가 새겨져 있습니다. 실패로 끝나 버린 혁명의 상실감이 짙게 배어나지만 한 가닥 희망은 끝끝내 놓지 않는 시인의 정신, 그 올곧은 정신이 이 땅에 살아나기를 바라는 마음을 느낄 수 있습니다.

시비의 뒷면 끝 부분에는 "일주기에 추모의 정을 금할 바 없어 돌 하나를 다듬어 그의 시 한 편을 새겨 그가 나서 자란 이 백마강 기슭에 세운다."라는 글귀가 새겨져 있습니다. 1970년 4월 7일 사망 일주기를 추모하여 유족과 문단 지인, 제자 들이 뜻을 모아 이 시비를 세웠습니다.

시인의 생가는 부여읍 동남리의 계백 장군 동상이 있는 로터리에서 부소산 방향으로 길을 잡으면 바로 왼쪽 골목(신동엽 길)에 있습니다. 시비에서 과히 멀지 않은 곳입니다. 시인은 어린 시절부터 결혼 후까지 이곳에서 살았다고 합니다. 숙명적인 가난과 춘궁기의 배고픔에 시달렸을 시인은 가고, 아담하게 복원된 기와집만 남아 때때로 찾아오는 방문객들에게 그의 삶을 되새기게 합니다.

신동엽(申東曄, 1930~1969)은 구한말 동학 농민 운동과 일제 강점기 3·1 운동 그리고 4·19 혁명을 하나의 역사적 흐름으로 파악하는 민족적 감수성을 바탕으로, 이 땅에서 살아간 사람들에 대한 사랑을 노래하고 민족의 자존을 훼손하는 외세와 부패한 세력에 대한 분노를 표출한 시인입니다.

그는 6·25 전쟁 당시 국민 방위군으로 대구까지 끌려갔습니다. 1951

년 2월 영양실조와 추위에 시달리면서 고향으로 돌아오던 길에, 배가 고파 참게를 날것으로 잡아먹고 간디스토마에 걸리고 말았습니다. 사람들은 이때 그의 간이 워낙 나빠져서 훗날 죽음에 이르게 한

신동엽 문학관 내부

간암의 원인이 되었을 것이라고 합니다. 분단과 전쟁에 시달린 불우한 시대는 시인에게 가혹한 운명을 안겨 주었던 셈입니다.

생가 바로 뒤편에 2013년 5월 3일 개관한 신동엽 문학관이 있습니다. 그의 대표 작품, 삶의 이력, 작품이 연재된 빛바랜 신문, 창작의 고민이 엿보이는 육필 원고, 출간된 저작물과 연구서, 그가 읽었던 책들과 입었던 옷 등이 전시되어 있어서 신동엽 시인을 이해하는 데 많은 도움을 줍니다. 특히 사진이 많이 전시되어 있는데, 아버지와 찍은 흑백 사진 속 어린 신동엽은 눈을 찡그린 것 같기도 하고 딴 데로 시선을 돌리고 있는 것도 같습니다. 부소산성 백화정을 배경으로 찍은 가족사진과 문학청년 시절을 담은 빛바랜 사진 등을 보다 보면 짧은 삶을 살다 간 그의 행적이 애잔하게 느껴집니다.

백제의 사랑, 그리고 비애를 넘어서려는 절규

신동엽 문학관을 나와 궁남지를 찾아갔습니다. 백제 무왕 때 만들어진 이 인공 연못에는 무왕에 얽힌 전설이 전해지고 있습니다. 전설에 의하면, 백제 무왕은 왕궁 남쪽 못가에 혼자 사는 여인과 못가의 용 사이에서

궁남지

태어났다고 합니다. 그의 아명(兒名)이 서동인데, 생활이 궁핍하여 마를 캐다 팔면서 살았다는 데서 유래했습니다. 서동은 재능이 뛰어나고 도량이 깊은 장부였습니다. 그는 신라 진평왕의 셋째 딸 선화 공주가 예쁘다는 소문을 들었습니다. 공주와 그는 국적과 신분이 달라서 맺어질 수 없는 사이였습니다. 그러나 그는 서라벌 아이들에게 마를 나누어 주며 노래를 부르게 했습니다. 그 노래가 바로 「서동요」입니다. 아이들의 입을 통해 이 노래는 신라에 퍼지게 되고 대궐에까지 알려져 선화 공주는 귀양을 가게 됩니다. 이때 서동이 선화 공주를 백제로 데려갔고 둘은 행복하게 살았다고 합니다.

궁남지 가장자리에는 수양버들이 빙 둘러서 있고, 연못 가운데에는 아름다운 나무다리로 이어진 작은 섬이 있는데 이곳에는 포룡정이라는 정자가 있습니다. 정자 편액에 향찰 표기와 함께 현대 국어로 옮긴 「서동요」가 새겨져 있습니다.

善化公主主隱	선화 공주님은
他密只嫁良置古	남몰래 정을 통해 두고
薯童房乙	서동방을
夜矣卯乙抱遺去如	밤에 몰래 안고 간다

—서동, 「서동요」

　연못 주변의 드넓은 연꽃밭에서 꽃대를 밀어 올리고 있는 연꽃들과 하얀 찔레꽃, 노란 붓꽃 들은 서동과 선화 공주의 사랑 이야기에 뿌리를 내리고 있는 것은 아닐까요? 해마다 7월 하순이면 이곳에서 서동 연꽃 축제가 열리는데, 그때 연꽃이 피면 서동과 선화 공주의 사랑 이야기를 되뇌느라고 드넓은 연꽃밭이 소란스러워지겠습니다.

　부소산성도 차를 타자마자 내려야 할 정도로 가까운 곳에 있습니다. 매표소를 지나면 숲 사이로 길이 이어지는데, 오후 햇살 아래 드리운 그늘에는 초록 물감을 풀어 놓은 듯 싱그러움이 가득합니다. 성내에는 사자루·영일루·반월루·고란사·군창지·낙화암 등의 유적이 있는데, 부소산성을 찾는 사람들 대부분이 그렇듯이 우리 일행도 낙화암까지 다녀오기로 했습니다. 영일루와 군창지 등이 있는 곳과는 반대 방향인 시계 방향으로 길을 잡았습니다. 참나무와 소나무가 많은 길을 따라 15분 정도 올라가면, 육각형의 정자인 백화정이 바위 위에 우뚝 서 있습니다. 이곳에 올라서면 금강 상류와 하류가 한눈에 들어오고 저 멀리 강 건너편의 들판과 산줄기도 보입니다.

　백화정 바로 밑이 낙화암입니다. 그 옛날 백제 멸망의 비극을 안고 이 바위 끝에서 몸을 던져야 했던 궁녀들은 어떤 마음이었을까요? 낙화암의 바위너설에 서면 누구라도 백제의 서글픔을 느낄 듯합니다. 그런 심

낙화암에서 바라본 백마강

정으로 금강을 내려다보니 관광객을 태운 유람선이 하류 쪽으로 무심히 흘러가고 있습니다. 역사의 흥망을 아는지 모르는지 바위에 뿌리내린 벚나무에서는 버찌가 까맣게 익어 가고, 내려가는 길옆에 서 있는 때죽나무에는 뒤늦게 핀 꽃이 짙은 향기를 풀어냅니다. 1993년 부여 능산리에서 발견되어 국보 제287호로 지정된 백제 금동 대향로도 어쩌면 저런 향기를 풀어내지 않을까요?

부여 답사를 끝내고 40번 국도를 따라 공주로 가는 길. 모내기를 하기 위해 물을 가둬 놓은 논들이 펼쳐집니다. 논의 물낯에 저녁노을이 붉게 타면 곡식들이 익어 갈 것이고, 이 땅에서 누대에 걸쳐 모질고도 힘겹게 살아온 농민들의 가슴도 함께 뜨거워지겠지요. 갑오년 그때, 비장하게 한양을 향해 진격하던 동학 농민군들의 가슴도 그렇게 뜨거웠겠지요.

30여 분을 달려 마지막 여정인 우금치 전적지를 찾아가려면 우금치 고개를 지나야 합니다. 지금은 작은 터널이 생겼지만 이 고개는 우리 근대사의 아픔이 서린 곳입니다. 따뜻한 한 그릇의 밥과 민족자존을 지키기 위해 분연히 일어섰던 동학 농민군들이 그 꿈을 접어야 했던 곳이지요. 그 결과 근대적 자주 국가로 도약할 기회를 빼앗기면서, 우리 역사의 도도한 강물은 허리가 꺾였습니다. 고갯길 양옆의 풀과 나무 들은, 1894년 초겨울 왜군과 관군에게 무참히 짓밟힌 농민군 주력 부대의 억울한 영혼들인지도 모릅니다.

잠에서 채 깨지 못한 학생들까지 강제로 버스에서 내리게 하여 우금치 전적지 안내문을 읽어 보라고 했지만, 아이들은 스마트 폰으로 촬영만 하더니 시큰둥하게 있습니다. 저 사진을 언제 끄집어내어 보기라도 할까요? 우리 청소년들이 몸소 세상과 사람들을 접하면서 우리 역사와 국토에 대한 애정과 현실에 대한 감수성을 키워 나갔으면 좋겠습니다. 이번 문학 답사도 그런 면에서 의의가 크겠지요.

동학 농민군 위령탑 앞에서, 농민군이 우금치 고개를 넘었더라면 그리하여 한양까지 진격하여 왕조를 무너뜨리고 외세를 몰아냈더라면 우리 역사는 어떻게 바뀌었을까 생각해 봅니다. 하지만 역사는 가정법을 허용하지 않습니다. 농민군들의 꿈은 처절하게 무너졌고, 한반도는 일본의 식민지로 전락해 버렸으며, 36년 간의 억압에서 벗어난 뒤에는 극심한 이념 대립으로 전쟁의 고통까지 겪어야 했습니다. 어쩌면 우리는 아직도 우금치 고개를 넘지 못하고 있는지도 모릅니다.

우금치 전적지를 마지막으로 문학 답사의 일정은 끝났습니다. 오래전에 멸망한 백제의 옛 땅에는 비애와 애잔함만 서려 있지 않다는 것을 신동엽의 시에서 확인할 수 있습니다.

백제,

옛부터 이곳은 모여
썩는 곳,
망하고, 대신
거름을 남기는 곳,

금강,
옛부터 이곳은 모여
썩는 곳,
망하고, 대신
정신을 남기는 곳

—신동엽, 「금강」 제23장 중에서

백제는 망했어도 그 정신은 썩지 않고 이곳에 길이 남았습니다. 그리고 신동엽 시인은 1967년, 동학 농민 운동을 소재로 한 서사시 「금강」을 발표합니다. 그는 이 시에서 힘없는 민중에 대한 연민으로부터 출발하여 새로운 민족 공동체를 꿈꾸고 있습니다.

「금강」이 발표되고도 몇십 년이 지났지만 오늘은 그때와 얼마나 달라졌을까요? 지역주의를 조장하여 권력 놀음을 하는 한, 그리고 배타적인 자본과 부패한 세력이 활개를 치는 한, "알맹이만 남고 껍데기는 가라"는 신동엽의 절규는 현재 진행형일 것입니다.

- **누가:** 공주금성여고 학생들과
  정용기, 강연숙, 이경순, 정종헌, 최복주 선생님
- **언제:** 2013년 6월 1일(토요일)
- **인원:** 41명
- **테마:** 백제 문화와 신동엽의 시 세계

함께하는 문학 답사

토박이 정용기 선생님의 귀띔!

공주는 예로부터 호서 지방의 중심지로서 천주교도 순교지, 국립 공주 박물관, 민속극 박물관, 석장리 구석기 박물관 등을 둘러보는 역사 답사 코스를 짤 수도 있습니다. 시간을 넉넉하게 잡아서 전통 시장까지 둘러보고, 한옥 마을에서 숙박한다면 좋은 추억을 만들 수 있을 것입니다. 부여에도 부소산성과 궁남지, 능산리 고분군, 정림사지 등의 유적이 많습니다. 「서동요」가 탄생한 곳일 뿐만 아니라 신동엽 시인의 흔적도 남아 있는 곳이라서 문학 답사와 역사 답사를 아울러서 기획할 수 있습니다.

문학 답사 코스 추천!

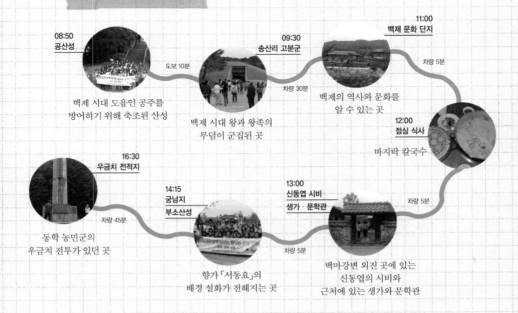

08:50 공산성
백제 시대 도읍인 공주를 방어하기 위해 축조된 산성

도보 10분

09:30 송산리 고분군
백제 시대 왕과 왕족의 무덤이 군집된 곳

차량 30분

11:00 백제 문화 단지
백제의 역사와 문화를 알 수 있는 곳

차량 5분

12:00 점심 식사
바지락 칼국수

13:00 신동엽 시비·생가·문학관
백마강변 외진 곳에 있는 신동엽의 시비와 근처에 있는 생가와 문학관

차량 5분

14:15 궁남지 부소산성
향가 「서동요」의 배경 설화가 전해지는 곳

차량 5분

차량 45분

16:30 우금치 전적지
동학 농민군의 우금치 전투가 있던 곳

충남 천안/충북 진천

정지영 | 충남 천안 북일고

느티나무는 보고 있었네

　　서울특별시와 충청남도 천안시가 수도권 전철과 케이티엑스 (KTX)로 연결되면서 '서울시 천안구'라는 말이 생겨났고, 사람들의 생활권은 확장되었다. 그런데 천안은 이미 1905년에 경부선이 놓였고 일제 강점기 때 충남선(지금의 장항선), 안성선이 지나는 곳이었다. 1920년대의 시대적 변화를 포착한 소설이 일제 강점기 프로 문학의 최고봉이라는 평가를 받는 민촌 이기영(李箕永, 1895~1984)이 쓴 『고향』이다.

　　이기영은 케이티엑스 천안 아산역이 들어선 아산시 배방읍에서 태어났다. 하지만 그는 세 살 무렵 현재의 천안시 안서동 쪽으로 이사한 후 오랜 기간을 천안에서 지냈기 때문에 "천안은 나의 고향이다."라고 말했다. 그는 자신이 목격한 천안의 변화상을 토대로 「민촌」, 『고향』, 『두만강』 등을 집필했다. 이번 답사에서는 『고향』을 통해 천안에 남아 있는 이기영의 자취를 조금이나마 찾아보고자 기획했다.

포석 조명희(趙明熙, 1894~1938)의 자취도 더불어 살펴볼 계획이다. 그의 고향이 천안과 맞닿은 충북 진천인 데다 이기영을 문단에 이끌어 주고 지도해 준 사람이 바로 조명희이기 때문이다. 카프(KAPF, 조선 프롤레타리아 예술가 동맹)를 대표하는 두 작가를 중심으로 답사를 진행하면서, 천안과 진천 경계에 잠들어 있는 송강 정철의 사당도 찾아볼 것이다.

우선 답사를 가기 전에 이기영의『고향』과 조명희의「낙동강」을 우리 학교 역사·사회 연구 동아리인 '하이웨이(HIGHWAY)' 학생들과 함께 읽었다. 그리고 학생들이 주체가 되어 자료집을 만들어 보게 하였다. 작년에 이 학생들과 군산 역사·문화 답사를 갔을 때에는 교사인 내가 답사 자료집을 준비했고 학생들에게는 일정과 활동 등을 기획하게 하였다. 그런데 일제의 악랄한 수탈 현장인 부잔교에 간 학생들이 싸이의 말 춤을 추고 있었다. 자기들 스스로 기획한 동영상 제작 활동이라고 해 답답한 마음으로 그 광경을 쳐다보기만 했었다. 이러한 경험을 한 뒤 나는 자료집 역시 학생들이 만들도록 한다면 답사를 진지한 자세로 준비하게 되지 않을까 하고 생각하게 되었다. 그리하여 학생들에게 답사지 정보, 작품 정보, 작가 생애 등을 나누어 조사해 자료집을 만들어 보게 했다. 학업으로 바쁜 학생들이었지만 다들 나름대로 열심히 준비하여 자료집을 완성했고 답삿길에 자료집을 가지고 출발할 수 있었다.

천안과 성불사, 그리고『고향』의 이기영

현충일, 우리는 교문 앞에서 모였다. 출발한 지 5분 만에 상명대 천안 캠퍼스에 도착했다(경부 고속 도로 천안 요금소에서도 5분이면 도착할 수 있는 가까운 거리다). 바로 여기가『고향』의 주 무대인 '원터 마을'로 추정되는 곳이다. 정문의 남쪽 어름에 이기영이 살았던 초가집이 있었다고 한다. 하지만 지금은 그 일대가 원룸과 가게가 즐비한 대학가로 변해 집터를 확인하기 어렵다. 이기영은 1897년부터 천안시 안서동에 살았다. 하지만 소설 『고향』의 흔적이 남아 있지 않은 거리 풍경에 학생들은 실망하는 눈치였다. 아마도 웅장한 기념관이나 거대한 비석을 찾아가는 문학 답사를 기대했을 텐데, 처음 데리고 온 곳이 황량하니 학생들은 멀뚱거리기만 했다. 그래서 곧바로 성불사로 발길을 돌렸다.

성불사는 소설 『고향』의 산실이며, 소설 속에 등장하는 '일심사'이다. 이기영은 성불사에 묵으면서 1933년 7월 17일부터 약 40일 동안 『고향』을 집필했다. 그 당시 그는 실직으로 인해 궁핍해져 천안에 내려와 소설을 집필했다고 한다. 당시 그의 나이 39세, 10여 년 동안 발을 들여놓지 않았던 고향 천안으로 내려온 것이다. 학생들 앞에서 치열하게 시대를 고민했던 그때의 이기영과 비슷한 나이인 나 자신을 돌아보게 되었다고 고백하면서 학생들에게도 자신의 20년 뒤의 모습을 생각해 보는 시간을 갖자고 했다. 문학 답사는 작가만이 아니라 자신도 돌아보는 시간이라는 말을 전하면서 다음 이야기로 이어 갔다.

이곳은 일제의 악랄한 수탈로 인해 전 국민이 소작농과 노동자로 전락한 1920년대 우리 농촌의 현실을 사실적으로 묘파한 『고향』의 '고향'이라 할 수 있다. 그러나 학생들은 전망 좋은 대웅전 뜰에서 우리 학교가 보인다며 멀리 보이는 자신들의 교실을 찾기에만 바빴다. 그래서 소설 속 성불사를 찾는 작업부터 시작했다.

『고향』에서 일심사는 상리 안골로 올라가는 봉화재 중턱에 매달려 있다고 하였다. 절이 매달려? 또한 일심사를 중턱에 조그맣게 터전을 잡고 제비집같이 깃들인 사찰이라 묘사하고 있다. 제비집 같이 깃들다? 성불사에 직접 다녀간 사람이라면 수긍할 수 있는 표현이다. 성불사가 다른 사찰과 달리 가파른 경사면에 세워졌기 때문이다. 그리고 일심사의 법당은 석벽 밑으로 층대를 올려 쌓아 지었다고 하였다. 성불사 대웅전의 위치와 돌 기단을 보고 성불사의 창건 설화와 연결시켜 보면 이 부분에 대한 이해가 쉬워진다.

고려 초 왕건의 명령으로 전국에 사찰이 세워졌다. 그런데 태조산 자락의 암벽에 백학 한 쌍이 암벽을 쪼아 불상을 조각하다 완성하지 못하고 날아가 버렸다고 한다. 그래서 '이루지 못한 절'이라는 뜻의 성불사(成不寺)로 불렸다가 여러 차례 고쳐 지으면서 성불사(成佛寺)로 부르게 되었다. 이런 연유로 성불사는 대웅전에 불상을 봉안하지 않고, 벽에 낸 유리창을 통하여 뒤편 마애(磨崖, 석벽에 글자나 그림, 불상 따위를 새김) 석가 삼존불과 16 나한상을 모시고 있다. 법당이 석벽 밑으로 층대를 올려 쌓아 지어진 이유를 눈으로 확인하는 순간이다. 또한 『고향』에서는 일심사에서 바다까지 보인다고 하였다. 시계가 좋은 날 이를 확인해 보는 것도 좋을 것 같다.

소설 『고향』에서 일심사를 묘사한 부분과 실제 성불사의 모습을 비교해 보면서 '여기가 일심사구나!'라고 깨달았던 전율의 기억이 떠올랐다. 단순하게 책을 통해 일심사와 성불사의 관계를 아는 것보다 답사를 통해 산지식을 얻는 것이 답사의 묘미라고 아이들에게 설명을 덧붙였다.

이기영은 소설 『고향』에 대해 원터 마을이 나의 고향인 것처럼 소설에 등장하는 인물들은 긍정적 인물이나 부정적 인물이나 다 같이 고향 마을에 살고 있는 실제 인물들을 원형으로 삼았다고 말하기도 했다. 성불사 대웅전 앞뜰에서 아래를 내려다보면 상명대와 단국대, 호서대 캠퍼스가 모여 있는 안서동 일대가 잘 보인다. 작가도 이 자리에서 고향 마을을 보

성불사 대웅전

면서 소설을 구상하지 않았을까 하는 생각이 들었다. 사실이라면 이 자리에 이기영이 소설을 구상했던 장소임을 나타내는 안내판이라도 세우면 좋겠다고 생각했다.

집터로 추정되는 곳과 성불사에는 이기영의 흔적을 찾아볼 수 없다. 천안시를 대표하는 대문호라지만 그를 추모하고 기리는 안내판 하나 없다. 이 상황은 작가가 분단 이후 월북한 행적과 연관이 있을 것이다. 1988년 대부분의 월·납북 작가의 작품에 대한 해금 조치가 내려졌으나, 북한에서 부수상을 역임한 벽초 홍명희와 최고 인민회의 부의장을 지낸 이기영 등의 작품은 정치적 이력 때문에 그로부터 일 년 뒤에야 해금되었다. 강산이 여러 번 바뀌었기에 그를 추모하는 문화 행사가 개최되고 있긴 하나 정례적으로 열리는 큰 행사는 없다. 당시 베스트셀러였던 이광수의 『흙』보다 두 배는 더 팔렸다는 『고향』의 실제 무대를 이대로 버려두고 있는 사정이 야속할 뿐이다.

그래도 학생들은 소설 속 성불사를 찾아보고 원터 마을을 내려다본 뒤 성불사를 단순한 사찰이 아닌 의미 있는 곳으로 여기게 된 것 같았다. 지금은 대학가이지만 일제 강점기 중암 마을은 전통적인 농촌 소작 마을이었다. 서구 문물이 밀물처럼 들어오는 천안역과 그 주변의 읍내까지 걸어서 30분이면 도착할 만큼 가까웠던 중암 마을에서 이기영은 전통과 근대가 충돌하는 모습을 직접 보았을 것이다. 소설에는 장승같이 늘어선 전봇대에서 '잉-' 소리가 났기 때문에 사람들은 전봇대에 귀신을 잡아넣었다고 생각했다는 대목이 나온다. 천안의 근대화 과정에서 일어난 일화들도 소설 속에서 발견할 수 있다.

아담한 절이기 때문에 대웅전 앞에 오래 있을 수 없어, 학생들과 주차장 돌계단 석축으로 내려와 '민촌의 생애와 작품', 『고향』에 대한 종합적 이해', '월북·해금 작가' 등의 주제로 발표하는 시간을 가졌다. 발표와 간단한 질의응답을 마치고 소설에 대해 자유롭게 이야기해 보라고 했더니, "싸움과 불륜이 나오는 통속 소설 같던데요!" 하는 학생이 있었다. 그렇다. 세태를 적나라하게 그린 그렇고 그런 소설로 남을 수도 있었을 것이다. 그런데 왜 『고향』은 오늘날까지 역작으로 평가받을까? 『고향』은 관념성을 배제한 사실적 묘사를 통해 일제 식민지 현실을 개연성 있게 그려 낸 작품이다. 나는 학생들에게 민중이 스스로 두레를 조직하여 농민 투쟁과 노농 연대의 희망을 품었다는 점을 이 작품에서 눈여겨보아야 한다고 강조했다. 또한 독서를 통해 작가의 정신을 느끼고 또 고전이 왜 고전으로 남는가를 거칠게 설명했다.

다음 여정지로 가다 보면 호서대 정문 근처 버스 정류장 옆에 '중암 마을'이라는 표지석이 있다(성불사 가는 길에서는 잘 보이지 않는다). 이기영이 천안으로 이사를 왔을 때 이곳 지명이 '천안군 북일면 중암리'였다. 마을 이름으로나마 그가 여기에 살았다는 단서를 찾아서 고맙기도 하고 서글프기도 했다. 차를 돌려 언덕을 넘어 유량동으로 갔다. 이기영은 열다섯 살 때 유량리에 있던 고모집 행랑채로 이사했다고 한다. 우리는 이곳을 들르지는 못하고 차 안에서 「민촌」이라는 소설에 나오는 태조봉 골짜기 물이 안고 도는 '향교말'이 이곳이라는 설명만 하고 지나쳤다.

천안시 유량동에서 출발하면 능소 아가씨와 박현수 어사의 애틋한 전설이 전하는 천안 삼거리를 지나야 진천군에 갈 수 있다. 민요 「흥타령」

으로 유명한 곳이기에 많은 사람이 이곳을 흥이 서린 곳이라고 생각한다. 하지만 그렇게만 생각한다면 "이 나무에 잎이 피어나면 다시 너와 내가 이곳에서 만나게 될 것이다."라며 짚고 있던 버드나무 지팡이를 땅에 꽂고 전쟁터로 떠난 능소 아가씨의 아버지의 심정과 과거를 보기 위해 서울로 떠난 임을 그리워하던 능소 아가씨의 슬픔을 놓치는 셈이 된다. 지팡이에서 싹이 났다는 능수버들이 바람에 하늘거리는 모습은 흥에 겨워 춤추는 것처럼 보이기도 하지만 바람 잔 날 축축 처져 있는 모습은 슬퍼하고 있는 능소 아가씨의 모습처럼 보이기도 한다. 능소 아가씨는 매일 능수버들을 어루만지며 서울 쪽을 바라보았을 테고, 버드나무와 함께 사랑하는 이들의 건강과 안전 그리고 귀환을 소망했을 테니…….

지금도 하늘거리는 능수버들로 유명한 천안 삼거리 공원은 6·25 전쟁 당시 천안 전투에서 전사한 마틴 대령을 비롯한 아흔여덟 명의 참전 미군을 기리기 위하여 마틴 공원이라고도 불린다. 그리고 공원에는 천안 출신의 방송 작가 김석야가 천안 삼거리를 배경으로 작사하였음을 밝혔던 최희준의 노래 「하숙생」을 기념하는 비도 세워져 있다. 문득 한하운의 「전라도 길」이 생각이 났다. 그도 이곳을 거쳐 갔겠지……. 답사는 길 위의 수많은 사연들을 상상하고 사연 속 주인공들을 느껴 보는 것이 아닐까.

최초의 망명 작가 조명희의 포석 문학 공원

천안에서 차로 한 시간 정도 달리면 충북 진천군 초입에 있는 포석 문학 공원에 도착할 수 있다. 중간에 병천 읍내에서 순댓국를 먹고 포만감에 고개를 떨구던 학생들이 차에 내려서 바라본 포석 문학 공원의 풍경은 황량했다. 교실 두 칸 정도 크기의 잔디밭에 시 「경이」가 새겨진 문학비와 여러 기념비만이 서 있었기 때문이다. 지금까지는 흔적 없는 자취를 찾느라 고생했지만 이제부터는 공원과 문학비를 볼 거라 했더니 학생들은 은근히 기대했다 실망한 눈치였다.

포석 문학 공원

하지만 이곳은 일제의 검열과 핍박에서 벗어나 「짓밟힌 고려」와 같이 민족정신과 저항 정신을 표출하는 작품을 자유롭게 창작하기 위해 러시아로 망명한 작가 조명희를 기리는 곳이다. 차가 쌩쌩 지나가는 도로변에 있는 공원이었지만 우리는 이곳에서 조명희의 일생에 대해 발표하는 시간을 가졌다.

포석 조명희는 고려인 문학의 초석을 닦았기에 '중앙아시아 한인 문학의 아버지'라고 불린다. 일례로 우즈베키스탄의 수도 타슈켄트에는 조명희 거리가 있으며 나보이 문학 박물관 사 층에는 조명희 기념실이 있다. 또한 중국과 러시아 대학에서는 꾸준히 조명희를 조명하고 있다. 해외에서 오히려 높이 평가되는 조명희는 카프 문학 운동 전력과 소련으로 망명했다는 점 때문에 우리나라에서는 오랫동안 금단의 작가로 묶여 있었다.

우리나라에서도 1994년 포석 탄생 100주년을 기념하기 위해 '민족 문학 작가 포석 조명희, 시인 조벽암이 태어난 곳'이라는 문구를 새긴 생가터 표지석을 세웠다. 조벽암 시인은 조명희의 조카인데 혼란스러웠던 해방 직후에 남한 문단에서 활동하다가 월북했기 때문에 우리에게 잘 알려지지 않았다. 1994년부터 포석 문학제가 열리고 있으며, 2003년에는 포석 문학 공원에 문학비가 세워졌다. 이기영과 달리 조명희를 기리는 문학 공원과 표지석이 그나마 세워진 이유는 그를 기억하는 사람들이 '포석회'를 조직해 꾸준히 활동하고 있기 때문이라 생각된다. 지역 문화인의 역할이 중요하다는 생각이 새삼 들었다. 최근에는 조명희를 추모하기 위해 문학관도 만들 예정이라고 하며, 진천군에서는 매년 10월쯤 '포석 문학제'와 백일장을 개최하고 있다.

그늘이나 앉을 곳이 없어서 신비적인 분위기의 시 「경이」를 낭독하고 생가 터로 향했다. 걸어서 1분 거리다. 포석 문학 공원에서 동쪽으로 조금만 걸어가면 생가 터 표지석이 있다. 표지석 앞에 일 톤 트럭이 한 대 주차되어 있어 정면이 아닌 측면에서 봐야 했다. 표지석 뒤에는 생활 쓰레기 집하장이 보였다. 쓰레기봉투와 불과 1.5미터 옆에 누워 있는 표지석이 안타까웠다.

표지석 뒤편 가게에 딸린 평상에서 잠시 쉬면서 설명을 덧붙였다. 조명희는 1925년 결성된 조선 프롤레타리아 예술가 동맹의 창립 회원으로 우리나라와 러시아에서 다양하고 왕성한 문학 활동을 했다. 특히 「낙동강」은 민족 해방 투쟁의 전망을 보여 준 작품이다. 나는 학생들에게 「낙동강」이 민중의 계급적 자각과 사회적 실천에 기여할 문학을 추구하던 카프 문학이 제자리를 잡지 못하고 있을 때 그 방향을 알려 준 작품으로 평가되고 있다고 설명했다. 그리고 현실의 모순에 눈뜨고 그것을 타계하기 위해 노력한 등장인물들의 삶과 조명희의 삶을 생각해 보기를 권했다. 이러한 시간을 통해 훗날 아이들이 문학의 역할이란 무엇인지 진정으로 고민해 보았으면 싶었다.

조명희는 소련의 한인 강제 이주 정책에 희생되었다. 1937년 스탈린 정권은 당시 연해주에 살던 20만여 명의 한인을 허허벌판인 중앙아시아로 강제 이주시켰다. 또한 강제 이주에 반대했거나 이주 후에 한민족을 결속하거나 지도할 만한 사람들을 처형했는데, 이때 조명희도 총살되었다. 역사에 관심이 많은 한 학생이 소련의 강제 이주 정책에 대해 발표했다. 그 뒤 우리는 짧은 생을 마감해야 했던 조명희와 춥디추운 곳으로 끌려가야만 했던 고려인들의 고통을 기리는 시간을 가졌다.

충신과 야심가 사이의 인물, 정철

왔던 길로 돌아오다가 사석 삼거리를 지나면 정송강사 안내판이 있고 이를 따라가면 정송강사가 나온다. 한적한 곳이라 대중교통으로 가기에는 어려울 것이다. 천안과 진천의 경계인 환희산 자락에 자리한 정송강사는 송강 정철의 위패를 모신 사당이다. 홍살문 앞에는 우암 송시열이 정철의 생애를 기록한 신도비가 있고, 주변에는 「관동별곡」, 「훈민가」, 「장진주사」 등의 문학비가 있다. 문제집에서 봤다면서 좋아하는 학생들의 순진무구한 모습에서 아는 만큼 보인다는 말이 실감되었다.

가파른 계단을 올라야 사당에 도착할 수 있는데, 정철의 문학적 위상을 대변하는 듯하였다. 맨 위에 있는 건물 앞 디딤돌에 앉아 「사미인곡」을 낭독했다. 학생들도 교실에서 정답만을 찾기 위해 공부하던 자세와는 달리 다들 정철이 된 것처럼 표정이 진지했다.

빡빡한 일정 탓에 학생들이 지쳐 보였다. 하지만 여기까지 왔는데 바로 옆에 있는 정철의 묘소는 가 봐야 하기에 학생들을 다독여 다시 발걸음을 옮겼다. 다람쥐가 반겨 주는 깊은 산골이라 묘소로 향하는 길을 찾기 쉽지 않는데, 주차장에서 홍살문을 바라보고 왼쪽에 있는 문학비들 옆으로 난 길을 따라가니 찾을 수 있었다. 그 길을 조금 내려가다 보면 이정표가 보인다.

정송강사

정철의 묘소가 아무런 연고가 없는 진천으로 이장된 것은 송시열이 진천 현감으로 있던 정철의 후손 정양을 보러 왔다가 정송강사 자리를 보고 풍수가 좋은 자리라고 판단한 덕택이라 한다. 평소 묘소에 물이 많이 나와 고민하던 차에 문중과 상의하여 선영에 있던 묘소를 옮긴 것이다.

정철의 묘비에는 '유명조선좌의정인성부원군시문청호송강정철지묘(有明朝鮮左議政寅城府院君諡文淸號松江鄭澈之墓)'라고 쓰여 있다. 이는 기축옥사(己丑獄事, 조선 선조 22년에 정여립의 모반을 계기로 일어난 옥사)를 처리한 공으로 정철이 인성부원군의 봉호를 받았으며, 좌의정에 제수되었다는 의미이다. '문청(文淸)'은 시호인데, 시호란 왕이나 재상, 유현 들이 죽은 뒤 그들의 공덕을 칭송하여 붙이는 이름이다.

정철을 청백리에다가 호방하고 강직한 성품의 충신으로 평하는 이도 있으나, 정치적 실익을 챙긴 야심가라고 평하는 역사가도 있다. 이런 상반된 평가가 내려진 이유는 무엇일까? 바로 선조 때 동인이 실권하고 서인이 정권을 잡는 계기가 된 기축옥사 때문이다. 정여립의 모반을 계기로 일어난 사건인 기축옥사 때 칼자루를 쥐고 국문(鞠問)을 주도했던 서인의 영수 정철은 3년 동안 천여 명의 사람들을 숙청했다. 하지만 정여립의 역모는 정철의 정치적 야망으로 인해 조작되었을 가능성이 있다고 한다.

아름다운 문학 작품에 가려진 충신이자 야심가 정철. 권력에 대한 욕심을 버렸다면 「사미인곡」과 「속미인곡」 같은 작품들이 더 많이 탄생하지 않았을까? 학생들은 정철의 묘비를 보며 삶이 무엇이고 예술은 무엇인지 생각하는 듯하였다. 사뭇 진지한 학생들의 모습을 보면서 오늘의 피로가 씻기는 듯했다.

세 그루의 느티나무

처음 상명대 정문 앞에서는 '문학 답사가 과연 잘 될까?' 하는 의구심이 들었다. 하지만 정철의 묘소에서 내려오면서 학생들로부터 의미 있는 답사였다는 이야기를 들었다. 문학 작품을 감상하고 답사 자료집을 만들면서 이해하고 느낀 것을 바탕으로 자신의 삶까지 반추해 볼 수 있는 소중한 시간이었다고 말해 주는 학생도 있었다.

조금은 홀가분한 마음으로 정송강사 주차장으로 오니 정철의 신도비 앞 느티나무가 눈에 들어왔다. 4백여 년 된 느티나무가 여러 개 버팀목의 부축을 받으며 서 있다. 성불사에서는 수술의 상처를 간직한 8백여 년 수령의 느티나무가 힘겹게 서 있었다. 조명희의 생가 터 표지석 맞은편 상가 건물 앞에도 2백여 년 된 느티나무가 위태롭게 서 있었다. 두 작가가 느티나무를 어루만졌을 광경이 눈앞에 선했다. 이기영은 소설을 구상하기 위해 성불사 경내를 산책하다가 느티나무의 연륜을 느꼈을 것이고, 조명희는 집 앞에 있던 느티나무 밑에서 고전을 읽으면서 문학의 자질을 키웠을 것이다. 그리고 내 눈앞에는 정송강사를 4백여 년 동안 지키고 있는 느티나무가 있다.

이렇게 길과 그 옆에 서 있는 나무는 그대로이다. 그 옆을 지나는 사람들의 얼굴들만 달라졌다. 사라진 얼굴을 기리기 위해 오고 가는 얼굴들을 나무는 어떤 생각으로 지켜보았을까? 아마도 자기 곁에서 왁자지껄

떠드는 사람들을 보며 그때의 얼굴과 추억을 떠올렸으리라. 사람들이 이 세 느티나무 아래에 모여 떠나간 문인들을 이야기하는 모습을 그려 보며 문학 답사를 마쳤다.

- **누가:** 북일고 역사·사회 연구 동아리
  '하이웨이' 학생들과 정지영 선생님
- **언제:** 2013년 6월 6일(목요일)
- **인원:** 9명
- **테마:** 카프 작가 이기영, 조명희와 가사 문학의 대가 정철

함께하는 문학 답사

토박이 정지영 선생님의 귀띔!

천안에서 진천 가는 길목에 있는 병천도 주목해 주세요. 병천으로 들어오는 초입에는 우리나라 최초로 지전설을 주장한 실학자 홍대용의 묘소가 있습니다. 그리고 병천 읍내에 유관순 열사가 3·1 운동 때 대한 독립 만세를 외쳤던 아우내 장터가 있습니다. 근처에는 유관순 사적지와 독립운동가 조병옥, 이동녕 생가도 있답니다. 또한 진천의 포석 문학 공원으로 가는 길에 있는 김유신 탄생지와 사당(길상사)에 들러도 좋습니다. 잠시 쉬어 가면서 문학과 역사의 맛을 느껴 보세요.

문학 답사 코스 추천!

09:30
성불사

이기영이
『고향』을 집필한 곳

차량 20분

11:00
천안 삼거리 공원
천안 박물관

천안 삼거리를
기념하여 조성한 공원과
근처에 있는 박물관

차량 20분

12:00
점심 식사

병천 순댓국

차량 30분

13:30
포석 문학 공원

포석 조명희를 기리기 위해
조성한 공원

15:00
정송강사
정철 묘소

「관동별곡」, 「속미인곡」 등을 쓴
정철의 사당과 묘소

차량 20분

김진수 | 충남 홍동중

독창적 문학 세계를 연 두 거인

내포 지역(가야산의 앞뒤에 있는 예산, 당진, 서산 등의 지역)은 만해 한용운을 비롯하여 이문구, 김성동, 방영웅, 최시한 등 많은 문인들이 나고 자란 곳이다. 문학을 좋아하는 사람들은 다들 그들이 누구고 어떤 작품을 썼는지 알지만 아직 어린 홍동 중학교 독서 동아리 학생들은 이들 작가도 작품도 알지 못했다. 그래서 이번 기회에 우리가 살고 있는 내포 지역의 작가를 찾아보고 그들의 작품도 읽어 보자는 제안을 했다. 우리는 매주 금요일에 우리 지역 작가들의 작품을 한 편씩 읽으며 이런저런 이야기를 나눴다. 그러다 문학 답사도 하면 좋겠다는 제안이 들어왔다. 어떤 작가를 중심으로 문학 답사를 구성할지 한참을 논의하였다. 그러다가 시와 소설 영역에서 자기만의 독특한 문학 세계를 구축한 한용운과 이문구를 중심으로 코스를 짜기로 하였다. 그리하여 화창한 5월, 홍동 중학교 독서 동아리 '다독다독'과 함께 내포 지역을 둘러보는 문학 답사를 떠났다.

만해 사상의 뿌리가 되어 준 고향 홍성

우리는 먼저 홍성(지금의 홍성은 홍주와 결성이 합쳐진 이름)으로 갔다. 만해 한용운(韓龍雲, 1879~1944)은 1879년 홍성군 결성면 성곡리에서 그곳 군속이었던 한응준의 둘째 아들로 태어났다. 만해는 1897년 19세에 집을 떠날 때까지 홍주성 남문 앞 동네에서 자랐다. 의식이 형성되는 대부분의 시기를 이곳에서 보냈으니 만해의 기억 속에는 의당 고향에 관한 추억이 많았으리라 짐작할 수 있다. 하지만 만해의 글 어디에서도 어린 시절의 추억에 대한 이야기를 찾을 수 없다. 추상적이고 관념적인 세계를 노래할 뿐이다. 아무리 출가자라지만 의식 세계의 바탕을 이루는 고향과 가족을 다룬 글이 없다는 사실은 그에게 어떤 사연이 있음을 짐작하게 한다. 만해의 문학 세계를 온전하게 이해하려면 이런 까닭을 헤아릴 필요가 있지 않을까?

홍주성 역사 박물관 앞에 주차하고 성벽 위를 걷기 시작했다. 아이들은 이곳에 몇 번 왔었지만 실제로 성벽 위를 걸어 본 적은 없었다며 신기해했다. 함께 남문 왼편에 자리 잡은 병오 항일 의병 기념비로 향했다. 병오 항일 의병 기념비는 1906년 병오년에 희생된 항일 의병들의 숭고한 뜻을 기리기 위해 1947년에 세운 비다. 비의 글씨는 광복군 사령관이었던 이청천이 썼다. 이전에는 의병들을 기리는 비가 아니라 당시 죽어 간 일본군을 기리는 이완용의 글이 새겨진 비가 세워져 있었다니 역사는 언제든 '바로 세우는 일'을 게을리하지 말 일이다.

홍성은 '내포'라 불리는 충청도 서부 지역의 정치, 경제, 행정의 중심지였다. 그랬기에 1894년 10월에 일어난 동학 농민군도, 1895년과 1906년의 의병들도 제일 먼저 목사와 일본군이 있던 홍주성을 점령하려 했다. 홍주성을 둘러싸고 치열한 전투가 벌어져 많은 사람이 죽어 갔다. 또한 홍성은 조선 시대 노론의 맥이 이어져 온 곳이자 위정척사파 운동이 활발하게 일어났던 곳이다. 성리학적 세계관을 갖고 있던 만해의 부친과 형제도 예외는 아니어서 을미 의병에 참여하여 싸우다 죽음을 당했다.

외세에 의해 무너져 가는 나라, 부친과 형의 죽음, 집안의 몰락, 처가의 경제적 지원에 대한 열등감, 그동안 공부하던 유학에 대한 회의감 등은 열여덟 만해의 등을 무겁게 하는 큰 짐이었을 것이다. 이 짐 때문에 그는 고향을 떠나 1904년 백담사에 출가하기까지 8년이라는 긴 시간 동안 세상을 떠돌고, 가족과 고향에 대해 한 편의 글도 남기지 않았던 게 아닐까 하는 생각을 아이들과 조심스럽게 나누었다.

병오 항일 의병 기념비 앞에서 만해의 삶에 대해 이야기하자 아이들은 이 지역에 살면서도 만해에게 이런 사연이 있는지 몰랐다고 말한다. 오늘 이 시간이 퍽 다행이라고 생각됐다. 병오 항일 의병 기념비에서 사진을 찍고 만해가 살던 남문 쪽 성벽으로 올라갔다. 지금은 만해가 어디에 살았는지 집터도 알 수 없을 뿐만 아니라 만해의 가족도 가까운 일가도 찾을 길이 없다.

만해에게 자식이 있다는 것은 다들 안다. 그러나 두 번째 부인과의 사이에서 낳은 딸 한영숙 씨는 알아도 첫 번째 부인과의 사이에서 낳은 아들 한보국 씨는 아는 사람이 별로 없다. 사회주의 사상을 갖고 활동하다 월북한 한보국을 만해와 잘 연관 짓지 않는 까닭은 만해와 관련된 어떤 기록에도 그와 관련된 내용이 남아 있지 않기 때문이다. 한보국은 홍성에 살면서 일제 치하에서는 신간회 활동을 열성적으로 했고 해방 후에는 홍성 지역 인민 위원회 일을 했다. 후에 6·25 전쟁이 일어나자 월북한 뒤 그곳에서 숨졌다고 한다. 젊은 시절, 그가 만해를 찾아갔는데 만해가 자신의 자식이 아니라고 소리 지르며 내쳤다는 일화가 있다. 왜 그러했는지는 알 길이 없다.

남문을 내려와 홍성군청 뒤편에 있는 홍주목 동헌인 안회당과 여하정을 살펴본 뒤 손곡(蓀谷) 이달(李達, 1539~1612) 선생의 시비가 있는 길 건너편으로 갔다. 홍성은 오랜 역사를 지닌 고장답게 성삼문을 비롯한 많은 인물이 태어난 곳이다. 홍주성 주변에는 이런 홍성 출신 인물들의 흉상과 시비가 있다. 그 가운데 하나가 허균의 스승이었던 손곡 이달의 시비이다. 시비에는 손곡 선생이 강원 동산역을 지나다 민초들의 비참한 삶을 보고 지은 「예맥요(刈麥謠)」가 적혀 있다.

> 田家少婦無夜食　농가의 젊은 아낙 저녁거리 없어서
> 雨中刈麥林中歸　비 맞으며 보리 베어 숲에서 돌아오네
> 生薪帶濕煙不起　생나무 물에 젖어 연기 일지 않는데
> 入門兒女啼牽衣　문에 드니 자식들이 울면서 옷을 끄네
>
> ──이달, 「예맥요」

이 시에는 뛰어난 글솜씨를 가졌으나 서출이라는 굴레 때문에 자신의 뜻을 펼치지 못하고 평생을 강원도 원주 손곡에서 불우하게 살 수밖에 없었던 손곡 자신의 모습이 투영되어 있다. 아이들에게 이달과 허균의 관계를 이야기하고 홍주성 북문 쪽으로 나왔다. 북문교를 건너 예산 쪽으로 대교 공원을 따라 10분 정도 내려가면 홍주 의사총이 나온다. 홍주 의사총은 1905년 을사조약으로 일본에 외교권을 박탈당하자 이조 참

홍주 의사총

판 민종식이 중심이 되어 1906년에 일으킨 병오년 홍주 의병 때 순국한 의병들을 모신 곳이다. 우리는 홍주 의사총에서 참배한 뒤 만해 생가를 찾아 떠났다.

만해 생가를 가는 도중 잠깐 홍북면 중계리에 자리잡은 고암(顧菴) 이응로(李應魯, 1904~1989) 화백의 생가와 기념관에 들러 그가 살아온 이력과 미술 세계를 살펴보았다. 고암은 장르와 소재를 넘나들며 끊임없는 실험을 통해 '문자 추상'이라는 독특한 세계를 개척한 세계적인 거장이다. 체제와 타협하지 않는 의식을 지녔던 그는 1967년 동백림 사건에 연루되어 옥고를 치른 뒤 프랑스로 건너가 그곳에서 생을 마감했다.

생전에 유명했던 사람들 중 몇몇은 사후에도 정치·경제적인 이유로 고향을 대표하는 인물이 되어 사람들에게 융숭한 대접을 받기도 한다. 그러나 어떤 이들은 아무리 덕이 높고 비범한 능력을 가졌더라도 권력의 입맛에 따라 모멸감을 느낄 정도로 무시당하는 일이 다반사였다. 그렇기 때문에 얼마 전까지 이름을 입에 올리는 것조차 금기시되었던 분들이 사회적으로 재조명되어 널리 알려지게 되는 것은 다행스러운 일이다.

고암의 집을 떠나 갈산면의 백야 김좌진 생가를 지나 만해가 태어난 결성면 성곡리 491번지로 향하다 보면 유홍준 교수가 『나의 문화유산답사기』에서 말한 모습 그대로 산도 아니고 들도 아닌 낮은 산과 아담한 들을 지나게 된다. 너른 들이 주는 느낌과는 다른 포근함이 느껴지는 길이다.

우리는 만해 문학 체험관 앞 주차장에 주차를 한 뒤 만해 생가로 갔다. 만해 생가는 1992년 복원되어 만해사, 문학 체험관과 함께 아담하게 자리 잡고 있다. 앞면 세 칸 옆면 두 칸의 작은 초가인데 양옆으로 한 칸을 달아내어 광과 헛간으로 쓰고 울타리는 싸리나무로 둘렀으며 바깥에 흙벽돌로 화장실을 만들었다. 열려 있는 사립문을 지나 집 안 마루 위에 앉았다. 5월 한낮의 뙤약볕이 생각보다 뜨겁다. 지쳐 있는 아이들과 함께 물을 마시면서 만해의 시 한 편을 낭송한다. 희망과 낙관을 행동으로 드러내는 시 「사랑의 끝판」을 읽어 주었다.

네 네 가요, 지금 곧 가요.

에그 등불을 켜려다가 초를 거꾸로 꽂았습니다그려. 저를 어쩌나, 저 사람들이 숭보겠네.

님이여, 나는 이렇게 바쁩니다. 님은 나를 게으르다고 꾸짖습니다. 에그 저것 좀 보아, '바쁜 것이 게으른 것이다.' 하시네.

내가 님의 꾸지람을 듣기로 무엇이 싫겠습니까. 다만 님의 거문고 줄이 완급(緩急)을 잃을까 저퍼합니다.

님이여, 하늘도 없는 바다를 거쳐서, 느릅나무 그늘을 지워 버리는 것은 달빛이 아니라 새는 빛입니다.

홰를 탄 닭은 날개를 움직입니다.

마구에 매인 말은 굽을 칩니다.

네 네 가요, 이제 곧 가요.

— 한용운, 「사랑의 끝판」

아이들이 생가 마루에 걸린 현판에 적힌 '전대법륜(轉大法輪)'이란 말의 뜻을 물어 보았다.

"'전대법륜'은 거대한 진리의 세계가 머무름 없이 변화한다는 뜻이야. 법(法)은 보편적 진리요 만물의 이치를 말하는 것인데, 녹야원에서 펼친 부처의 설법이 혼탁한 세상에 빛을 주었던 것처럼 만해도 현실 세계의 삶이 이치에 맞게 진리를 따라 움직여지기를 바란 듯싶어. 그가 살던 시대가 일제의 무력 침략에 의한 불법(不法)의 시대, 야만의 시대였기에 만해는 무엇보다 진리를 지키며 사는 것이 가장 중요한 일이라 생각했던 게 아닐까?"

생가를 나와 체험관 정원에 들어서면 만해의 어록과 민족 시비 공원이 보인다. 민족 시비 공원은 민족 시인들의 높은 뜻과 작품들을 기리기 위해 조성된 공원이다. 공원 산책로를 따라 걸으면서 만해뿐만 아니라 신동엽, 이상화, 정지용 등의 작품과 어록이 새겨진 비석들을 감상할 수 있다.

시비 공원 근처의 만해 체험관에 들어서면 승려이자 독립운동가이며 시인으로 살았던 만해의 다양한 모습을 관련 자료를 통해 볼 수 있다. 또한 1914년 출간된 만해의 불교 사상이 담긴 『불교 대전』과 1919년 3·1 운동 때 작성된 「독립 선언서」가 전시되어 있고, 1950년 한성 도서에서 간행된 『님의 침묵』도 전시되어 있다.

우리나라에서 만해만큼 다양한 곳에서 기념관이 지어지고 시비가 서고 행사가 열리는 시인은 없을 것이다. 말년에 살았던 서울 성북구에는 '심우장'이 있어 만해 특구를 만들어 추모하고, 경기도 광주에는 '만해 기념관'이 있고, 강원도 인제에는 '백담사 만해 기념관'과 '만해 마을'이 있다. 각 지역에서는 해마다 만해와 관련된 행사를 연다. 홍성도 예외는 아니다. 저마다 만해의 뜻을 이어 가기 위한 일이라고 하지만 얼마나 만해의 뜻을 제대로 살려 나가고 있는지는 의문이다. 만해와 관련된 여러 지역이 머리를 맞대고 만해의 뜻을 살리려는 노력을 함께하면 좋겠다는 생각을 해 본다.

만해 체험관 앞에서 기념사진을 찍고 모두들 꼬르륵거리는 배를 움켜쥐고 점심을 먹으러 결성면으로 갔다. 홍성은 유기농 농축산물과 천수만에서 잡히는 다양한 어패류로 유명하다. 그렇지만 우리는 문을 연 지 50년이 넘은 중국집에서 짜장면과 짬뽕을 맛있게 먹으며 허기를 달랬다.

사람은 가고 이야기만 남은 관촌 마을

점심을 먹고 명천(鳴川) 이문구(李文求, 1941~2003)를 만나기 위해 광천에서 21번 국도를 타고 남쪽으로 15분을 더 달렸다. 보령 시내 입구에 있는 동부 아파트 앞 야트막한 소나무 숲 아래 자리 잡은 갈머리(관촌 마을)에 도착했다. 갈머리 입구에는 길 하나를 사이에 두고 현대식 아파트와 퇴색한 옛 교회 건물이 공존하고 있었다. 우리는 아파트 오른편 교육청 쪽으로 나 있는 밭길을 따라 부엉재 아래 이문구의 유골이 뿌려진 솔밭을 향해 올라갔다. 갈머리 솔밭은 "부디 족보만은 잘 간수하라."라는 조부의 말조차 거부한 이문구가 2003년 한 줌의 재가 되어 뿌려진 곳이다.

1941년 갈머리에서 나고 자란, 토정 이지함의 13대손 이문구는 향교의 직원이었던 조부로부터 엄한 교육을 받으며 성장했다. 그런 그가 14세 때 가장 아닌 가장이 된다. 6·25 전쟁 때 삼촌, 형 등이 좌익에 연루되어 모조리 죽음을 당했기 때문이다. 이문구는 중학교 시절 우연한 계기로 문학을 하면 죽음의 공포에서 벗어날 수 있다는 생각을 갖게 되었다. 그래서 중학교를 마친 뒤 1959년 서울로 올라와 온갖 험한 일을 하면서 서라벌 예대에 입학하였다. 그리고 김동리 선생의 추천으로 등단하였다.

1972년부터 1977년까지 쓴 여덟 편의 연작 소설『관촌수필』은 고향 갈 머리를 배경으로 자신의 유년 시절의 삶과 추억을 회고한 기록이자 주변 사람들의 전기라 할 수 있다. 답사를 떠나기 전에 미리 학생들에게『관촌 수필』을 읽게 하였다. 얼마나 제대로 읽었는지 물었더니 다들 읽기가 어 려웠다고 말한다. 말뜻을 헤아리기가 어렵고 이야기 전개 과정도 기존의 익숙한 소설 구조와 너무 달랐다는 것이다.

사실 '일락서산', '화무십일', '행운유수', '녹수청산', '공산토월' 등의 장 제목부터 낯설다. 그러나 끝까지 인내심을 갖고 읽은 몇몇 학생들은 무엇을 말하려 하는지는 잘 모르겠지만 인물들의 말들이 익숙하면서도 친근하고 웃기며, 이야기 전개도 할아버지, 할머니가 옛날이야기 하듯 이 루어져 재미있었다고 말한다.

이 작품의 묘미는 우리 주변에서 볼 수 있는 사람들의 익숙한 말투와 해학적 표현 그리고 작품에 담긴 인간에 대한 따뜻한 시선일 것이다.『관 촌수필』은 고전 소설의 이야기식 문체와 비유적인 충청도 사투리를 통 해 느리지만 간곡하게 전쟁과 분단, 이념 대립이라는 우리 현대사의 가 장 아픈 상처를 건드린다. 그리고 순박한 이웃들의 인생 유전과 그 정황 을 연민과 사랑의 시선으로 서술한다. 이는「공산토월」에서 석공에 대해 서술한 대목을 보아도 쉽게 알 수 있다.

그 사람은 내가 일생을 살며 추모해도 다하지 못할 만큼, 나이를 얻 어 살수록 못내 그립기만 했다. 그의 이름은 신현석(申鉉石), 향년 37세 였고, 살아 있다면 올해 마흔여덟이 될 터였다. 이름에 돌 석 자가 들어 그랬던지, 그는 살아생전 유난히 돌을 좋아했거니와, 돌이켜 따져 보면 그 자신이 천생 돌과 같은 사람이기도 했다. 그래서 모두들 그를 석공(石公)이란 별명으로 부르기를 즐겨 하였고, 본인도 그런 명칭을 마다하지 않았던 줄 안다. 나는 돌에 대해서 아는 바가 없다. 그러나 그런 대로 석공을 추억하고 아쉬워하던 끝이면 흔히 돌의 됨됨이와 성질을 더불어 되새기게 되곤 했다. 그러므로 내가 아는 돌의 성질이란 별명을 가졌던 그 인간의 성질과 거의 같은 것임을 뜻하기도 한다.

—— 이문구, 『관촌수필』 중에서

고층 아파트들이 즐비하게 들어서면서 훼손된 갈머리 솔밭을 둘러본 뒤 오솔길을 지나 밭길을 끼고 내려와 갈머리 입구에 있는 두 그루의 은행나무와 1995년에 한내(大川) 문학회에서 세운 관촌 마을비를 둘러보았다. 기념비에는 이런 문구가 새겨져 있다. "이곳 관촌 마을은 윗갈머리(上冠村)와 아랫갈머리(下冠村) 중 아랫갈머리로서 연작 소설 『관촌수필』의 무대이며 또한 저자 이문구의 출생지이다. 현 농지 개량 조합이 있는 곳은 왕소나무가 서 있던 자리다. 드넓은 농경지로 변한 마을 앞 철로 건너편은 조수(潮水)가 드나들던 갯벌이었고 아이들의 놀이터가 되었던 소나무 숲과 서쪽 언덕 위 마을 처녀들이 그네를 뛰던 팽나무는 지금까지도 남아 있어 관촌 마을의 토속적 향수를 달래 주며 지나가는 이들의 발길을 머물게 하고 있다."

이 비는 지역 문인들이 이문구가 고향에 내려와 살면서 고향 문인들에게 많은 도움을 준 데 대한 고마움을 표현하기 위해 세운 것이다. 처음에는 이문구의 문학비를 세우려 했는데 작가가 반대해 어쩔 수 없이 관촌 마을비라는 특이한 소설비를 세운 것이다.

작가가 죽기 전에 자신을 위한 문학비도 세우지 말고, 무덤도 만들지

관촌 마을비

말고, 갈머리에 뿌려 달라는 유언을 남겼다는 이야기를 학생들에게 했더니 대뜸 그 이유가 뭐냐고 묻는다. 어떻게 답을 할까 고민하다 '관촌수필'이라는 제목과 관련된 일화를 소개했다.

이문구는 생전에 평론가들이 기승전결 어쩌구저쩌구 하는 것이 싫어 제목을 그렇게 지었노라고 말했다. 서구적 소설 양식에 바탕을 두고 구성이나 문체만을 따지는 기존의 관행적 글쓰기를 거부하고, 우리의 전통적 구비 문학을 바탕으로 이야기가 가진 재미와 감동에 더 마음을 둔 이문구의 문학관이 잘 드러난 일화라 할 수 있다.

관촌 마을비 위로 조금만 올라가면, 파란색 지붕을 인 집이 나타난다. 이문구의 생가 터지만 현재 그 터 위에는 이름 모를 사람들이 살고 있다. 이문구는 1989년 낙향했는데, 그는 이곳에 머물지 못하고 청라 저수지를 끼고 구불구불한 길을 20여 분을 가다 보면 나타나는 장산리 계곡에 집필실을 마련하고 살았다.

"내 살과 뼈가 여문 마을이었건만, 옛 모습을 제대로 지키고 있는 것이라곤 아무것도 없던 것이다. 옛 모습으로 남아난 것이 저토록 귀할 수 있을까."라는 『관촌수필』의 한 구절처럼, 쫓기듯이 떠난 고향은 그에게 상처요 아픔이었지만 한편으로는 변화하는 세상살이에도 늘 정겹고 따스한 사람들이 있는 곳이었다. 그런 곳이기에 인생의 황혼기에 낙향하여 집필실을 마련하고 글을 쓰는 일에 몰두하면서도 내포 지역의 젊은 문인들과 교류하며 그들에게 지원과 격려를 아끼지 않았던 것이다. 이정록, 한창훈, 유용주, 안학수 등 그를 따르는 많은 지역 후배 문인들이 한국 문단을 빛내고 있으니 그의 고향에 대한 사랑과 인간에 대한 넉넉한 마음에 힘입은 결과라 할 수 있다.

인간에 대한 그의 넉넉했던 마음은 서로 대립하던 문학 단체들이 함께 그의 영결식을 치른 사실에서도 잘 드러난다. 이문구는 민족 문학 작가 회의 이사장을 역임하는 등 문학의 사회 참여에도 주도적인 역할을 했지만, 국제 펜클럽, 한국 문인 협회 등 보수적이라는 평을 듣는 문학 단체 문인들과도 거리낌 없이 교류했다. 그래서 서로 대립 관계였던 민족 문학 작가 회의와 한국 문인 협회, 국제 펜클럽 한국 본부 등이 공동으로 그의 영결식을 주최했던 것이다.

갈머리를 나와 방조제를 따라 해망산 아래 자리한 잠수교 쪽으로 갔다. 서해는 조수 간만의 차가 커서 밀물 때는 바닷물이 시내 안쪽까지 수 킬로미터나 들어온다. 이 때문에 일어나는 홍수 피해를 막고 농토도 늘리려는 계획으로 간척 사업이 이루어졌다. 갈머리 앞 철길 너머 갯벌도 간척을 해서 지금은 농토가 되었다. 이문구는 늘 동료 문인들과 술을 먹으면 삼촌과 형들이 수장된 이곳에 와서 하염없이 갯고랑을 따라 이어지는 바다를 바라보았다고 한다. 그의 기억에 바다는 낭만이라는 단어가 숨 쉬는 공간은 아니었다.

바다는 그런 비극을 아는지 모르는지 아무런 이야기를 해 주지 않고 여전히 바닷물을 머금고 내뱉는다. 물수제비 뜨는 아이들을 보며 갑자기 이문구가 쓴 동시가 떠오른다.

산 너머 저쪽엔

별똥이 많겠지
밤마다 서너 개씩
떨어졌으니.

산 너머 저쪽엔
바다가 있겠지
여름내 은하수가
흘러 갔으니.

—이문구,「산 너머 저쪽」

그가 살고 있을지 모르는 산 너머 저쪽에서 그는 넉넉한 인심이 사라
진 이 어지러운 세상을 보며 과연 어떤 생각을 할지 새삼 궁금해진다.

- **누가:** 홍동중 학생들과 김진수 선생님
- **언제:** 2013년 5월 25일(토요일)
- **인원:** 11명
- **테마:** 한용운과 이문구의 삶을 찾아서

함께하는 문학 답사

토박이 김진수 선생님의 귀띔!

내포 지역은 다양한 욕구를 채워 줄 수 있는 매력적인 여행지입니다. 성삼문, 김정희, 한용운, 김좌진, 윤봉길, 이응로 등 수많은 인물들의 자취를 만나 보는 역사·인물 답사도 할 수 있고, 수덕사 템플 스테이 프로그램을 통해 우리나라의 선(禪)을 체험할 수도 있습니다. 또 오서산, 용봉산과 천수만의 갯벌을 구경하고  철새들도 만나는 자연 답사도 할 수 있지요. 음식 답사에 관심이 있으면 철마다 달라지는 내포 지역의 풍부한 해산물과 농산물, 그리고 홍성 한우를 찾으세요.

문학 답사 코스 추천!

09:00 홍주성
구한말 역사적 사건의 중심지

도보 15분

10:15 홍주 의사총
1906년 병오 의병 때 산화한 넋들이 묻힌 곳

차량 10분

11:00 이응로의 집
고암 이응로 생가와 미술관

차량 25분

12:00 한용운 생가
1992에 복원된 한용운의 생가

차량 10분

13:00 점심 식사
짬뽕

차량 20분

14:30 보령 갈머리
이문구 생가 터와 관촌 마을비

김성장 | 충북 옥천여중

고향을 떠난 이들의 비극

　　옥천에서 교사 생활을 하다 보니 정지용(鄭芝溶, 1902~1950)에 대해 이야기할 기회가 더러 생겼다. 작가 모임이나 대학생 답사단, 교사들이 이끌고 온 학생 단체들 앞에서 정지용에 대해 설명했다. 한 번 두 번 정지용 답사객들의 안내를 맡다 보니 조끔씩 이력이 붙어 이젠 내가 마치 정지용 전문 연구자라도 되는 양 느껴지기도 한다. 10년 넘게 정지용 답사객들을 상대로 이야기를 하다 보니 처음의 어색함은 사라지고 때로는 내 말에 취해 신나게 정지용을 둘러싼 문학과 그 시대의 이야기 그리고 그 이야기에 기대어 우리의 삶을 이야기하게 된다.

　　그러나 나는 개인적으로 정지용보다 오장환(吳章煥, 1918~1951)의 시에 더 끌린다. 물론 독자마다 편차가 있겠지만「향수」처럼 어렵지 않은 시 몇 편을 제외하고 정지용 시 대부분은 독자를 쉽게 받아들이지 않는다.

시어 조탁에 대한 지나친 탐닉이 나는 때로 불편하다. 사전을 뒤적거리며 읽어야 하는 그의 시는 그냥 편안한 감상용 시는 아닌 셈이다.

반면 오장환은 나의 감수성과 가깝다. 자신의 출신과 자신의 공동체가 처한 현실의 비극을 응시하며 분노하고 슬퍼하고 아파했다. 쉬운 시어를 사용했다. 나는 그러한 오장환의 시가 더 편안하게 읽힌다. 감정을 직접 드러내고, 분노와 좌절과 저항의 이미지를 읽고 싶어 하는 나의 취향과 관련이 있으리라.

서로 다른 경향의 두 시인을 비교하면서 답사를 한다면 어떨까. 답사 전에 정지용과 오장환의 시 가운데 읽을 만한 것들을 골라 아이들에게 주고 그중 두 편씩 외우도록 했다. 정지용의 「향수」, 「호수」, 오장환의 「나의 노래」, 「고향 앞에서」 등이다.

순도 99% 우리말, 정지용의 「향수」

6월 초순에서 중순으로 넘어가는 주말. 날씨가 약간 더워지는 듯했지만 다행히 걱정할 정도는 아니었다. 우리 문학 답사의 출발지는 정지용 생가였다.

현재 정지용 생가는 안채와 헛간을 나란히 11자 형으로 지어 놓았지만 이는 그야말로 부실한 복원의 한 예다. 농촌 사람들의 집이 11자 형인 경우는 거의 없다. 안채와 헛간은 당연히 'ㄱ'자 형태를 갖추어야 한다. 생가 안채는 원래 실개천과 나란히 있었는데 현재는 그 자리에서 90도로 꺾인 곳에 자리하고 있다. 해금 직후 처음 답사를 왔을 때는 슬레이트 지붕 집이긴 했지만 허름한 대로 옛 모습이 남아 있는 듯했다. 그런데 복원하면서 위치를 왜 이렇게 바꾸었는지 알 수 없다. 문화재 복원을 할 때 어쩔 수 없이 현대적 재료와 공법을 사용할 수는 있지만 현재의 정지용 생가를 보

면 원래의 모습에 가깝게 복원하려 기
울인 노력이 별로 눈에 띄지 않는다.
그냥 정지용의 생가 터에 옛 시골집을
만들어 놓았을 뿐이다.

정지용 생가

　정지용의 생가를 둘러보면서 백 년
동안 우리 민족의 삶이 어떻게 변화했
는지 생각해 보았다. 건축 분야에서 일
어난 가장 큰 변화는 건물 밖에 존재
했던 것들이 모두 안으로 들어온 것이다. 초가집에서는 집 안에서는 먹
고 자는 정도의 활동만 가능했고 거의 모든 활동은 바깥에서 이루어졌
다. 빨래, 요리, 놀이가 모두 바깥에서 이루어졌다. 지금의 아파트나 단독
주택에서는 모든 활동이 실내에서 이루어진다. 빨래도 요리도 놀이도 실
내에서 이루어진다.

　"화장실은 어디 있었어요?"

　"바깥! 불도 없이 밤에 가야 돼."

　"무서웠겠다."

　뒷간이라고 불리던 그곳에 가려면 형이나 동생에게 도움을 요청해야
했던 풍습은 아이들에게 그저 재밌는 옛날이야기일 뿐이다. 아이들을 마
당에 모아 놓고 정지용의 「향수」를 낭독하게 했다. 대부분의 아이들에게
고향은 이제 농경 사회의 모습은 아니다. 아파트에서 태어나 앞으로도
아파트에서 살아갈 것이다. 공장이나 회사를 다니든 자영업을 하든 농경
사회의 삶을 사는 아이들은 이제 없을 것이다. 그렇다면 그들은 자신이
성장기에 머물렀던 그 공간을 무엇이라고 부르게 될까? 그들에게 어린
시절과 관련된 이미지는 소음이 가득한 거리, 어지러운 간판, 오가는 차

량, 빼곡한 아파트와 주택 그리고 마트와 신호등과 오락실과 아스팔트와 스마트 폰으로 채워진 곳일 테다. 그리고 먹이를 찾아 어떤 도시든 옮겨 다니는 부모들 덕분에 요즘 대부분의 아이들은 성장기를 한곳에서 보내지 않는다. 현대인은 정주민이 아니다. 그들에게 고향은 '움직이는' 대상이다. 이 시대의 아이들에게 「향수」는 어떤 느낌으로 다가올까?

질화로에 재가 식어지면
뷔인 밭에 밤바람 소리 말을 달리고,
엷은 조름에 겨운 늙으신 아버지가
짚벼개를 돋아 고이시는 곳,

―그곳이 차마 꿈엔들 잊힐리야.

흙에서 자란 내 마음
파아란 하늘빛이 그립어
함부로 쏜 활살을 찾으려
풀섶 이슬에 함추름 휘적시든 곳,

―그곳이 차마 꿈엔들 잊힐리야.

전설(傳說) 바다에 춤추는 밤물결 같은
검은 귀밑머리 날리는 어린 누의와
아무러치도 않고 여쁠 것도 없는
사철 발 벗은 안해가

따가운 해ㅅ살을 등에 지고 이삭 줏던 곳,

―그곳이 차마 꿈엔들 잊힐리야.

―정지용, 「향수」 중에서

정지용의 「향수」는 고향의 이미지를 모아 놓은 종합 세트라 해도 과언이 아니다. 농경 사회의 이미지를 꼼꼼하게 정리해 놓았다. 벌판, 황소, 질화로, 짚베개, 발 벗은 아내, 이삭, 초라한 지붕, 흐릿한 불빛 등. 그리고 원경과 근경, 연마다 다른 계절의 배치가 조화롭다. 「향수」가 발표된 시기인 1920년대의 문화적 풍토를 생각해 볼 때 10연 26행에 달하는 짧지 않은 시의 어휘가 거의 완벽하게 고유어로 이루어져 있다는 점은 놀랍다. 지식인들은 한자어 위주의 글쓰기에 익숙해져 있었고 표준어가 처음 제정된 때는 1933년이었기 때문이다. 제목 '향수(鄕愁)'와 '전설(傳說)', '질화로'의 '화로(火爐)' 정도만이 한자어다. 순도 99퍼센트의 우리말 시라고 할 수 있다. 정지용이 22세에 이 시를 썼다는 점을 감안해 보면 그는 분명 천재 시인이라 할 만하다.

정지용이 다닌 죽향 초등학교로 걸어간다. 천천히 걸어가도 채 10분이 안 되는 거리다. 정지용이 재학하던 시절 이 학교 이름은 옥천 공립 보통학교였다. 지용은 이 학교를 졸업하고 서울의 휘문 고등 보통학교를 거쳐 일본의 도시샤 대학을 졸업한 뒤 모교인 휘문고보에서 교사로 재직하면서 시인으로 활동하였다. 그 후 이화 여자 전문학교에서 근무하기도 했으니 평생 학교 주변을 떠나지 않은 작가였던 셈이다.

내가 굳이 죽향 초등학교를 답사 코스로 잡은 이유는 자랑하고 싶은 것이 있었기 때문이다. 운동장에는 정지용의 시 「해바라기 씨」가 쓰인 시

죽향 초등학교에 있는 정지용 시비

비가 있다.

"이 시비의 글씨는 바로 선생님이 쓴 거야."

내가 정지용의 시비를 가리키며 말하자 아이들은 의외라는 듯 "와!" 하고 입을 벌린다. 우리나라의 시비는 거의 궁체로 되어 있는데 이 시비는 신영복의 민체를 바탕으로 썼다. 아이들과 함께 시를 읽고 죽향 초등학교를 빠져나왔다.

지금은 맡을 수 없는 내음새, 오장환의 「고향 앞에서」

옥천에서 오장환 생가로 가려면 버스를 두 번 타야 한다. 옥천에서 보은까지 시외버스를 이용하고 다시 보은에서 시내버스를 타고 회인면으로 가야 한다. 버스로 이동하다 보니 오히려 아이들의 또 다른 모습들이 눈에 들어왔다. 교실에서 말이 없던 아이가 말이 많아지거나 교실에서는 몹시 산만해 보였던 녀석이 차분한 모습을 보이기도 한다. 교실에서 교사는 아이들의 한 가지 모습만 보고 그것을 그 아이의 전부라고 판단하곤 하는데 아이들의 새로운 모습에 새삼 여행이 주는 맛은 동행하는 사람의 다른 모습을 볼 수 있다는 것임을 느꼈다.

그동안 승용차를 직접 운전해 다녔던 오장환의 생가를 버스를 타고 가니 길 풍경이 좀 더 푸근하게 시야로 들어온다. 보은은 전체적인 지대가 옥천보다 높다. 백두대간 속리산 자락에 자리해서 그렇다. 들판에는 이제 막 자리 잡기 시작한 벼들이 푸르게 서서 바람에 흔들리고 있었다. 옆자리 아이들과 수다를 떠는 아이들도 있었지만 몇몇은 들판을 바라보는지 눈길을 창밖으로 던지고 있다. 버스에는 손님이 많지 않았다. 허리를 구부리며 할머니가 버스에 오르자 아이들이 서로 일어나 자리를 양보하기도 했다.

버스에서 내려 5분쯤 걸어서 생가에 닿았다. 시골길 담벼락에 그려진 그림들이 정겹다. 생가에서 아이들과 함께 오장환의 시 「고향 앞에서」를 낭독했다.

흙이 풀리는 내음새
강바람은
산짐승의 우는 소릴 불러
다 녹지 않은 얼음장 울멍울멍 떠나려간다.

진종일
나룻가에 서성거리다
행인의 손을 쥐면 따듯하리라.

고향 가차운 주막에 들러
누구와 함께 지난날의 꿈을 이야기하랴.
양귀비 끓여다 놓고
주인집 늙은이는 공연히 눈물지운다.
(중략)

전나무 우거진 마을

오장환 생가

집집마다 누룩을 디디는 소리, 누룩이 뜨는 내음새······

─오장환, 「고향 앞에서」

  아이들에게 이 시를 설명하려니 정지용의 「향수」를 설명할 때보다 더 난감했다. 정지용은 화려한 수사로 시적 이미지를 휘몰고 가지만 오장환은 느릿느릿 가슴을 어루만지며 내면의 소리에 천천히 귀 기울이게 한다. 농경 생활에 밀착된 시어들에 아이들은 어리둥절해졌다. 첫 행 "흙이 풀리는 내음새"부터 무슨 소리인지 도통 이해하지 못한다. 겨우내 얼었던 산하가 녹으면서 산천에 퍼지는 그 냄새를 도시 생활에서 어떻게 느낄 수 있었겠는가. 골짜기 어딘가에는 아직 눈이 녹지 않았을 계절. 겨울이 풀리는 산과 들을 걸으며 맡았던 땅 냄새를 아이들에게 설명한다는 것은 참 난감한 일이 아닌가.
  이어서 나오는 시어나 상황들 역시 지금은 볼 수 없는 것들이다. 얼었던 강물이 풀리면서 얼음 덩어리가 떠내려가는 강 풍경을 아이들은 본 적이 없다. "나룻가에 서성거리"는 행인을 만날 수 있는 곳도 지금은 아무 데도 없다. 주막은 혹시 어느 관광지에 옛 정취로 손님을 유혹하고 있으려나. 농사일로 생기는 몸 구석구석의 통증을 누그러뜨리기 위해 옛날 어른들이 종종 "양귀비 끓여" 먹던 풍경도 그렇고, "누룩을 디디는 소리"를 듣거나 "누룩이 뜨는 내음새"를 맡을 수는 더더욱 없으리라.

한참 나 자신의 설명에 취해 있다가 아이들을 보니 지루하고 재미없어 하는 표정이다. 20분도 채 안 지났을 것 같은데 아이들은 휴대 전화를 만지작거리고 몸을 비틀며 마룻바닥에 곧 누워 버릴 것 같다. 서둘러 아이들과 함께 생가와 나란히 자리 잡은 문학관으로 향했다. 그 짧은 시간에도 아이들은 문학관을 둘러보고 오장환 시를 판화로 찍어 보는 체험 학습까지 참여했다. 아이들은 몸으로 하는 것을 좋아했다. 오장환의 시를 이해시키기 위해 아무리 긴 설명을 해도 판화에 먹물을 바르고 화선지에 찍어 보는 일만 못한 것이 아닐까. 후일을 기약하며 머릿속에 담아 둔 이야기는 그런 것이었다.

오장환이 진학한 학교가 휘문고보였는데 그곳에 정지용이 교사로 있었다. 정지용이 일본 도시샤 대학에서 영문학 공부를 마치고 돌아와 모교에서 영어 교사로 일하며 왕성한 시작 활동을 하던 때였다. 오장환의 충청도 고향 선배이기도 했던 정지용은 오장환의 재능을 알아채고 시인의 길로 이끌었다. 오장환은 해방 후 스승 정지용의 시집 『백록담』에 대해 이렇게 말했다. 시집이 처음 간행된 1941년 9월은 문화 분야에 종사하는 무리까지 억압하는 세력(일제)에 아첨하여 한참 더러운 꼴을 백주에 내놓고 부끄러움을 모를 때인데, 남들이 작가 생활을 계속하려고 추악한 현실에서 발버둥치기도 하고, 혹은 비굴한 모습으로 얽매일 때 이 세계를 벗어나 오로지 자기 순화를 꾀하고 깨끗함을 지키려 했다고 말이다. 지용에 대한 존경심이 가득 묻어난다. 오장환은 1947년 말 월북하여 1951

년 사망한다. 6·25 전쟁 때 정지용이 인민군과 함께 북으로 가던 중 미군이 쏜 기총 소사에 맞아 사망한 때는 1950년이다. 북을 선택하여 그곳에서 살다 죽은 사람이나 자의 반 타의 반으로 북으로 가다가 죽은 그의 스승이나 40년 가까운 세월 동안 남북 양쪽에서 그 이름과 작품이 거론되지 않았던 운명은 같았다. 오장환이 스스로 북을 택하여 갔으니 그의 작품에 대하여 남한이 금기의 칼을 들이댔다는 것은 논리상 앞뒤가 맞기라도 한다. 그러나 정지용의 작품을 금지시킨 이유는 도무지 알 수가 없다.

호숫가에서 시를 읽는 맛

옥천으로 돌아오는 길에 장계리의 '멋진 신세계 향수 30리'에 들렀다. 생가에서 30리쯤 떨어진 장계리에는 옥천군에서 조성한 국민 관광 단지라는 휴락 시설이 있었다. 그런데 20여년 전 처음 조성되었을 때와 달리 방문객이 줄면서 거의 폐허가 되어 가고 있었다. 2007년, 이 공간은 정지용을 주제로 한 시와 예술의 공간으로 탈바꿈되었다. 휴식 공간 사이사이 정지용의 시 세계를 나타내는 조형물과 다양한 형태의 시비가 세워져 있다.

호숫가를 따라 난 오솔길에는 정지용 문학상 수상 작품들을 시비로 설치해 놓았다. 전통적인 시비 재료인 돌뿐만 아니라 폴리코트, 철, 유리, 나무 등 다양한 재료로 시비를 설치해 놓았다. 벤치에도 정지용 시의 맛깔 나는 부분을 참 잘도 뽑아 새겨 놓았다. 표기법도 발표 당시의 것을 그대로 따랐다. 호숫가를 따라가며 읽다 보면 잠시 정지용의 시대로 흘러가는 듯하다. "회회 돌아 살어나는 촉(燭)불!//찬물에 씻기여/사금(砂金)을 흘리는 은하(銀河)!"라거나 "간밤에 잠살포시/머언 뇌성이 울더니,//오늘 아침 바다는/포도빛으로 부풀어졌다." 등 지용 시의 뛰어난 부분이

의자마다 새겨져 있다. 누구나 깔고 앉아도 좋고, 등에 기대고 앉아도 좋다는 듯 말이다. 앉기 전에 얼핏 읽어 보고 앉아 있으면 자연스레 그 시어가 입에 맴돌면서 잠시 문학적 감수성에 빠져들 수 있다. 더러 해석하기 어려운 시어들도 있지만 한참씩 생각하게 하는 재미가 있다.

산이 한껏 푸르게 부풀어 가는 6월, 아이들과 함께 호숫가를 걸으며 김지하의 「백록담」, 문정희의 「돌아가는 길」, 정호승의 「하늘의 그물」, 유안진의 「세한도 가는 길」을 읽는다. 2008년 제20회 정지용 문학상 수상자 김초혜의 「마음 화상」까지 20여 편의 시를 읽으며 걷는 호숫가 길은 그대로 문학의 길이다. 이 공간이 완성된 이후 수상자인 도종환, 이동순, 문효치, 이상국 시인의 시비도 차례로 세워지길 기대한다. 한가한 어느 오후, 숲과 호수가 어우러진 길을 천천히 걸으며 시와 풍경을 감상하다 보면 마음이 맑아질 것이다.

- **누가**: 옥천여중 학생들과 김성장 선생님
- **언제**: 6월 8일(토요일)
- **인원**: 9명
- **테마**: 정지용 시인과 오장환 시인을 찾아서

함께하는 문학 답사

토박이 김성장 선생님의 귀띔!

옥천은 대전 남동쪽에 붙어 있는 작은 군으로 송시열, 송건호, 정순철 등이 태어난 고장입니다. 정지용 관련 유적으로는 옥천 문화원 옆 시비와 문화원에서 2킬로미터 떨어진 곳에 위치한 생가와 문학관이 있어요. 정지용이 다니던 죽향 초등학교는 생가에서 10분이 채 안 되는 거리이므로 산책 삼아 걷기에 좋아요. 상가 이름 중에 정지용의 시구에서 따온 것이 많아 시의 향수에 젖기 좋지요. 또한 금강에서 나는 올갱이(다슬기)로 요리한 올갱잇국과 생선국수는 별미로 알려져 있습니다.

문학 답사 코스 추천!

09:30 정지용 생가
정지용 문학관 옆에 복원된 생가

도보 10분

10:20 죽향 초등학교
정지용이 다닌 보통학교의 현재 모습

버스 2시간

13:10 점심 식사
삼겹살, 냉면

도보 5분

14:00 오장환 생가
오장환 문학관 아래쪽에 복원된 생가

도보 1분

14:20 오장환 문학관
작가의 시를 감상하고 체험 활동을 하는 곳

버스 1시간 10분

16:00 정지용 시비 공원
정지용과 정지용 문학상 수상자들의 시비가 있는 공원

윤장규 | 충북 충주여고

흐르는 강에게서 듣는 이야기

탄금대의 두 물결

탄금대(彈琴臺). 이 지명은 신라 진흥왕 때인 6세기 중엽, 가야 왕실의 악사 우륵이 가야의 멸망을 예감하고 신라로 투항하자, 신라 진흥왕이 몸소 국원(國原, 오늘날의 충주 및 그 부근)에 행차하여 하림궁(지금의 탄금대였으리라 추측된다)에서 우륵을 불러 가야금을 연주하게 하였던 데서 유래하였다. 해발 약 100미터의 구릉 지대로 산 전체가 평퍼짐하고 경사가 거의 없으며 넓이는 302,300제곱미터이다. 충주 시외버스 터미널에서 북쪽으로 1.9킬로미터, 자동차로 5분, 도보로 약 30분 정도의 거리에 있어 시민들이 많이 찾는 산책로이기도 하다.

한창 더운 7월 스무날, 문학 동아리 '창(窓)' 아이들과 함께 탄금대 주차장에서 내려 그 옆의 충주 문화원 옥상을 오른다. 몇 해 전만 해도 사방을 다 둘러볼 수 있는 곳이었으나, 어느새 주변의 수목이 무성해져서 달천 평야와 저 멀리 문경 새재가 잘 보이지 않는다. 탄금대 주변 전체를 둘러보며 지리적, 역사적 개관을 설명하고자 했으나, 남쪽으로 문경 새재의 방향만 말해 줄 수밖에 없어, 아쉽다.

눈을 반대로 돌리면 남한강의 한 지류인 달천(達川, 달래강)이 흐른다. 아이들에게 한참 동안 강을 바라보게만 했다. 그대로 내버려 두어도 아이들은 또 나름의 생각을 가지고 돌아가 언젠가는 이곳에서의 기억을 떠올릴 것이다. 그러나 오늘은 문학 답사를 나온 날, 손뼉을 쳐서 아이들을 불러 모아 이야기를 시작한다.

"저 흘러가는 강을 보아라. 강은 언뜻 그냥 표표히 흘러가는 것처럼 보인다. 그러나 자세히 보면 강은 몸을 웅크렸다 펴기도 하고 잠기었다 솟아나기도 하고, 때로는 뒤치어 소용돌이를 만들기도 한다. 강은 또 언뜻 소리 없이 흐르는 것처럼 보인다. 그러나 눈을 감고 두어 숨만 쉬어 보면 강이 흘러가는 소리가 들린다. 자, 모두 눈을 감아라."

잠시 숨소리만 들리는 시간이 흐르는 가운데 아이들의 온몸이 귀가 된다. 마치 영화 「죽은 시인의 사회」에서 '카르페 디엠(Carpe Diem)'을 속삭이던 키팅 선생처럼 나도 아이들에게 속삭여 본다.

"아이들아, 강이 어떻게 이루어진 것인지 생각해 봤니? 강은 이 땅에 내린 빗물 하나하나가, 그리고 그 빗물을 받아 한세상을 살며 이 땅을 지켜 온 수많은 사람들의 땀과 눈물이 모여 만들어진 것이다. 그래서 강은 저처럼 웅크린 소리를 내면서 소용돌이를 치는 것이다. 그리고 보면, 강은 그냥 무심히 흘러가는 자연이 아니라 살아 있는 생명체다. 저 강의 꿈틀거리는 표정과 흐르는 소리가 곧 이 땅의 가슴 가슴을 휘돌아 나오는 숨결인 것이다. 그렇게, 오늘도 달래강은 흐르고 있다."

물결 하나, 윤계선의 「달천몽유록」

아이들과 함께 충주 문화원 아래로 내려가 탄금정 쪽으로 옮겨 가면서 이야기를 계속했다.

"앞에서 강물은 세상 사람들의 살아가는 이야기라고 했고, 그 이야기들의 뒤섞임이 물결을 만든다고 했다. 그러면 이 탄금대를 휘돌아 가는 큰 물결을 꼽으라 하면 그것은 무엇일까? 아마도 임진왜란 당시 신립 장군이 이곳 탄금대에서 배수진을 치고 싸웠던 사건이리라. 그렇게 이곳 탄금대와 임진왜란을 배경으로, 임란 이후 쓰인 최초의 소설이라 할 수 있는 윤계선의 「달천몽유록(達川夢遊錄)」이 탄생했으니, 그 줄거리는 다음과 같다.

주인공 파담자는 호서 지방을 암행하라는 임금의 봉서(封書)를 받고 여러 읍을 거쳐 충주의 달천에 이르게 된다. 이곳에서 파담자는 임진왜란이 남긴 처참한 광경을 보고 시 세 수를 지어 비분강개한 마음을 풀다가 잠이 든다. 꿈속에서 임진왜란 때 희생된 여러 영령이 넋두리하며 노래 부르는 광경을 엿보다가 그들이 세상에 전하고 싶어 하는 이야기를 듣게 된다. 천하의 요새인 문경 새재를 끝내 지키지 못한 신립에 대한 원망과, 이에 대한 신립의 변명, 그리고 성패에는 이미 운수가 정해져 있으니 시비가 무슨 의미가 있느냐는 화해의 말이 이어진다.

이때 갈대가 우거진 강어귀의 모래톱에서 한 장군(이순신)이 내려오니 모두 그를 일제히 영접하여 맨 윗자리에 앉혔다. 그 좌우와 아래쪽에는 각각 임진왜란 때 참가했던 장수들이 앉아 향연을 열고 시를 읊는다. 그런데 그 내용이 한결같이 임진왜란 당시의 전투에 대한 분기와 원통함으

로 가득 차 있다. 장군도
노량 해전에서의 전사를
비통해하는 시를 읊고, 이
어 파담자도 여러 사람을
품평(品評)한 글을 지어
두루 칭찬을 받는다. 파담
자는 물러 나오다가, 원균

탄금대에 있는 신립 장군 순절비 및 비각

이 연회에 참석하지 못하
고 귀신들에게 조롱을 받고 있는 것을 목격하고 꿈에서 깨어난다.

「달천몽유록」의 주된 저작 동기는, 임진왜란 당시 전몰 영웅의 충성을 기리고, 그들의 외로운 혼을 애도하는 한편, 패전을 반성하고 이를 극복하자는 데 있다 하겠다.

훗날 다산 정약용은, 왜적이 탄금대에 이르기 전에 험한 문경 새재를 길게 넘어오는 적군을 공략했어야 했으나, 신립이 한신의 배수진을 고지식하게 사용했다고 비판한 바 있다. 이렇듯 후세 사람들은 이 탄금대 전투를 곧잘 옛것을 배우되 변용할 줄 알고, 새것을 받들되 전범(典範)이 될 수 있어야 한다는 법고창신론(法古創新論)과 연결시키면서 역사와 삶의 교훈이 되는 이야기로 언급하곤 한다."

이야기하면서 걷는 동안, 아이들은 뒤떨어질까 봐 종종거리면서도 미리 준비한 교재를 뒤적이며 제법 진지하게 귀를 기울인다. 신립이 몸을 던져 최후를 맞이했다는 전설이 서린 바위 절벽 열두대를 둘러보고, 그 열두대를 묵묵히 지켜보며 세월의 바람을 견디고 있는 탄금정에 올라 아이들과 잠시 묵념을 했다. 아이들은 느끼고 있을까? 오랜 역사의 흔적들이 아직 강의 물결 소리로 남아 바람결에 귀를 스치고 있음을.

다시 걸음을 옮겨 5분 정도 걸으면, 당시 치열했던 전투에서 몰사한 팔천 고혼을 위로하는 위령탑에 닿는다. 탑신은 뾰족하니 혼불 모양으로 하늘로 뻗어 있는데 산화한 영령들을 추모하는 조국의 수호신을 의미한다고 한다. 그 끝을 올려다보자니 강렬하게 비치는 햇빛이 눈을 찌른다. 마치 지난날의 그 안타까운 일들을 결코 잊지 말라는 듯 생생하니 살아 동공 속으로 파고드는 느낌이다. 탑의 전면부 아랫부분에 형상화된 신립 장군과 4인의 군상은 죽음으로써 조국을 지키는 불굴의 충정을 보여 준다. 마치 금방이라도 짐승 같은 소리로 울부짖으며 튀어나올 것 같은 모습으로 서 있다. 아이들도 마음이 숙연해졌는지 말없이 탑만 돌고 있다.

주차장에서 이곳 팔천 고혼 위령탑까지 30분 정도 설명을 덧붙이며 걷다 보면, 탄금대의 물소리가 들리는 곳은 어디에나 그날의 함성이 서려 있다는 생각이 문득문득 드는 것이다.

물결 둘, 권태응의 「감자꽃」 시비

한편 탄금대에는 우리가 기억해야 할 물결이 또 하나 있다. 항일(抗日) 아동 문학가이며 독립 유공자인 동천(洞泉) 권태응(權泰應, 1918~1951) 선생의 「감자꽃」 시비가 그것이다. 이 시비는 팔천 고혼 위령탑 바로 왼쪽 소나무 숲 속에 자리 잡고 있다. 얼마 전까지만 해도 시비 주변에 금속 울타리가 둘려 있었는데, 지금은 철거된 상태다. 동심을 가두는 것은 옳지 않다고 판단해서 그런 것이려니 생각하니 마음도 상쾌하다. 아이들과 함께 시비에 새겨진 「감자꽃」을 읽는다.

자주 꽃 핀 건 자주 감자,
파 보나 마나 자주 감자.

「감자꽃」 시비

하얀 꽃 핀 건 하얀 감자,
파 보나 마나 하얀 감자.
　　　　　—권태응, 「감자꽃」

　아이들이 함께하니 낭송이 노래처럼 들렸다. 이 시가 지니는 규칙적인 운율 덕분이다. 그래서인지 노래 운동가 백창우는 이 시에 곡을 붙여 노래로 만들기도 했다.

　한편 단순한 가락으로 생명 현상의 섭리를 노래한 「감자꽃」은 일제의 일본식 성명 강요(창씨개명)에 반기를 든 작품이라고 오래전부터 널리 알려져 왔다. 성과 이름을 바꾸더라도 우리 민족의 뿌리는 변치 않는다는 말을 은유적으로 표현했다고 해석할 수 있기 때문이다. 이런 해석은 시를 당시 시대적 현실과 관련지은 것이다. 그렇지만 문학, 특히 아동 문학을 어떤 특정한 관점으로만 해석하는 것은 경계할 일이다. 이런 해석은 아주 최근까지도 문학 교육 현장에서 위력을 발휘했다. 일례로 한용운의 「님의 침묵」에서 '님'은 '조국'이나 '부처'라는 해석이 굳어져 학생들에게 전달되곤 했다. '연인'으로서의 '님'이 부각되기 시작한 것은 불과 얼마 전의 일이다.

　권태응 선생은 탄금대에서 충주 방향으로 내려다보면 바로 보이는 아랫마을에서 태어나 서울 휘문고보를 거쳐 일본 와세다 대학에 진학했다. 그런데 대학 재학 시절 '독서회 사건'에 연루되어 스카모 형무소에 수감되어 고초를 겪다가 폐결핵 판정을 받고 1940년 6월 출옥해 귀국한다. 그

후 고향으로 내려와 농장을 운영하며 야학 활동 등을 하였는데, 6·25 전쟁 중 병세가 날로 악화되어 1951년 3월에 33세의 젊은 나이로 세상을 떠나고 말았다.

선생의 작품집은 1948년에 글벗집에서 『감자꽃』이라는 이름으로 발간되었고, 1995년에 창작과 비평사에서 역시 동일한 제목으로 펴낸 바 있다. 책을 펼쳐 보면 어른들이 읽어도 흐뭇한 미소가 감돌 작품들이 가득차 있다. 이런 작품들을 두고 유종호 교수는 '티 없는 노래'라고 평을 하면서 하늘의 별, 지상의 꽃에 견주고 있다. 또 이오덕 선생은 『농사꾼 아이들의 노래』(한길사, 2001) 등에서 아동 문학은 삶과 자연을 잃고 병들어가고 죽어 가는 아이들을 살리는 문학이 되어야 하는데 농사꾼들의 삶과 마음, 농사꾼 아이들의 세계를 이 정도로 보여 주고 노래해 보인 사람은 지금까지 우리 문학사에서 권태응 선생밖에 없다고 평하고 있다.

선생이 돌아가신 지 17년 만인 1968년 어린이날에 동요 작가 윤석중 선생의 후원으로 새싹회 회원들과 충주 시비 건립 위원회 회원들에 의해 이곳 탄금대에 「감자꽃」 시비가 세워졌다. 선생의 작품들이 비로소 세상의 기림을 받게 된 것이다. 건립 당시에는 「감자꽃」이 동판에 새겨져 있었는데, 어느 몰지각한 사람이 동판을 떼어 가는 바람에 1974년 5월 지금의 석판이 다시 만들어졌다. 오늘도 이 시비는 선생이 태어난 집을 내려다보면서 고즈넉하게 달천강의 출렁이는 물소리를 듣고 있다.

신경림 생가와 더딘 느티나무

다시 탄금대 주차장. 더위에 지친 아이들에게 아이스크림을 하나씩 안겨 다독이며 버스에 올라 신경림(申庚林, 1936~) 생가로 향한다. 버스 안에서 신경림 시인을 소개하고, 그의 문학 세계에 대해 간단하게 일러 준다.

버스는 달천강을 따라 북쪽으로 약 10분쯤 가다가, 국보 제205호 중원 고구려비(中原高句麗碑)를 지나면서 강을 버리고 노은 방향 시골길로 접어들어 10분쯤 더 가더니 노은 초등학교 앞에서 멈췄다. 탄금대에서 출발하여 20여 분이 걸리는 거리. 생가로 가기 전에 굳이 이 초등학교를 들른 이유는 신경림이 바로 이 학교에 다녔기 때문이다.

왠지 운동장을 뛰놀기보다 한쪽에 앉아 볕을 쬐고 있었을 것 같은 신경림 시인을 떠올리며 학교 운동장을 지나, 교사(校舍) 뒤편 후문을 통해 신경림 생가로 가는 큰길로 나왔다. 거기서 다시 논을 끼고 50여 미터 걸으면 길이 꺾어지는데, 거기에 환삼덩굴로 덮인 안내 표지판이 서 있다. 덩굴을 걷어 내고 몇몇 훼손된 글자를 짐작해 가며 표지판을 읽어 주었다. 간단한 설명을 덧붙이고 나니, 아이들은 삼삼오오 그 앞에서 휴대 전화로 촬영한다.

표지판 앞에는 느티나무 한 그루가 서 있다. 그의 시집『어머니와 할머니의 실루엣』에 실린 「더딘 느티나무」의 소재가 된 바로 그 나무다. 아이들과 함께 다시 시를 읽는다.

할아버지는 두루마기에 지팡이를 짚고
훠이훠이 바람처럼 팔도를 도는 것이 꿈이었다
집에서 장터까지 장터에서 집까지 비칠걸음을 치다가
느티나무 한 그루를 심고 개울을 건너가 묻혔다
할머니는 산을 넘어 대처로 나가 살겠노라 노래 삼았다
가마솥을 장터까지 끌고 나가 틀국수집을 하다가
느티나무가 다섯 자쯤 자라자 할아버지 곁에 가 묻혔다
아버지는 큰돈을 잡겠다며 늘 허황했다

광산으로 험한 장사로 노다지를 찾아 허둥댄 끝에
안양 비산리 산비알 집에 중풍으로 쓰러져 앓다가
터덜대는 장의차에 실려 할아버지 발치에 가 누웠다
그사이 느티나무는 겨우 또 다섯 자가 자랐다
내 꿈은 좁아 빠진 느티나무 그늘에서 벗어나는 것이었다
그래서 강을 건너 산을 넘어 한껏 내달려 스스로
할아버지와 할머니와 아버지와 다른 사람이 되었다
나는 그런 자신이 늘 대견하고 흐뭇했다
하지만 나도 마침내 산을 넘어 강을 건너 하릴없이
할아버지와 할머니와 아버지 발치에 가 묻힐 때가 되었다
나는 그것이 싫어 들입다 내달리지만
느티나무는 참 더디게도 자란다

—신경림, 「더딘 느티나무」

신경림 생가 근처에 있는 느티나무

느티나무의 밑둥치는 심한 관절염이라도 앓은 듯 울퉁불퉁한데, 그 모습을 바라보고 있노라면 저절로 '참 고뇌 많은 삶'이 떠오르고, 저것은 어쩌면 강을 따라 떠나고자 했으나 끝내 무덤에 주저앉아야 했던 시인의 할아버지, 아버지, 아니 이곳에 살았던 수많은 사람들의 울분이 일렁이는 강물처럼 뭉쳐 있는 것이구나 하는 생각이 들기도 한다.

몇 걸음만 옮기면 신경림 생가다. 명성 왕후가 피란했을 국망산을 등에 지고 붉은 페인트 빛이 바랜 양철 지붕을 힘겹게 인 채 세월을 견디고 있는 곳. 어울리지 않게 높아 보이는 툇마루에 먼지만 가득 쌓여 가는 이 곳에 누워 시인은 서울로 가는 꿈이라도 꾸었을까? 뒤틀려 기울어 가는 사랑채 마루가 사뭇 안쓰럽다.

생가 오른쪽은 서너 평의 채마밭. 밭 한쪽은 마을 골목길과 닿아 있어 어깨높이쯤 되는 담장이 둘렸는데, 담장 가운데에 반은 집안에 들고 반은 길로 나선 우물이 있다. 집 주인과 동네 사람들이 같이 나누어 쓰게 만들어진 그 우물을 바라보다가, 밖으로 나가 앉은 우물의 반쪽을 끝내 내 담장 안으로 들이고 나서야 비로소 마음 편히 잠드는 것이 오늘의 우리 얼굴이 아닌가 하는 생각을 떠올리며, 생가를 떠난다.

고민하는 강 — 목계 장터와 신경림 시비

아이들은 버스에 오르자마자 좌석을 눕히고 퍼지듯 눈을 감는다. 답사의 내용이 아무리 재미있다 하더라도, 7월의 더위에 지칠 수밖에 없으리라 여겨 그냥 잠시 쉬게 한다.

생가를 떠난 버스가 다시 중원 고구려비와 만나는 지점까지 길을 되짚어 나오길 약 10분, 그때까지 무심히 기다려 준 강을 옆에 끼고 강 하류를 따라 숨바꼭질하듯 약 17킬로미터, 15분쯤 더 달리면 목계교가 나온다. 목계교를 건너면 바로 오른쪽에 신경림 시비가 있다.

차에서 내린 아이들은 무어라 말하지 않았는데 맨 먼저 남한강이 내려다보이는 두둑에 모여 멀리 탄금대 방향에서 휘돌아 흘러와 다시 서울 쪽으로 빠져나가는 강을 바라본다. 예전의 목계 나루터가 지금 아이들이 선 곳에서 이천으로 빠지는 다리 바로 위쪽에 있었다고 알려 주고, 과거 목계의 위상에 대해서도 설명을 곁들였다. 한때 남한강 수운(水運) 교통의 요지였던 목계 나루. 이 목계 나루를 중심으로 세곡을 저장하던 가흥창(可興倉, 조선 시대에 둔 관곡 창고)이 있었고 그 주변에 약 일천(一千) 호가 살았다는 기록이 있을 만큼 융성하였던 목계. 지금은 남한강 수석을 파는 가게 몇이 거리에 나앉아 묵은 기억 떠올리며 담배 연기나 뿜어내는 노인처럼 늙어 가고 있을 뿐이다.

「목계 장터」 시비. 신경림의 미소같이 해사한 자연석 화강암에, 착한 농부가 흙 묻은 손으로 청해 오는 악수 같은 이철수 화백의 서체가 시의 내용과 어울려 참 정답다.

하늘은 날더러 구름이 되라 하고
땅은 날더러 바람이 되라 하네
청룡 흑룡 흩어져 비 개인 나루
잡초나 일깨우는 잔바람이 되라네
뱃길이라 서울 사흘 목계 나루에
아흐레 나흘 찾아 박가분 파는
가을볕도 서러운 방물장수 되라네
산은 날더러 들꽃이 되라 하고
강은 날더러 잔돌이 되라 하네
산 서리 맵차거든 풀 속에 얼굴 묻고
물여울 모질거든 바위 뒤에 붙으려
민물 새우 끓어 넘는 토방 툇마루
석삼년에 한 이레쯤 천치로 변해
짐 부리고 앉아 쉬는 떠돌이가 되라네

하늘은 날더러 바람이 되라 하고
산은 날더러 잔돌이 되라 하네

—신경림, 「목계 장터」

아이들과 함께 시비에 새겨진 「목계 장터」를 읽는다. 시를 읽다 보면 4음보의 일정한 운율을 느끼게 되는데, 시의 내면에 흐르는 이 민요적 가락은 삶의 애환을 일렁이는 신명으로 극복하고자 했던 당시 민중의 삶의 숨결이라고도 할 수 있으며, 이는 훗날 신경림 시의 커다란 특징으로 자리 잡기도 한다.

독백으로 진술되는 이 시는, 특히 '구름', '바람' 등으로 표상되는 떠남의 심상과 '들꽃', '잔돌' 등으로 표상되는 정착의 심상을 대조함으로써 갈림길에 서 있는 농촌 공동체의 시대적 삶과 화자의 개인적 삶 간의 갈등을 선명하게 보여 준다. 아마 시인은 농촌에서의 절망을 다룬 「농무」를 먼저 쓰고 나중에 「목계 장터」를 썼으리라 짐작해 본다. 이 목계가 공업과 농업이 가정적으로 이어졌던 자족 경제의 종언을 상징하는 것 같았다는 신경림의 말이 떠오르는 것은 우연일까?

시비 옆에 서 있는, 조금 높게 느껴지는 '목계 나루터' 표지석을 바라보았다. 마치 기울어진 세도가의 후손이 아랫것들 없는 빈 마당을 향해 가래 끓는 목소리로 골골거리며 호통하고 있는 듯해 오히려 안쓰럽다.

이제 문학 답사를 마칠 시간이다. 아이들을 이끌고 다시 강의 언덕에 앉는다. 강은 여전히 몇 번의 일렁임과 꿈틀거림을 보여 주면서, 무언의 메시지처럼 서울로 서울로 흐르고 있다.

강이 이 땅의 땀과 눈물을, 그리고 웃음과 노래를 온전히 그 가슴으로 받아 깊어지는 것이라면, 그 깊이는 어떻게 잴 수 있을까? 그 깊이를 잴 수 없다면, 강이 들려주는 이야기에 잠시 귀를 기울여 보는 것도 오늘날 우리의 얼굴을 더듬어 보는 일이 아닐까. 이런 생각을 하는 동안에도 강은 또 한 번 몸을 뒤치고 있고, 강을 바라보는 아이들의 얼굴로 강에서 불어온 바람이 지나가 머리칼 몇 올이 일렁인다.

- **누가:** 충주여고 문학 동아리 '창' 학생들과
  윤장규 선생님
- **언제:** 2013년 7월 20일(토요일)
- **인원:** 17명
- **테마:** 흐르는 강에게서 듣는 이야기

함께하는 문학 답사

토박이 윤장규 선생님의 귀띔!

충주는 남한강을 끼고 있습니다. 그래서 이번 문학 답사는 강을 따라 이어지는 코스로 기획했습니다. 그러다 보니 자연스럽게 이 코스에서 만날 수 있는 작가와 작품이 정해졌는데, 윤계선의 「달천몽유록」, 권태응의 「감자꽃」, 신경림의 「목계 장터」 등이 그것입니다. 답사를 떠나기 전 작가와 작품 들에 대한 자료집을 만들었습니다. 그리고 자료집을 가지고 다니면서 답사 현장에서 받은 감상 등을 메모하는 방식으로 진행했습니다. 관련 시집을 읽고 간다면 훨씬 더 풍요로운 답사가 될 것입니다.

문학 답사 코스 추천!

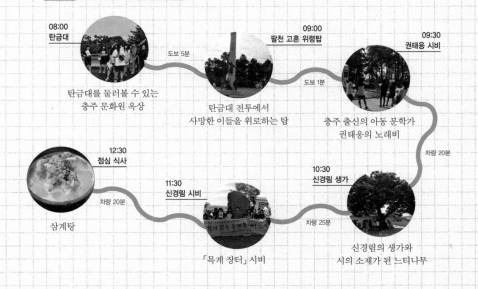

08:00 탄금대
탄금대를 둘러볼 수 있는 충주 문화원 옥상

도보 5분

09:00 팔천 고혼 위령탑
탄금대 전투에서 사망한 이들을 위로하는 탑

도보 1분

09:30 권태응 시비
충주 출신의 아동 문학가 권태응의 노래비

차량 20분

10:30 신경림 생가
신경림의 생가와 시의 소재가 된 느티나무

차량 25분

11:30 신경림 시비
「목계 장터」 시비

차량 20분

12:30 점심 식사
삼계탕

문학 답사 이렇게 진행하자

1. 문학 답사 전·중·후 과정 예시

기획과 준비

- 문학 답사를 함께할 학생들을 모집합니다.
- 학생들과 문학 답사 시기와 성격(작가/작품/지역/테마) 등을 결정합니다.
- 문학 답사 실행, 정리와 평가 단계의 활동을 기획합니다.
- 학생들과 문학 답사에 필요한 정보를 조사하여 답사 자료집을 준비합니다.
- 문학 답사 코스를 짜고 사전 답사를 떠납니다.
  미리 교통, 음식, 잠자리, 소요 경비, 문화 해설사 등을 알아 두세요.
- 최종 코스를 확정하고 모이는 장소, 준비물 등을 공지합니다.
  음식점, 문화 해설사 등 예약 상황을 다시 한번 확인하세요.

실행

- 문학 답사를 편안하고 즐겁게 할 수 있도록 일정을 융통성 있게 진행합니다.
  학생들이 보고, 듣고, 느끼는 상황 자체를 즐기도록 이끌어 주세요.
- 코스 중간중간에 깨알 같은 활동으로 학생들의 집중력을 잡아 둡니다.
- 학생들이 여정을 사진이나 동영상, 메모 등으로 기록할 수 있도록 안내합니다.
- 안전사고를 예방하기 위해서 학생들의 자유분방함을 조절합니다.

정리와 평가

- 문학 답사 후의 결과를 다양한 형태로 제출하도록 안내합니다.
  보고서, 감상문, 시, 수필, 그림지도 등
- 학생들이 활동 결과물과 감상 등을 공유하도록 이끕니다.
  게시판, 답사 평가회 등
- 문학 답사의 전 과정을 평가하고 정리합니다.

2. 문학 답사 후 학생 결과물 예시

패러디 시

충남 홍성 홍동중 독서 동아리 '다독다독'

• 한용운의 「나룻배와 행인」을 패러디 해 봅시다.

나는 학생 당신은 시험지

나는 학생
당신은 시험지.

당신은 문제로 나를 당황시킵니다.
나는 당신을 안고 입시를 뚫습니다.
나는 당신을 안으면 슬프고 괴롭게 애꿎은 펜만 휘두릅니다.

만일 당신이 없으면 나는 폭풍우가 몰아치거나 폭설이 쏟아져도 기뻐 날뛸
것 같습니다.
당신이 떠나면 나는 돌아보지도 않고 갈 겁니다그려.
그러나 당신이 언제든지 오실 줄만은 알아요.
나는 당신을 기다리면서 날마다 날마다 절망합니다.

나는 학생
당신은 시험지.

강원 강릉 경포고 2학년 최미현

강릉 문학 답사를 다녀와서

우리의 첫 여정은 경포호의 홍장암에서 시작하였다. 이향숙 선생님께서 들려주시는 홍장암의 전설, 박신과 홍장의 애틋한 사랑이야기를 들으며 경포호의 멋진 경치를 둘러본 뒤 다음 목적지인 방해정으로 향했다. 경포호 주변에는 누정이 많이 남아 있는데 그중에서 경포호에서 조금 떨어진 곳에 있는 방해정이 대표적이다. 지금은 정자 주변에 소나무가 둘러싸고 있지만 옛날에는 경포호가 방해정이 있는 곳까지 미쳤다고 한다. 석호인 경포호의 크기가 점점 줄어들고 있다는 것은 배워서 알고 있었지만 호수 크기가 이 정도일 줄은 몰랐다며 모두들 놀라워했다.

방해정에서 금란정, 상영정, 경호정 등 경포호를 둘러싸듯 위치한 누정들을 하나하나 둘러보고 나서 경포대로 향했다. 경포대에 올라 천하의 장관을 감상하니 내가 곧 신선이 된 기분이 들었다. 경포대 내부 곳곳에 붙어 있는 현판들도 굉장했는데 선생님이 말씀하시기를 현판이 많을수록 유명한 이들의 왕래가 잦았다는 것을 의미한다고 하였다. 실제로 경포대에서 가장 먼저 보이는 현판의 '제일강산(第一江山)'이라는 글귀는 당대의 문장가 주지번의 솜씨라고 한다. 숙종, 이이의 시가 적힌 현판들도 보았다. 경포대를 내려와 초당으로 향하는 길가에서도 경포호를 찬양하는 내용의 시가 새겨진 바위들을 보았다. 나중에 시간이 나면 이러한 것들도 찬찬히 살펴보고 싶다.

경포호를 반 바퀴 돌아본 후, 우리는 초당의 허균·허난설헌 기념관으로 향했다. 봉사 활동을 하러 자주 오는 곳이라 익숙한 곳이지만, 이 길을 친구들과 함께 걸으니 어찌나 신이 나던지 꼭 초등학교 시절 소풍날처럼 즐거웠다. 나는 주로 허난설헌 생가 터에서 난설헌 문화제가 열릴 때에 연필 하나 챙겨 들고 백일장에 참가하러 오곤 하였는데 생가 터 주변의 솔밭에 앉으면 글이 얼마나 잘 써지는지 친구들에게 그 기쁨을 전파하기도 했다.

기념관에서 사진도 찍고 간식도 먹으며 시간을 보내다 허균 시비를 보기 위해 사천으로 향했다. 소나무로 둘러싸인 산길을 오르니 시비가 보였고 주변의 멋진 경관을 보니 바다가 정면으로 보이는 곳에 시비를 세운 까닭을 알 것 같았다. 어려서부터 신동이라 불릴 만큼 뛰어난 글 솜씨를 자랑하던 허균에 대해서는 어느 정도 알고 있었지만 이런 곳에 허균 시비가 있었다니 신기했다. 방학 때 허균의 대표적인 소설「홍길동전」을 다시 한 번 읽어야겠다고 생각했다.

그다음 목적지인 오죽헌에 도착했다. 초등학생 때 이후로는 가 본 적이 없어 낯설게 느껴질 줄 알았더니 예상과는 달리 어릴 때 친구들과 함께 견학 왔던 기억이 떠오르면서 매우 친숙하게 느껴졌다. 오죽헌은 신사임당과 그 아들인 율곡 이이가 태어난 집이다. 특히 우리 동아리에서는 답사 전에 신사임당이 우리나라의 여성 문인을 대표하는 인물임에 주목하여 조사했다. 불행한 삶을 살았던 난설헌과 달리 같은 여인임에도 자신의 뛰어난 재능을 마음껏 꽃피울 수 있었던 이유는 무엇일까 생각하며 오죽헌을 견학하는데 검은 대나무(오죽)가 보였다. 검은 대나무는 처음 보는지라 매우 신기했다. 이들이 오죽헌을 지켜 주는 듯했다. 이어 마지막 코스인 신사임당의「사친」시비가 있는 대관령 옛길로 향했다.

사임당이 고향을 떠날 때 가마에서 강릉을 내려다보며 어머니를 불렀을 때의 심정이 어땠을까 생각해 보면서 강릉 시내를 내려다보았다. 희뿌연 안개가 강릉 시내를 휘감아 돌고 있었다. 사임당이란 인물에 대해 조금 더 알고 싶다는 생각이 들었다. 아쉽지만, 멋진 대관령을 배경으로 마지막 기념사진을 찍었다. 집으로 돌아오는 길, 오늘 함께했던 모든 사람들에게 감사했고 정말 귀중한 경험을 했다는 생각이 들었다. 다음 문학 답사에도 꼭 참여할 것이다. 오늘의 추억이 오랫동안 기억에 남을 것 같다.

한눈에 보는 문학관 지도

경기도

강원도

박민환 박물관
백담사 만해 마을
● 인제군

김수영 문학관/현대 시 박물관
한국 현대 문학관
세계 여성 문학관
윤동주 문학관

황순원 문학촌
● 양평군

김유정 문학촌
● 춘천시

이효석 문학관
● 평창군

서울

만해 기념관
● 광주시

인천광역시

박경리 문학 공원
● 원주시

노작 홍사용 문학관
● 화성시

조병화 문학관
청류재 수목 문학관
● 안성시

난고 김삿갓 문학관
● 영월군

● 제천시
원서 문학관

● 당진시
상록수 문학관

충청북도

충청남도

● 예산군 충남 문학관

안동시 ●
이육사 문학관

● 영양군
지훈 문학관

오장환 문학관
보은군 ●

정지용 문학관

경상북도

대전 문학관
● 부여군
신동엽 문학관

대전광역시 ● 옥천군 ●

농민 문학 기념관
● 영동군

구상 문학관
● 칠곡군

● 군산시 채만식 문학관

아리랑 문학관
● 김제시

전주시 ● 최명희 문학관

동리·목월 문학관

대구광역시 ●

경주시 ●

전라북도

혼불 문학원
남원시 ●

경상남도

오영수 문학관
● 울산광역시

고창 판소리 박물관
미당 시 문학관
● 고창군

한국 가사 문학관
● 담양군

● 곡성군

평사리 문학관
이병주 문학관
하동군 ●

마산 문학관
이원수 문학관

요산 문학관
이주홍 문학관
부산광역시 ●

창원시 ●

광주광역시 ●
광주 지하철 문학관

조태일 시 문학 기념관

박재삼 문학관
사천시 ●

순천만 문학관
순천시 ●

전라남도

목포 문학관
● 목포시

태백산맥 문학관
● 보성군

통영시 ●
김춘수 유품 전시관
청마 문학관

남해군 ●
남해 유배 문학관

● 장흥군
천관 문학관

남훈 문학관
추사 유물 전시관
제주특별자치도

서울 도봉구 김수영 문학관

김수영 관련 자료 전시관, 구민들을 위한 도
서관과 열람실, 대강당 등을 갖춘 곳이다.

http://kimsuyoung.dobong.go.kr

서울 중구 한국 현대 문학관

현대 문인과 작품 들에 대한 다양한 자료
를 전시하는 곳이다.

http://www.kmlm.or.kr

서울 종로구 영인 문학관

주로 1970년대 작가들의 육필 원고, 편지,
초상화 등 희귀 자료를 모아서 전시하는
곳이다.

http://young-in.kr

서울 종로구 현대 시 박물관

작은 한옥 건물에 현대 시 100년 시집실,
현대 시인 초상 사진실 등이 있는 곳이다.

http://www.poem.ac

경기 광주 만해 기념관

한용운의 일생을 살펴볼 수 있는 전시실,
교육관, 체험 학습실 등을 갖춘 곳이다.

http://www.manhae.or.kr

경기 화성 노작 홍사용 문학관

시인 홍사용의 유물과 사료가 전시된 전시
실, 다목적 소극장 등을 갖춘 곳이다.

http://www.nojak.or.kr

강원 영월 난고 김삿갓 문학관

김삿갓의 벼루 등 유품 200여 점, 도서
500여 점 등을 전시하고 있다.

http://www.ywmuseum.com/section/
kimsatgat/page/

강원 원주 박경리 문학 공원

박경리가 『토지』를 집필했던 옛집, 유품 등
이 전시된 문학의 집, 테마 공원 등이 있다.

http://www.tojipark.com/

강원 인제 백담사 만해 마을

한용운이 출가했던 백담사 부근에 조성되
었으며 만해 문학 박물관, 법당 등이 있다.

http://www.manhae.net

강원 춘천 김유정 문학촌

김유정 기념관·생가 등으로 이루어져 있
다. 주변에는 실레 이야기 길이 조성되어
있다.

http://www.kimyoujeong.org

강원 평창 이효석 문학관

이효석 생가 터 부근에 위치하며 주변에
충줏집, 물레방앗간 등이 조성되어 있다.

http://www.hyoseok.org

대전 대전 문학관

대전을 대표하는 문인들의 작품과 역사적
사료 등을 전시하는 곳이다.

http://www.dlc.or.kr

충북 영동 농민 문학 기념관

농민 문학 작품 자료, 영동 지역 작가와 작
품 자료 등을 전시하고 있다.

http://www.nongminmk.com

충북 옥천 정지용 문학관

정지용 생가 부근에 위치하며 멀티미디어
를 이용한 문학 체험관이 마련되어 있다.

http://www.jiyong.or.kr

충북 보은 오장환 문학관

오장환 시인의 삶, 연구 자료, 시집, 멀티미
디어 자료 등을 살펴볼 수 있다.

http://janghwan.boeun.go.kr

충남 예산 충남 문학관

박목월, 조지훈, 서정주 등 문인들의 인장
600여 점을 전시하고 있다.

http://한국인장박물관.kr

| 자료 출처 |

1. 인용 작품 출처

구상, 「초토의 시」, 『(한국 대표 시인 101인 선집) 구상』, 문학 사상사, 2002

권태응, 「감자꽃」, 『감자꽃』, 창비, 1995

김관식, 「다시 광야에」, 『다시 광야에』, 창작과 비평사, 1976

김병연, 「자고우음」, 『김삿갓 시집』, 김선·배용파 옮김, 온북스, 2005

김상헌, 「양대의 우정을 찾고~」, 『조선 명가 안동 김씨』, 김병기 역, 김영사, 2007

김상헌, 「가노라 삼각산아~」, 『정본 시조 대전』, 심재완 역, 일조각, 1990

김소월, 「산유화」, 『김소월 시집』, 하서, 2011

김수영, 「시여 침을 뱉어라」, 『김수영 전집 2』, 민음사, 2003

김수영, 「어느 날 고궁을 나오면서」, 『김수영 전집 1』, 민음사, 2009

김수영, 「죄와 벌」, 『김수영 전집 1』, 민음사, 2009

김수영, 「풀」, 『김수영 전집 1』, 민음사, 2009

김영태, 「멀리 있는 무덤」, 『물거품을 마시면서 아껴 가면서』, 천년의 시작, 2005

김중미, 『괭이부리말 아이들』, 창비, 2013

나태주, 「새」, 『눈부신 속살』, 시학, 2008

단종, 「자규시」, 『누각과 정자에서 읊은 시 세계』, 이창룡 옮김, 푸른 상상, 2006

박용래, 「저녁 눈」, 『먼 바다』, 창비, 2008

서동, 「서동요」, 『한국 고전 시가선』, 임형택·고미숙 엮음, 창비, 2010

손곡, 「보리 베기 노래」, 『한국 한시 작가 열전』, 송재소 역, 한길사, 2011

신경림, 「더딘 느티나무」, 『어머니와 할머니의 실루엣』, 창비, 2008

신경림, 「목계 장터」, 『새재』, 창비, 2006

신동엽, 「금강」, 『신동엽 시 전집』, 창비, 2013

심훈, 「그 날이 오면」, 『그 날이 오면』, 시인 생각, 2012

심훈, 『상록수』, 문학과 지성사, 2013

오장환, 「고향 앞에서」, 『오장환 전집 1』, 창작과 비평사, 1989

오정희, 「중국인 거리」, 『유년의 뜰』, 문학과 지성사, 2012.

왕방연, 「천만 리 머나먼 길에~」, 『정본 시조 대전』, 심재완 역, 일조각, 1990

윤흥길, 「아홉 켤레의 구두로 남은 사내」, 『아홉 켤레의 구두로 남은 사내』, 문학
과 지성사, 2001

이규보, 「국선생전」, 『조물주에게 묻노라』, 김상훈·류희정 옮김, 보리, 2005

이문구, 『관촌수필』, 문학과 지성사, 1977

이문구, 「산 너머 저쪽」, 『개구쟁이 산복이』, 창작과 비평사, 1988

이청준, 「줄」, 『병신과 머저리』, 문학과 지성사, 2010

이효석, 「메밀꽃 필 무렵」, 『메밀꽃 필 무렵』, 문학과지성사, 2007

정약용, 「꽃구경」, 『한밤중에 잠 깨어』, 정민 옮김, 문학 동네, 2012

정약용, 「회혼일에」, 『다산 시선』, 송재소 역, 창비, 2013

정지용, 「바다 1」, 『정지용 전집』, 민음사, 2003

정지용, 「별 2」, 『정지용 전집』, 민음사, 2003

정지용, 「향수」, 『정지용 전집』, 민음사, 2010

정철, 「관동별곡」, 『송강가사』, 정재호·장정수 옮김, 신구 문화사, 2006

조영래, 『전태일 평전』, 전태일 재단, 2009

조지훈 , 「파초우」, 『청록집』, 을유 문화사, 2011

최명길, 「그대 마음 돌 같아서~」, 『조선 명가 안동 김씨』, 김병기 역, 김영사, 2007

최치원, 「공산성」, 『공주 문화』 296호, 허왕욱 역, 공주 문화원, 2013

한용운, 「군말」, 『한용운 시 전집』, 서정시학, 2009

한용운, 「꿈이라면」, 『한용운 시 전집』, 서정시학, 2009

한용운, 「님의 침묵」, 『한용운 시 전집』, 서정시학, 2009

한용운, 「오도송」, 『한용운 시 전집』, 서정시학, 2009

한용운, 「사랑의 끝판」, 『한용운 시 전집』, 서정시학, 2009

함민복, 「명함」, 『눈물을 자르는 눈꺼풀처럼』, 창비, 2013

함민복, 「섬에서 보내는 편지」, 『미안한 마음』, 대상, 2012

함민복, 「전등사에서 길을 생각하다」, 『길들은 다 일가친척이다』, 현대 문학, 2009

홍랑, 「묏버들 가려 꺾어~」, 『정본 시조 대전』, 심재완 역, 일조각, 1990

2. 사진 출처

14, 20면–창비 제공

17면–김수영 문학관 제공

29, 30면–윤동주 문학관 제공

38면–전태일 재단 제공

40면–한국 현대 문학관 제공

51, 53, 55, 59면–강화군청 제공

64면–한중 문화관 제공

65면–인천 개항 박물관 제공

76, 78면–경기도 광주시청 제공

88, 90, 91면–남양주시청 제공

94면–다산 유적지 제공

100면–최용신 기념관 제공

106면–수원 화성 박물관 제공

127, 131면–강릉시청 제공

139, 142면-영월군청 제공

153면-철원군청 제공

159면-김유정 문학촌 제공

160면-백혜영 제공

169, 175면-이효석 문학관 제공

183면-대전 문학관 제공

214면-진천군청 제공

247면-문화재청 제공

* 이 출처 외의 사진은 저자들이 촬영한 것입니다.